张长来

著

老板儿长来

著名快板表演艺术家张长来的经典作品集

北京燕山出版社

图书在版编目（CIP）数据

老板儿长来 / 张长来著 . —北京：北京燕山出版
社 , 2023.10

ISBN 978-7-5402-7070-4

Ⅰ . ①老… Ⅱ . ①张… Ⅲ . ①快板（曲艺）—作品集—
中国—当代 Ⅳ . ① I239.6

中国国家版本馆 CIP 数据核字（2023）第 190801 号

老板儿长来

作　　者：张长来
责任编辑：满　懿
封面设计：樊征宇
出版发行：北京燕山出版社有限公司
地　　址：北京市西城区椿树街道琉璃厂西街 20 号
邮政编码：100052
发行电话：（010）65240430
印　　刷：北京联合互通彩色印刷有限公司
开　　本：710mm×1000mm　1/16
印　　张：45.625
字　　数：236 千字
插　　页：5
版　　次：2023 年 10 月第 1 版
印　　次：2023 年 10 月第 1 次印刷
书　　号：ISBN 978-7-5402-7070-4
定　　价：298.00 元

我的恩师高凤山

张长来简介

张长来，男，1951年生人。自幼酷爱快板艺术。1968年师从快板表演艺术家高凤山先生。张长来先生功底深厚，技艺精湛。口齿清晰，善于贯口。精于创作，思于突破。勇于创新，风格独特。1978年起先后在北京燕京曲艺团、北京青年曲艺队、中国铁路文工团、北京曲艺团工作。多次到香港、新加坡演出。现为国家一级演员。

张长来先生始终坚持自编自唱，几十年初心不改。他谦虚过人，德艺双馨。创作丰收，桃李满天下。在业界享有极高的赞誉。

张长来先生最有价值的是他那些来自生活，又高于生活的优秀作品。如《闯王斩堂弟》《收八戒》《愿您生活的开心点》《咱们的老百姓》多次被中央电视台、北京电视台录制播出。作品也多次刊登在《北京日报》《北京晚报》《中国法制报》上。张长来先生不仅是一位名副其实的快板表演艺术家，而且有"快板奇人"之美称。

张长来先生曾任北京曲艺家协会理事。现为中华非物质文化遗产技艺传承协会常务理事。

爱好成为事业　事业成就人生

李伟建

　　张长来老师是我熟悉的快板艺术家，他的口头禅是："对不对啊？"对和不对是评判世间万物的两个不同结果，而放在长来老师口中，就变为了一种情绪、一种疑问、一种乐观的态度。

　　他给人的感觉是嘻嘻哈哈的。而他的作品是非常犀利的，不信您就去听听他的《那会儿跟这会儿》《伪专家》……他是我见过的把爱好当作事业的最幸福的艺术家，这幸福就如同酒仙每天吃饭，还能有免费的酒一样，多么惬意啊！我们现在缺少一种拥有一个爱好，便能幸福一生的单纯。更缺少为了梦想付出心血的痴迷，还缺少一生为初心而奋斗的耐力。而单纯、痴迷、耐力在长来老师身上都得以体现。

　　长来老师年轻时候经常从德胜门（北城）到花市（南城）山货店买一根长长的竹坯子回家做竹板，往回走时小两米的竹坯子不让上公交车，他就连跑带颠儿一蹦一跳地往回走，还时不时拄着竹坯子一荡，能悠出去一丈多远。这些苦事对他来说是值得回忆的趣事。

长来老师在业务上是个勤快人，他创作了很多优秀的作品，《愿您生活得开心点儿》《话说和谐》《北京人》……都常演不衰，他的作品朴实无华，表面看来都是老百姓的生活语言，细品柔中带刚，有很深刻的道理。那时我们还在前门小剧场上班，我下了公交车正好看见长来老师在我前边走，我追上去刚要打招呼，就听见他边走边嘴里念叨着"桂花儿油擦头明又亮，压鬓的金花儿黄澄澄，柳叶花儿的弯眉长又细，葡萄花儿的杏眼水灵灵……"走了一路，背了一路。这就叫拳不离手、曲不离口啊！难怪他在舞台上那么娴熟、那么自信。

　　2002年是北京曲艺团成立50周年，在中山公园音乐堂的庆典演出上，他唱过一段用曲艺团人名编的快板，构思极其巧妙、极其风趣，很有感染力。

　　他热爱生活，经常从生活中汲取素材，今天聊天时的一个笑话也许就成为明天舞台上的返场小段。他的人生因快板而精彩，因快板而幸福，因快板而长寿。如今已经退休的长来老师依然东奔西跑地活跃在曲艺小剧场，依然周末来到公园教孩子们唱快板，依然眉飞色舞地讲着各种生活见闻。古人云：有志者，事竟成，破釜沉舟，百二秦关终属楚；苦心人天不负，卧薪尝胆，三千越甲可吞吴。长来老师坚持自己的志向，并把爱好当作事业，曾有人笑他的痴迷，曾有人劝他放弃，曾有人嫌他妄想，而他刻苦自励，发愤图强，用事业铸就无悔人生。祝愿长来老师永葆艺术青春，永远笑口常开，永远与快板相伴。

李伟建

目录

第一章

快板书

第一段　快板三大派

伟大首都，曲艺家协会闹声喧，

各路的名家正座谈。

毛主席，延安文艺指方向，

万紫千红春满园。

百花盛开齐争艳，

文化舞台展新颜。

出新书，走新路，

新作品，新人，新展现。

艺术家们纷纷在研讨，

大会呈现，火热朝天。

且不言大家情绪多高涨，

哎，您快瞧，正中间坐着三位老演员。

这老三位，一看这相貌就不寻常，

与众不同非一般。

虽说不那么顺眼，

可看上去，大大方方还挺美观。

有点儿仙风道骨那个风范，

胸藏八卦腹内含。

个顶个的模样赛罗汉，

真好像，八仙里的三仙下尘凡。

若要问这三位哪儿来的客，

我告诉您吧，一位是高凤山，

一位是李润杰，那位是王凤山。

呵，这老三位，一代宗师不得了，

家喻户晓，妇孺皆知美名传。

他们的快板人人爱，

他们的艺术都喜欢。

老百姓们都爱唱，

双枪老太婆，成了那会儿的口头禅。

张嘴就是劫刑车，

闭口就是高凤山。

什么同仁堂，数来宝，

收音机里边常听见。

百鸟朝凤百山图，

王凤山的演唱另一番。

想当年，快板的作用非同小可，

把党的政策及时宣传。

通俗易懂，喜闻乐见，

十句八句就算完。

让老百姓们早知道，

让党和群众心相连。

把最高指示来演唱，

穿山越岭跨平原。

天涯海角都传遍，

这个形式，这个形式简直不凡。

是任何团体所不及，

代表了不少的艺术团。

什么话剧评剧都省事了，

因为他们人多下乡难。

快板就有这种优越感，

来得快，现场编。

轻骑兵，尖刀班，

还不分地点与时间。

什么车间、地头、火车站，

粮库、军营与校园。

黑土地，水稻田，

北大荒兵团两狼山。

有人就有快板响，

竹韵声声，回荡蓝天。

忆往昔，红军两万五千里，

过草地来爬雪山。

快板为当下鼓士气，

排除万险与艰难。

您快看，红小鬼，跑在前，

站在山头喊连天。

同志们，咬牙关，

前边不远就是延安。

战士们，一同喊，

前边不远就是延安。

嘿，您听听，简简单单的两句话，

让队伍就把劲头添。

一鼓作气到了陕北，

红旗飘飘宝塔山。

您别看竹板虽然小，

可它功劳之大佳话传。

看今天，在党的英明领导下，

这门艺术又发展。

咱们曲协，请来了难得的老三位，

搬来这三位老神仙。

三派的创始高、王、李，

这老三位，就坐在那边聊得正欢。

见李润杰，身着灰色中山装，

大会代表的证件挂胸前。

不长不短的小寸头，

精神饱满红光闪。

鼻梁上架副老花镜，

有一个笔记本，拿在手间。

他代表天津来开会，

他是多年的优秀老党员。

解放前，旧社会他曾要过饭，

从西安一路乞讨，来京巧遇高凤山。

旁边的那是王凤山，

王凤山王老，面带笑颜。

您看他，中式的裤褂是家做，

能看得出，王大妈把他来打扮。

针线活儿别提多讲究了，

那针脚儿，

飞针走线里里外外巧缝连，

又匀又密赛乔丹。

脚下是一双千层底儿，

雪白的袜子里边穿。

有一把折扇拿在手，

呼扇呼扇紧着扇。

那会儿那个年代没空调，

不扇它可是真出汗。

各位上眼，中间的这位可稀罕，

第一段　快板三大派

7

百里边挑一，古怪的模样不多见。

说他好看，这儿有块记，

说这儿有记，不那么显眼。

白发不多，根根后闪，

双目烁烁贼精明。

格外的有神，明又亮，

那包袱就响在他的两只眼。

手托着个麻梨大烟斗，

抽不抽地把合玩。

白布的小褂儿师娘做，

的确良的裤子盖脚面。

他今天穿着很讲究，

为开会出门得尊严。

他代表天桥老艺人，

代表北京曲艺团。

三团团长人称赞，

大名鼎鼎高凤山。

这老哥儿仨，难得今日巧相见，

久别重逢，话儿涌心田。

润老说："二哥，咱可多年没见面了，

您倒好啊，散会后家中去问安。

团里的情况怎么样，

最近的演出可频繁？"

高先生说："还行吧，咱们得感谢共产党，

得感谢曲协跟文联。

要紧跟形势别掉队，

说新，唱新，谱新篇。"

润老说："二哥，您就比我思想好，

您站得高，看得远。

我得向您来学习，

做新中国的好演员。

我这个脑瓜儿就不太灵，

净唱些老的不新鲜。

什么一窝黑，火焰山，

酒迷倒霉吹破天。

这不最近弄了几个新段儿，

还望你们二位多指点。

有巧劫狱，金门宴，

抗洪凯歌海河赞。

什么吉鸿昌，千锤百炼，

立井架歌颂大油田。

我跟我这徒弟一块儿唱的，

我的爱徒名叫张志宽。

个不高，圆方脸，

高鼻梁儿，大大的眼。

说武松，唱打店，

卖力气，不偷懒。

实实在在的真落汗，

不过将来肯定有发展，

他是说快板的好演员。

你看说着说着快跑题了，

咱还闲话勾开归正传吧。

二哥您有什么新作，

不妨给我们来推荐。"

高先生说："嘿，我还能有什么新作，

这方面比你们差得远。

我得向你来靠拢，

不断地创新求发展。

我没什么文化你们知道，

大字不识一个半。

润杰呀，我得好好学文化，

不能让别人笑话咱。

哎，对了，我录了个新段斩堂弟，

中央台播了快半年了。

我有个小徒叫张长来，

他编的这段我喜欢。"

王先生一旁忙搭话，

不错，我听了，好啊，

这个小长来可太能编了。

这段是谁给您录的？

是中央台的那个田维贤。

哦，老田那人我也认识，

是他给我录的双锁山。

小寡妇上坟，单刀会，

什么刘伶醉酒，关美髯。

张羽煮海上下段，

抗美援朝英雄篇。

还有一个人，生活在，社会中间，

我们要懂得，快板是如何做宣传。

各门派板眼怎么唱，

它们的区别在哪端。

什么叫李润杰，哪叫高凤山。

高凤山高在什么地儿？

李润杰杰出哪一篇？

这个高凤山，那个李润杰，

那个李润杰，这个高凤山。

你瞧，说着说着还上了板了。

我得向你们来学习，

你们二位是我的好典范。"

高先生"扑哧"这么一笑，

手中的烟斗这么一端。

"您啊，先打住吧，拦您清谈，

甭高凤山了，李润杰，李润杰，高凤山，

什么又学习又风范。

您王凤山，别有洞天，

您这个演唱，世外桃源。

咱们仨人，各有特点，

都甭刷色，取长补短。

您王凤山，演唱得风格特鲜明，

学您的板槽那叫太难。

您有俏皮，有断连，

有高有低有平原。

闪、展、腾、挪，掏、踩、抢、赶。

左躲右闪，随心所欲，那么自然。

你知你为什么唱得好，

你是光着屁股坐板凳——板是板来眼是眼。"

一句话，逗得大伙哈哈乐，

李润杰噌地往起站。

"二哥，他这可不叫坐板凳，

人这叫珍珠落玉盘。

现在他可桃李满天下。"

高先生说："你甭说他，你也是桃园满天下呢。

光说他了没说你，

不夸你两句你不舒坦。

你，李润杰，眼下可是这人物（伸大拇哥），

人大代表，政协委员。

快板书你可有观众，

额勒金德，你算占先。

为什么大伙儿爱听你，

我琢磨了，你把评书的技巧糅在里边。

你是迟如牛车缓，快似风雷电，

张弛且有度，惊炸震云天。

人物分得清，一目便了然。

语言出肺腑，活灵又活现。

你唱起来，悠悠荡，亚似秋千，

荡悠悠，不紧不慢。

慢而还不断，快而还不乱。

喜怒忧思全都有，

七情六欲全都占。

话丰满，气丹田，

平爆脆美扣心弦。

就好像看了一个小电影，

随着你的情节入了画面。

哈哈，对不对？你甭保守，也甭隐瞒，

我把你的绝密往外传。

别看你这破锣嗓子不怎么样，

还都爱听，还都爱看。

这个也说好，那个也夸赞，

我就纳了闷儿了，就您这个破吭头儿（指嗓子），

连小寡妇都喜欢。"

王先生一旁哈哈乐，

李润杰弄了个大红脸。

"二哥，您可真能开玩笑，

尽拿兄弟耍笑玩。

您这是捧我还是扒我呀，

您还不知我，飞多高来蹦多远。

我是鲁班门前弄大斧，

可着全中国，谁还高得过高凤山。

他那嘴里头多利落，

胡萝卜蘸酱嘎嘣甜。

叭叭叭的机关枪，

一泻千里上满了弦。

行云流水不间断，

高山飞瀑似喷泉。

您那铡药刀，亮堂……

哎哟，您看，我还真没您的嗓门儿尖。

我学您几句同仁堂，

在座的可别笑话咱。

说同仁堂，开的本是一座老药铺，丸散膏丹药材全。

什么大松丸，小松丸，

胖大海，滴溜圆，

狗皮膏药贴风寒。

我有心按照药名往下唱，

我唱到明儿个唱不完。

二哥您看怎么样？

像不像的您包涵。"

说着话，李润老，深搭一躬施一礼，

高大师急忙一抱拳。

王先生一看贴身站，

"唰"的一声，就见灯光这么一闪，

记者抓拍抢了个先。

这张照片太珍贵了，

史册上，留下这美好的一瞬间。

三位大师手挽手，

笑得顽童那样甜。

笑得相互有同感，

笑得心心紧相连。

笑得艺术灵魂春常在，

笑得德高望重后人谈。

笑声中，传来了大会飞喜讯，

笑声中，传来了艺海又扬帆。

看今朝，快板并肩来作战，

精彩纷呈闪斑斓。

各有千秋人称赞，

再谱华章写新篇。

三派自有传承人，

望天下的板友永团圆。

第一段　快板三大派

第二段　百年辉煌放光芒

红旗飘，彩旗舞，

锦绣江山展宏图。

庆祝建党百周年，

百年辉煌，照亮了四海与五湖。

滚滚长江东逝水，

流写着沧桑万卷书。

记载着建党发展史，

彰显了党的光辉，高瞻远瞩。

从小至大，从无到有，

从弱到强，由穷变富。

从落后之国到世界瞩目，

都是努力攀登一步步，

都是奋发图强在征途。

一路走来，我们自力更生，

才有了今天的——中华民族。

才有了世界都仰慕，

迎风傲雪，挺拔在那浩瀚之林独一株。

没有共产党就没有新中国，

没有共产党，哪来的人民得幸福。

火红的太阳当空照，

嘿，迎来了改革开放，万民欢呼。

人民的生活大改善，

衣食住行天翻地覆。

50 后的人们都清楚，

咱们过去穿的是什么衣服！

除了灰就是蓝，

要不就穿身工作服。

什么粗布、棉布、劳动布，

灯芯绒那会儿都不俗。

讲究点儿的穿身中山装，

第二段　百年辉煌放光芒

的确良那就不含糊。

一出门，人五人六，

嗬，爷们儿吡儿啪啪像个干部。

汗衫儿、褂子、小背心儿，

缅裆的裤衩踢里秃噜。

那会儿得痔疮的都特少，

就因为，四下里透风这个缘故。

自打改革一开放，

花样的服饰装点了首都。

千姿百态展娇艳，

个顶个的靓丽又夺目。

男女老少服装秀，

连民工全都改了西服。

不穿个名牌不返乡，

不夹个皮包，就是拉上一个箱子也得带轱辘。

衣着打扮赶新潮，

这说明，说明我们时代发展在进步。

再进步也要讲文明，

我说女士们，穿得甭那么太露骨。

肚脐眼儿那怕招风，

露得太多，这个往后您就不舒服。

各位您说是不是？

来点掌声鼓舞鼓舞。

生活质量大提高，

饮食方面更富足。

过去是什么都没有，

现在是什么都丰富。

说吃得不好都没人信，

大街上尽见啤酒肚。

若不是改革吃得好，

哪来的肚子像孕妇。

幸亏这胡同改了马路，

不然的话，两个大肚子赶一块儿——胡同交通就

得堵。

北京的胡同很少见了，

乔迁之喜，新楼房住。

社区建设得像花园，

退休的老人不亦乐乎。

第二段　百年辉煌放光芒

什么合唱团，歌咏赛，

大爷大妈广场舞。

哎，您快瞧，大爷前边儿快三步，

大妈还在后边扭着广场舞，

穿过了花园放眼望，

呵，视野开阔各环路。

环套环路连路，

城里城外都有路。

二环路，三环路，四环、五环、六环路，

六环以外外环路，

外环路，内环路，

内环外环路套路。

路经环岛上桥路，

桥上路，桥下路，

桥下桥上过铁路。

过了铁路出主路，

出了主路进辅路。

进了辅路走小路，

绕过这条小路奔高速。

那真是，路挨路，路靠路，

路挨路靠路接路。

路中有路路通路，

路路相通八方路。

甭管到哪儿全有路，

一路畅通终点路。

首都的交通变化大，

若相比较，比起国家的发展，沧海一粟。

咱们的中国厉害了，

高科技成果更突出。

网络要覆盖全宇宙，

电子通信原子量子卫星雷达世界都把拇指竖。

时代在前进，

形势如破竹。

扬帆共起航，

高铁在加速。

"嗖的"一声响，

时速三百五。

千里之遥不算路，

第二段　百年辉煌放光芒

"噌"的一下，哟嗬……见着媳妇。

您陪同夫人游天下，

看看祖国的建设，一饱眼福。

往远处看，珠港澳大桥，似串珍珠，

世界之最，屈指可数。

全长五十五公里，

还有海下长长一段路。

穿过隧道望全景，

令人惊叹，哎呀呀，心跳过速，是超级工程脱俗不凡。

古今中外，一个大字就叫"无"，

都惊呆了美国的特朗普。

这普京一看也犯迷糊，

啊，没人敢接这个活儿呀。

不要回扣也犯怵。

嘿，这大桥，似神建筑，

象征着伟大的、无往不胜的中华民族。

您再遥望，中国的巡洋舰远洋航母，

气势磅礴，海上飞舞。

抬头看，各种新型战斗机，

雄鹰展翅，穿云破雾。

空中的优势创奇迹，

又传来，飞船把月球来登陆。

伟大领袖毛主席，

早就对此有过论述。

敢下五洋去捉鳖，

就敢九天揽月不含糊。

到月亮上面看一看，

看看能不能为咱们来服务。

为我所需，为民所用，

这个离这不远也有个照顾。

相互之间送点礼，

留下个玉兔带回点儿土，顺便瞧瞧嫦娥她二叔。

我还跟您说啊，传回的信号贼清晰，

小沙粒儿全都那么清楚。

世界一网收眼底，

都知道你们家在哪儿住。

这个您说厉害不厉害，

宇航成功，有目共睹。

嘿，伟大的中国共产党，

引领世界一带一路。

嘿，伟大的祖国在奋进，

普天同庆敲锣鼓。

我们雀跃，我们欢呼，

我们自豪，我们鼓舞。

我们永远跟着共产党，

把中国梦想来描述。

美好的未来更璀璨，

山河壮丽彩旗舞。

奔向小康党指路，

色彩斑斓展宏图。

万紫千红织锦簇，

中国人民永幸福。

第三段　民族英雄民族魂

一轮红日映苍穹，

普照着大地分外明。

自古英雄出华夏，

华夏儿女多英雄。

民族英雄民族魂，

我是满怀豪情唱英雄。

哎，说英雄，道英雄，

英雄至今也数不清。

自从盘古开天地，

东方这块净土，就爱和平。

可您爱和平他不爱，

侵略者看咱们都眼红。

要占我领土夺宝藏，

他们都想到这分杯羹。

呸！就这帮浑蛋想得美，

龙的传人，可不是那么好欺凌。

还跟您说，自打地球一转那天起，

炎黄子孙，就把这个"横"字给写成。

谁来侵略俱不怕，

谁想欺负我们也不行。

犯我国土必诛之，

踏进半步，这个"横"字就要把你横。

有来无回莫怪我，

要怪就怪，上苍所赐，这个民族就是这个魂灵。

人不犯我，我不犯人，

抗击外侵，那是四面八方出英雄。

古有爱国诗人文天祥，

打败清军卢象升。

民族英雄戚继光，

抗倭寇，他在台州，九战九捷敌心惊。

皇上封他把高官做，

他摇头，封侯非我意，但愿海波平。

赶走荷兰殖民者，

收复台湾郑成功。

甲午海战邓世昌，

致远舰浑身带伤往前冲。

他高喊，加速前进把它撞沉，

"轰"的一声，以身殉国火光冲天海上红。

关天培，鸦片战争为民族，

林则徐，虎门销烟百姓康宁。

谁不知，岳家军岳飞岳鹏举，

疆场杀敌一荡平。

一出征，顶盔掼甲，罩袍束带，

扳鞍，认蹬，翻身上马，他把银枪这么一拧。

把兀术吓得可真不轻，

趴在了马上直哼哼。

杨家将，杨老令公杨继业，

满门忠烈战袍红。

七郎八虎多英勇,

八姐九妹有威风。

佘老太君押粮草,

大破天门穆桂英。

替父从军花木兰,

梁红玉擂鼓抗金兵。

巾帼英雄人称颂,

万古流芳传美名。

一九〇〇庚子年,

八国联军进了北京。

有民族气节的老百姓,

拿起铁锹菜刀往上冲。

小伙子的锄头能要命,

老头儿的烟袋也不轻。

姑娘、媳妇的擀面杖,

老太太的锥子亮晶晶。

有部电影,有一个镜头演得好,

有个法国小子叫荷尔蒙。

大胡子，蓝眼睛，

肚子胖得像狗熊。

是狗熊，就发情，

要不他叫荷尔蒙。

他踹开了房门屋里望，

看见老太儿媳美娇容。

他哈哈大笑扑过去，

老太太身后不留情。

抄起了锥子这么一捅，

"噗"的一声，这小子当时一激灵。

他"嗷"的一声窜出去，

半拉屁股全都红了。

这锥子正好扎洋腚，

把臀部捅了个大窟窿。

老人家今天有点儿猛，

锥子把儿全都进肉中。

紧跟着使劲一和弄，

那屁股能不大窟窿吗?

这回好了,他再上厕所都方便了,

双管齐下多功能。

比一块来的多了个洞,

再刺个双眼皮儿,那可气死六国大明星。

中国人民不好惹,

民族魂牵连着百姓全是兵。

一位位,一名名,

成千上万似繁星。

九一八,日军侵华东三省,

烧杀抢掠乱横行。

嘿,一声春雷天地动,

共产党,率领的大众人民战争。

要把鬼子赶出中国去,

实现国家独立自由,

涌现出的英雄数不清。

刘胡兰,面对铡刀何所惧,

生的伟大,死的光荣。

党的女儿赵一曼，

受尽了酷刑，不吭一声。

董存瑞舍身炸碉堡，

邱少云，烈火燃身，不动身形。

回民支队马本斋，

拉起了队伍跟党行。

抗联将军杨靖宇，

跟日寇，常年周旋在茫茫林海雪原中。

肚无食，腹内空，

撕破了棉袍把饥充。

弹尽粮绝含微笑，

那真是，气吞山河大英雄。

八女投江，人们不忘，

最小的十三叫翠玲。

狼牙山的五壮士，

跳崖前，振臂高呼共产党万岁！齐纵身形。

抗日英雄难说尽，

话到嘴边儿，我不想再说都不成。

第三段　民族英雄民族魂

李玉和赴宴斗鸠山，

铁梅接过了信号灯。

沙家浜，芦荡火种，

十八个战士似青松。

赵永刚飞车炸军火，

李向阳双枪从不空。

节振国大闹燕春楼，

影响了多少的小儿童。

鸡毛信里的小海娃，

小兵张嘎多英勇。

儿童团员王二小，

手持着红缨枪，他把鬼子带进我们的包围圈。

那鬼子一个都没剩，

不愧为少年英雄。

嘿，小英雄，大英雄，

大小英雄，老英雄。

侵略者绝没好下场，

犯我中华绝不容。

看今朝，伟大的祖国多强盛，

大江南北展繁荣。

举国上下齐欢庆，

高歌时代震长空。

永远跟着共产党，

奔向未来更光明。

民族英雄民族魂，

中华儿女中华情。

江山壮丽江山秀，

东方永远东方红。

第三段　民族英雄民族魂

第四段　英雄谱

日出韶山东方红，

中华儿女多英雄。

英雄谱写英雄曲，

英雄的赞歌人民颂。

英雄的事迹千千万，

英雄的美名数不清。

庆贺建党百周年，

举国上下齐欢腾。

忆往昔，八一南昌武装起义，

向反动派发动了总进攻。

打响了革命的第一枪，

这枪声，就如同火山爆发天地崩。

周恩来同志来领导，

还有朱德、叶挺与贺龙。

由南昌到湖南，

井冈山会师毛泽东。

秋收起义大暴动，

赣江南北舞东风。

三次反围剿，取得了大胜利，

但党内的斗争仍不停。

左的右的，机会主义分子齐出动，

他们疯狂向党来进攻。

就在这时候，遵义会议指方向，

党中央的决策多么英明。

北上抗日救中国，

踏上了，震惊中外、举世闻名的两万五千里长征。

说长征，道长征，

长征的路上多英雄。

突破了四道封锁线，

四渡赤水，绕得敌人头发蒙。

第四段 英雄谱

过了金沙江，越过大凉山，

往前走，大渡河水浪奔腾。

两岸的山峰望不到顶，

急流翻滚赛过凶龙。

对岸有重兵来把守，

不让咱们红军北上行。

他们早已把桥给破坏掉，

在这半悬空，只剩下了几根铁索绳。

十八勇士攀铁链舍生忘死，

冒着枪林弹雨往前冲。

国民党一见要失守，

吓坏了敌人的领头兵。

"我说弟兄们，给我往上冲，

一人赏四两大烟土。"

嗨，就是八两也不成了。

勇士们就拿下了泸定桥，

红军继续北上行。

眼前就来到了夹金山，

白皑皑的雪山超级冷。

终年的积雪从不化，

多变的气候难存生。

鸟雀发愁过不去，

老鹰叹气翅不灵。

自古无人能翻越，

暴雪山崩不留情。

红军战士不怕难，

咬紧了牙关上冰峰。

雪山高，天寒冷，

冰滑峰陡路难行。

您快看，狂风起，雪峰崩，

风吼峰崩震耳鸣。

雪花随风漫天舞，

狂风卷雪乱飘零。

雪落冰峰刺人眼，

冰峰落雪眼难睁。

眼难睁，看不清，

缺氧气，路不明，

雪山之中还有雪坑，

第四段　英雄谱

掉到坑里活不成。

红军战士哪管它，

高举着红旗，大队人马浩浩荡荡就过了山峰。

终于翻过了大雪山，

抬头望，无边的草地雾蒙蒙。

沼泽地，烂泥坑，

过不去草地就得牺牲。

缺水断粮困难大，

草根皮带就把饥充。

困难吓不倒英雄汉，

草地难阻众英雄。

过了草地，劲不松，

腊子口上打冲锋。

攻下了最后这一关，

咱们红军，终于到达了延安城。

在陕北，建立了革命的根据地，

宝塔山下万众欢腾。

在这里，毛主席提出论持久战，

全面开展抗日战争。

游击战，麻雀战，

地道战，地雷战，

男女老少全民皆兵。

叶挺、陈毅，率领革命的新四军，

八路军是咱们的朱德总司令。

平型关大战传捷报，

这一战，击毁了日寇精锐部队，板垣师团四千多人

还挂零儿。

平型关，是抗战的第一大胜仗，

给日寇的侵略敲响了丧钟。

百团大战规模大，

由彭德怀亲自指挥来调兵。

这一战，打破了敌人的黄粱梦，

牵制了日寇百万兵。

陈毅的黄桥决战意义重，

大帅之才显神通。

为国家，为民族，

抗日的英雄数不清。

长白山，抗联将军杨靖宇，

第四段 英雄谱

常年周旋在茫茫林海雪原中。

深山老林多么艰苦，

缺衣少粮度寒冬。

杨靖宇，三个大字铮铮响，

在这战斗中，他只身奋战直至壮烈牺牲。

敌人认为他非同小可，

要开膛剖腹识英雄。

他们哪儿知道，咱们的将军，肚里一粒粮食也没有，

全都是棉絮腹内盛。

敌人一见难思议，

大吃一惊，从心里佩服咱们英雄。

抗联女杰，赵一曼，

赛过花木兰，胜过穆桂英。

气壮山河多么英勇，

大义凛然，不愧巾帼之英雄。

八女投江，献身躯，

视死如归那么从容。

回民支队马本斋，

怎容忍，日寇的践踏，在咱们的国土乱横行。

拉起了队伍打日本，

举义旗，参加八路军跟党闹革命。

黑山阻击战五壮士，

英勇跳下狼牙峰，

一幅幅的画面多么悲壮，

您想想，小日本，怎能不被淹没在人民战争的汪洋

大海中？

一九四五年，日本正式宣布投降，

他们夹着尾巴就撤了兵。

紧跟着，解放战争炮声响，

淮海、平津、辽沈，三大战役人人都闻名。

董存瑞，舍身炸碉堡，

为的是，祖国的人民早日安宁。

百万雄师过大江，

解放军，攻下了总统府时锣鼓震南京。

国民党彻底完了蛋，

鞭炮响，迎来了中华民族胜利诞生。

一九四九年，十月一日鸣礼炮，

举国上下齐欢腾。

第四段　英雄谱

毛主席，站在天安门的城楼上，

在两旁，十大元帅，十大上将，多么威风。

毛主席，红光满面，频频招手，

检阅咱们人民的军队海陆空。

啊，这伟大的日子多么不寻常，

是英雄的鲜血把它换成。

纪念碑，入云层，

翠柏围绕不朽的英雄。

一九五〇年，咱们国家刚刚站稳脚，

美帝国主义，又向朝鲜发动了进攻。

咱们中国人民志愿军，

毅然跨过鸭绿江，保卫世界和平。

朝鲜战争多么残酷，

炮火纷飞显英雄。

奇袭白虎团，

坚守上甘岭。

有人就有阵地在，

口号声声贯长空。

黄继光，用自己的胸膛堵枪眼儿，

赢得了战斗顺利进行。

邱少云，为了战友的隐蔽和安全，

烈火烧身，安然不动。

爆破英雄杨根思，

罗盛教下水抢救儿童。

杨连弟，他在八号顶上大爆破，

炮声响，当时把耳朵都震聋啊！

无处藏，无处躲，

哪管个人生死安宁。

银燕展翅张纪会，

王海飞翔蓝色天空。

他击败了敌机整九架，

连美国的空中优势也撅着个屁股就往下冲。

在朝鲜，志愿军英雄不计其数，

他们永远活在，中朝人民的心目中。

五十年代，欧阳海勇猛拦惊马，

麦贤德，八六海战建奇功。

雷锋人人都知道，

是解放军的，模范典型。

忆往昔，看今朝，

多少的英雄数不清。

一代英雄倒下去，

英雄的事业，又有英雄来继承。

英雄献身为人民，

人民永远爱英雄。

说英雄，唱英雄，

夸英雄，赞英雄。

英雄谱上写英雄，

千秋万代留美名。

第五段　明天更是个艳阳天

改革开放万民欢，

神州大地凯歌传。

江南塞北争芳艳，

迎来了国庆，七十周年。

一年是三百六十五个日，

这七十年要是加起来，

可就是两万五千五百多天。

这两万五千五百多天，

包含着多少个前天和昨天，

又有多少个昨天和今天。

您想一想，算一算，

昨天的昨天是前天，

前天的明天是昨天。

昨天的明天是今天。

今天和昨天，

昨天和今天，

今天与昨天，

昨天与明天，

前天、昨天、今天、明天可不一样，

像一面镜子照人间。

今天我不把别的唱，

我唱一唱前天、昨天、今天与明天。

当着大家，我就来个鲁班门前弄大斧，

论了解，在座的体会可比我全。

想当年，咱们中华民族多灾难，

人们的生活，衣食住行破烂不堪。

那会儿那个年代我没赶上，

我是听我的父亲对我谈。

我出生得怎么那么巧，正和国庆是一天。

一九四九年十月一日整十点，

怎么那么寸，开句玩笑，礼炮不响我不会光临到人间。

"哇啦"一声我抹开俩眼仔细看，

嘿，见一副竹板摆在我面前。

锃光瓦亮拴着红线，

我爸爸一打，噼里啪啦逗得我乐了老半天。

要不说咱们的快板唱得好，

那时候我就结下缘。

我唱了整整七十年，

我拿它说前天，谈昨天，

唱今天，论明天。

唱得幸福言不尽，

唱得首都春满园。

唱出个姹紫嫣红的新世界，

唱出一个五彩缤纷的天上人间。

我们这辈人，酸甜苦辣全都有，

说句实话，没有共产党咱们就不会有今天。

前天是个什么样，昨天如何暂不谈。

今天大家都看见啦，

明天的辉煌更可观。

第五段　明天更是个艳阳天

那豪言壮语咱们不会，

华丽的词句我也没学全……

什么海枯石又烂，

地覆天又翻，

爱你有多深，

亲你有多甜，

想你有多好，

吻你有多美……

这些咱们可都不成，

说点家常，实实在在的倒坦然。

什么张家长，李家短，三个蛤蟆五只眼。

哎，您别看这些事情小，

它可能说明，前天、昨天、今天与明天。

咱就拿衣食住行讲吧，

这在当今时代最明显了。

原来咱们大伙吃什么？

那包顿饺子算过年。

大腌萝卜熬白菜，

窝头白薯算美餐。

前天还吃糠把菜咽呢，

昨天就换成大白面。

今天便是全家福，

鸡鸭鱼肉您随便。

这些个您都不爱吃，

没关系，那就换换口味，还有海鲜。

过去是发愁没的吃，

现在是发愁……怎么又吃饭呢。

整天不知吃什么好，

粗粮比细粮还值钱。

我说这话对不对，

朋友们，大家的掌声就能证明这一点。

(白) 谢谢！

您瞧没有，鼓掌的都是明白人，

要不说体会比我全呢。

这说明呀，生活确实大提高，

首都的美食，连外国朋友都称赞。

咱们说完了吃再说穿，

有目共睹，大家全都有直观。

第五段　明天更是个艳阳天

51

过去咱们外表什么样，

那鲜艳的衣裳很少见。

除了灰，就是蓝，

想岔岔颜色都很难。

谁要是穿个国防绿，

就说他爸爸是军官。

前天的衣裳还不体面呢，

昨天的就换羊绒衫了。

今天您都穿名牌啦，

明天就什么都不穿啦，

不是……明天就越穿越简单啦。

少而精，身长短，

您别看挺薄还挺暖。

走在街上，咯嗒咯嗒扬着个脸，

美丽动人，是那么样的新潮那么显眼。

啊……看来大伙都直了眼，

原来是时装展新款。

看今天，不光是服装领潮流，

居住的环境也大变迁。

您走一走，站一站，

瞧一瞧，串一串。

围着这个京城转一转，

东西南北地看一看。

栋栋楼房连不断，

拔地而起立蓝天。

看不见前天的小平房啦，

也找不着昨天的半头砖。

今天您就搬家乐，

明天更是天上人间。

那真是，居住的小区连成片，连成片，

住宅的面积大翻番，大翻番。

咱们得到的实惠大改善，

大改善，

幸福的生活唱不完，唱不完。

衣、食、住都没问题啦，

您若是出行就更方便。

前天的小道看不见了，

昨天的马路已加宽。

第五段 明天更是个艳阳天

今天是空中架彩虹，

明天的彩虹就更斑斓。

放眼望，公路多平坦，

干线环套环。

交通大发展，

高速箭离弦。

平安大道平，

大道保平安。

立交凌空建，

首都一景观。

座座似明珠，

颗颗光闪闪。

纵横又交错，

亚似起波澜。

嗬，四通八达织成了网，

车水马龙一望无边。

嘿，条条大路通北京，

北京城，和世界各国紧相连。

啊，伟大的祖国，织锦绣，

长城脚下锣鼓喧天。

咱们京郊大地也风光美，

父老乡亲日子甜。

他们不缺米、不缺面，

不缺煤、不缺炭，

不缺水、不缺电，

不缺葱、不缺蒜，

就是缺少了单身汉……

前天还什么看不见呢，

昨天就买了大彩电啦。

今天的电脑上了网了，

明天的买卖就做到荷兰。

您坐在家里头一按键，

哗啦哗啦地挣大钱。

那真是，山乡美景如绿叶，

衬托着北京似花篮。

七十年，不平凡，

日新月异展新颜。

七十年，天天变，

变得锦绣江山火一团。

变得小伙儿更好看，

变得小妞赛过天仙。

老太太越变头发越黑，

变得老头儿像个青年。

变得老太太能吃崩豆，

变得老头儿越变越活泛。

变得他们全都有了新观念，

通过电脑网络去把恋爱谈。

农村变成了大城市，

戈壁荒滩变成了丰收田。

锄头铁锹变成了机械化，

秃山野岭变成果园。

自行车变成了小卧车，

有线的电话变成了无线。

今天的生活越变越多彩，

明天更是一个艳阳天。

艳阳天，是明天，

火辣辣的太阳暖人间。

最后再让咱们齐祝愿，

祝我们的祖国立地顶天。

愿我们的前天再也不复返，

喜讯光鲜的好事传到今天。

今天的改革开放再发展，

咱们共同奔向，灿烂的明天。

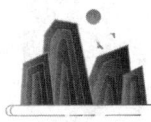

第五段　明天更是个艳阳天

第六段　北京人

咱北京，改革开放日日新，

万紫千红满园春，

生活越来越美好，

嘿！这可乐坏了北京人。

北京人干吗这么高兴，

皆因为，咱北京是中国的首都，

世界的窗口，屹立东方最迷人。

吸引着五湖四海的八方客，

名胜的古迹悠久的历史，博大精深。

今天的北京更多彩了，

绚丽夺目，闪闪发光照亮了北京人。

北京人他能不骄傲吗？

个个自豪扬眉吐气，

老少爷们儿拍着胸脯，

嘿！咱哥们儿就是北京人。

北京人说起北京的事，谈古论今，

不说、不聊、不吃、不喝、不玩、不乐、

不讲文明、不跟时代、不谈和谐、不玩电脑、不会上网、

不看世界、不观新闻，他怎么能够称得上是北京人。

俗话说，水有源，树有根，

想当初，房山周口店，就有了祖先北京猿人。

他们打猎为生学耕种，

靠顽强的信念，不断地繁衍在生存。

优秀的美德传下来，

一代一代，这才有了北京人。

慈禧太后坐天下，

名人科举进了翰林，

天子脚下人才广，

五行八作、三教九流全都成了北京人。

四九城迎旭日，

张择端的《清明上河图》，

画的犹如北京的清晨。

北京人自古就勤劳，

丑末寅初便耕耘，

戏园子茶社哪儿都有，

京剧国粹入了宫门。

民族文化大发展，

市井风俗在更新。

北京人说话北京味，

一张嘴都爱带个"您"。

"您好啊，您吃了吗？"

"哟！好长时间没见您！"

"您高寿啊？"

"您哪儿发财啊？"

"敢情您老要出门，

老爷子您慢着点，

不成我来扶着您。"

嘿，您听听这语言对人多尊重，

文明礼貌、热情洋溢、五讲四美这才找着根。

老北京，没有"你、我、他、仨"这么一说，

对长辈说出这字那叫不尊。

最起码说您没教养，

就是有文化懂外文，

也值一个嘴巴往上抢。

得未曾说话面带笑，

和颜悦色大大方方，

这才是地道的北京人。

咱们国家提倡讲和谐，

请各位说话多带"您"。

在京城内，各行都有各行的道，

听话茬，就知道您是哪路神。

比身份证都管用，

十有八九的不离分。

王公大臣呼万岁，

秀才状元讲论文。

洋车一抬："您上哪儿啊？"三轮一蹬，

嘿！爷们儿，我拉着洋人哈德门。

仁兄贤弟一抱拳，

这幅水墨丹青送给您。

茶馆云集老百姓，

京腔京味儿那么动人。

北京的老话儿讲哲理，

胡同语言寓意深。

吃在京城话不假，

北京的小吃更馋人。

如今的庙会以展示，

老字号，也抖擞精神焕新春。

豆汁引来了贵宾客，

烤鸭出口香喷喷。

什么新加坡、菲律宾，

东来顺、小肠陈，

丰泽园，都一处，

鸿宾楼专门带回民？

不是啊，谁去了他也接待，

满面春风地欢迎您。

前前后后张罗着您，

不给钱他还要送您。

送您去哪儿？

您琢磨啊，绝对不是天安门。

北京人办事讲实际，

要称称自己值几斤，

年轻人都爱小轿车，

兜着风载着心上人，

买车开车是个好事，

别因为它，动用了父母的养老金，

啃老族狮子大开口，

十万八万地往外抢，

要知道老人不容易，

多年的心血，积攒了一分又一分，

若没能力就别买，

也给咱们警察省省心，

在路上行车要礼让，

当今的北京讲人文。

说实话，首都的交通够发达的，

那也架不住，小汽车走进了各家门，

再搭上出租、摩的、三轮、公交、自行车，

剐剐蹭蹭地闹纠纷，

知道是路上给堵塞了，

不知道的，还以为要拍各村的八路逮皇军呢，

既然是各位到了京城，

就要为首都献爱心，

有句话嘛，叫既来之则安之，

既然来之，您就是真正的北京人，

到北京您要争模范，

一切法规要遵循，

多为北京增色彩，

不能给首都染灰尘，

把爱国创新包容厚德来展现，

咱们大家一定记在心，

为北京的建设出把力，

让美丽的京城成为世界一流花园般的都市，五彩缤纷，

到那时咱们多高兴啊！

这其中，就有您的贡献您的爱心。

您的大名扬四海，

还甭管您是哪方人。

您是上海人，还是浙江人，

是河南人，还是河北人。

山东人、山西人，

辽宁铁岭鞍山人。

甘肃宁夏青海人，

西藏拉萨牧马人。

乌鲁木齐新疆人，

呼伦贝尔草原人。

鄂尔多斯蒙古人，

加格达奇伐木人。

乌苏里江打鱼人，

蘑菇老人采药人。

提了鳎目的喇嘛人，

唱二人转的东北人。

四川来了变脸人，

天津来了曲艺人。

吴桥来了杂技人，

广东来了生意人。

香港的人，澳门的人，

第六段　北京人

海外归来龙传人。

英国人，美国人，

德国法国日本人。

无论您是工作、学习、旅游居住在北京，

统统都算来京的人。

您就是太空掉下的人，

到了北京，您就成了北京人。

台下所有的朋友们，

咱们都是北京人。

做与时俱进的北京人，

做自强不息的北京人。

做文明有礼的北京人，

做和蔼可亲的北京人。

做助人为乐的北京人，

做见义勇为的北京人。

做高高兴兴的北京人，

做欢欢乐乐的北京人。

做健健康康的北京人，

做地地道道的北京人。

做人文北京，绿色北京，

科技北京的带头人。

大家都是北京人，

都是阳光灿烂的北京人。

第七段　娘

人生在世，何人不为父母养，

孝敬的美德永流长。

伟大的母爱深似海，

莫把这个"孝"字扔一旁。

我给大伙讲一个小故事，

真人真事，既普通来还不寻常。

我们楼里住着一个大哥，

每天背他的母亲出楼房。

有电梯从来都不坐，

也不知究竟为哪桩。

他们家可住十二层呢，

您想想，上来下去，没点毅力还真够呛。

我们街坊四邻都纳闷儿，

我更好奇，我见到了大哥问其详。

我跟大哥这么一聊，

哎哟，敢情这里边大有文章。

大哥的经历可不凡，

说起来这话可就长了。

大哥说：唉，过去的情景实难忘，

回想起，历历在目一桩桩。

小时候家里条件差，

若论穷，我们家全村数得上。

我从来没见过我父亲，

他走的时候我还没生降。

后来我听说因事故，

矿上不幸遭了塌方。

没了父亲，农村的日子可不好过，

千斤的重担，就落在了母亲一人的肩上。

从我记事起，我就知道我的双腿动不了，

一切生活得靠我娘。

我的天地就是一个炕，

从早到晚，爬来爬去地拜四方。

不像现在，眼下这孩子多幸福，

玩具得装几大筐。

我那会什么都没有，

尽拿笤帚疙瘩当手枪。

我娘说，笤帚让我玩的都没了毛，

那炕上，天翻地覆慨而慷。

后来看别人在打闹，心里奇怪问我娘：

"娘，我这俩腿是咋回事，

能不能给我讲一讲？"

娘说道："我跟你说过多少次了，

你这孩子刨根问底就这么犟。"

"不吗，长大了我也想上学。"

"上学的事情甭着忙，

娘不是跟你说过吗，

乖，听话，这事儿用不着你去想。"

"可我没腿怎么走……

不行就做俩小拐杖。"

我娘一听可生气了，

"做什么拐杖不拐杖，

不定哪天腿就好了，

实不成，娘能背你上学堂。"

"那到底好得了好不了……

我不能老是这个样。"

"谁说你老是这个样了，

你生下的时候可健壮了。

不就因得了一场病，

昏迷不醒入了膏肓。

娘带你看过了多少趟，

无济于事，急得娘庙里头直烧香。

人大夫说啦，你这病不是治不了，

长大肯定有希望。

你自己也没事多锻炼，

活动活动扶着点儿墙。

咬着牙往起站，

从小学会要坚强。

大夫还说，让我带你北京去，

第七段 娘

首都的专家医术强。

到了那肯定能治好，

这也是娘的一个愿望。

过两年，等咱们把钱攒够了，

再卖个猪卖点儿羊。

还有你爹那点儿抚恤金，

就是典房子卖地，娘也要带你去一趟。"

娘的话让我心安慰，

我盼着将来有希望。

转眼间，眨眼的工夫该上学了，

您说这光阴多快当。

记得刚开学的那一天，

是娘送我上学堂。

她背着我可高兴了，

就仿佛眼前有了曙光。

还给我做了个小书包，

过去那粗布，还绣着葵花向太阳。

刚开学，娘还特意给我烙了张饼，

怕麻烦同学上食堂。

我们好多的同学都住校，

唯独我，一天一个来回走慌忙。

一天一个来回的不是我，

一天一个来回的是我娘。

我们学校离家可不近，

得翻过两座小山梁还得穿沟过坎绕泥塘。

就这样，就这样每天都如此，

我在娘的背上度时光。

娘背我，走出了一条羊肠路，

娘背我，不怕山风暴雨狂。

娘背我，起早贪黑无阻挡，

娘背我，披星戴月三伏三九，

从来不往心里装，

怎么能够不让我心疼娘。

娘的腰越来越弯曲，

我是越来越大增分量。

越长越高越懂事，

越懂事我心里就越悲伤。

记得有一天，回家的路上……

第七段 娘

说真的，那天我终身都难忘。

也许是上苍救穷人，

要不就是天意把我帮。

那天的天气特别好，

响晴白日，路旁山花吐着芬芳。

我们娘俩边走边说话，

汗水湿透娘的衣裳。

她越走越慢越吃力，

呼哧呼哧地拉风箱。

就这样还给我讲故事，

什么孙悟空牛魔王。

我知道，娘是在千方百计地哄着我，

不让我感觉她累得慌。

若无其事一个样，

谈笑风生那么平常。

我深知，娘的身体不像从前那个样，

她老了，未老先衰，生活的磨难，让她两鬓早早就

挂了白霜。

我感觉到，娘是在挣扎着每一步，

这每一步，都是她的艰辛和期望。

望着背影，我心里头在流泪，

她那白发直抚我的面庞。

我意识到，娘的付出都为我，

我也领略出，母亲的伟大，深深的厚爱，胜似阳光。

这就是中华民族的普通一女，

这就是平凡高尚，贤惠善良。

中国的母亲都如此，

我们每个人的妈妈全是这样。

望着她，千头万绪心情乱，

我想再不能让母亲为我再遭殃。

我突然说："娘我不想上学啦。"

"什么？"

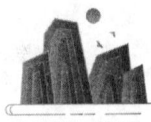

我娘闻听就是一晃，

怎么那么巧，正赶上"咔嚓"一个炸雷响。

霎时乌云遮太阳，

紧跟着瓢泼大雨降，

飞沙走石大风狂。

谁知这天气陡然变，

我娘她可一点儿没提防。

身子一晃，脚一滑，

咕咚咚，一下子把我甩路旁。

她顺着山坡滚下去，

也不知摔向哪一方。

我当时一看可急了眼，

噌！站起来我就忙喊娘。

"娘……"我叽里咕噜地跑下去，

见我娘，见我娘就在地上躺。

紧闭着双眼不说话，

额头上止不住地冒血浆。

这时候，大雨哗哗仍然下，

风吹树叶沙沙响。

"娘……你醒醒啊……你怎么了……娘……"

我娘她慢慢地睁开了眼，

"啊？"她愣柯柯地把我望。

"孩子……孩子……是你吗？

你怎会来到我身旁……"

我说："是我呀，娘……"

"你站起来了……"

"啊，对呀。我站起来了，

哎，我怎么站起来了，我真是不敢想。"

嘿！打这天起，我自己慢慢地能上学了，

立壮志，要用我的人生写文章。

往大了讲，将来我要报效祖国，

往小了说，挣了钱好好地疼我娘。

就这样，我在北京上了大学，

留在了首都，娶妻生子，接来了我娘。

您瞧我俩腿全康复了，

可是谁想到啊，我娘反倒下不了床。

我对她说："娘，您甭担心，甭害怕，

有我呢！有儿子守在您身旁。

您的腿长在了我身上，

您一句话，比您自己的都便当。

娘，从我懂事那天起，

就知道老在您背上。

您整整背了我十二年，

这十二年，您饱经了风霜，

第七段　娘

77

我看在眼里铭记在心房。

这十二年，您为我吃了多少苦，

这十二年，没有压弯您的脊梁。

这十二年，我一年比一年重，

这十二年，您把羊肠小道踩得那么瓷实，踩得那么光。

娘，也让我背您十二年吧，

我天天背您出去逛。

正巧咱家十二层，

这十二，也正好让我来补偿。

有电梯咱们也不坐，

就是十八层，也没我上学的道路长。

我背您就想起了您背我，

我再背您，娘的恩情，我也还不上……

嘿！听完大哥这么一讲，

方清醒，他为何不坐电梯背老娘。

我把它编成了快板书，

肯定打动您的心房。

孝顺老人为高尚，

没齿不忘父母娘。

大千世界谁无老，

尊长爱幼是沧桑。

羊羔跪乳知母爱，

乌鸦反哺顺天良。

我这段快板您别忘，

您也传一传"不坐电梯背老娘"。

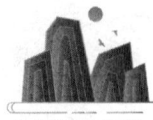

第七段　娘

第八段　话说和谐

自古以来，中华民族讲一个和，

和字的意义可了不得。

自从盘古开天地，

咱们炎黄子孙就爱和。

那位朋友问了，您这可说得太轮廓，

您说的这和是哪一个和。

是河水的河，还是姓何的何，

是联合的合，还是盒子的盒，

说来说去是怎么个和啊，

能不能详细说明白。

哎，朋友，您听我说，

我唱的本是和谐的和。

和字谁都离不了，

连平常说话都离不开和。

比如说吧，您和我聊一聊，我和您说一说。

哎，他和咱们也不错，

咱们合在了一块唠唠嗑。

您听是不是这么回事，

大伙要是不鼓掌，就算我白说。

这个和字论起来太广泛了，

没了它，世界全都不好说。

我说这话您不信，

历史的记载不瞎说。

孔夫子，中庸之道讲究个和，

四书五经说的是和。

儒家道家也论和，

佛学名著在谈和。

从原始社会夏商周春秋战国，

秦汉魏蜀吴三国。

晋南北朝，唐宋元明清，

第八段　话说和谐

直到今天的改革开放。

世世代代在延续，

哪朝哪代不讲和。

刘关张桃园三结义，

意气千秋，兄弟们和。

曹操不跟他们和，

若要跟他们哥儿仨和，

哪儿来的赤壁被烧，焦头烂额，

曹孟德就差点儿改成了全聚德。

想当年，八国联军进北京，

咱们男女老少齐拼搏，

小刀会，百姓和，

义和团，挥刀与洋人动干戈。

和字就是凝聚力，

和字就是咱们中国。

和字就是民族魂，

全凭它，把那红毛绿毛往外搓。

他们打那儿以后害了怕，

赶紧成立了联合国。

这两字完全两码事，

是我自己没事瞎琢磨。

咱百姓对和情有独钟，

连起个地名都带和。

什么和平门，雍和宫，

颐和园世界都晓得。

故宫有个太和殿，

雕龙画凤那么谐和。

还有忠和殿保和殿，

遥相呼应闪光泽。

这仨殿为什么都带和，

可见那皇家的宗旨也是个和。

北四环有座望和桥，

和平里的三环紧挨着，

饭庄有个同和居，

老字号有个三义和。

据传说，掌柜的最早是八旗客，

他是爱新觉罗和尔德，

他和气生财买卖火，

客客气气顾客多。

发了财娶了一个媳妇可真不错，

有一个美称叫压饸饹。

他们俩人生了个大胖小子，

给孩子起名叫协和。

在协和医院接生的，

起这个名字最适合了。

哎，据考察，带和字的人名还真不少，

统计了一下七万多。

想当初，三保太监下西洋，他叫郑和，

蔺相如与廉颇，

歌颂的本是那个将相和。

乾隆身边有个和珅，

和纪晓岚俩人死掐不肯和。

水浒中有人叫乐和，

臭豆腐有一个王致和。

唱戏的有个周和同，

红灯记有一个李玉和。

什么张和平，李和平，

中国煤矿文工团有一个瞿弦和。

调过来就是一首和弦曲，

您听这个名字还了得吗？

有和字的人名不计其数，

更说明啊，我们龙的传人，

对和的厚爱多么深刻。

咱们中国人民最和气了，

千年的百姓乐呵呵。

当今的社会讲和谐，

安定团结，和谐发展咱们中国。

俗话说，家和万事兴，

人和能治国。

政和通天下，

政通靠人和。

天人合一大自然，

天地人和，风调雨顺，五谷丰登彩虹多。

常言道，和为贵，和为乐，

和睦相处，皆大欢喜喜事多。

百姓的生活需要和，

有了和才有好生活。

看现在，有的事能和，

有的就不能和，

不能和就不能和，

若要能和就要尽量和。

不能和的非要和，

和了以后就犯原则。

本该能和偏不和，

倒霉催的就甭说了。

古人云，天下本无事，庸人自不和，

贪权夺利起风波。

国家不和起争斗，

官员不和起弹劾。

工作不和产量低，

与法不和造假货。

城管不和爱瞪眼，

小贩一急抢秤砣。

城管脑袋破，

小贩派出所。

嘴里还一个劲儿地直嘚啵，

他说什么外语我不说。

邻里不和生闲事，

鼓着瘪着的嘴嘬着。

夫妻不和家庭散，

可怜的孩子，没人看管，变成了拉兹流浪者。

兄弟不和爱动手，

姊妹不和是非多。

父子不和分家过，

婆媳不和绊口舌。

妯娌不和传闲话，

闹得他们哥儿俩抄家伙。

瞅你媳妇那臭德行，

敢欺负你嫂子赛天鹅。

她要是活得不自在，

我拿锥子扎她的胳肢窝。

嚯，您听听这话多可恶，

心黑手狠似毒蛇。

这哪儿是兄弟他哥哥，

恐怕跟拉登有瓜葛。

这才叫，好日子不得好好过，

吃饱了撑得犯疯魔。

像这路人就欠饿，

少吃两个肉夹馍。

还有好多事情不能和，

就仿佛，咱们生活当中的水与火。

您想想，小偷跟警察怎么能和，

警察跟小偷就不能和。

科学与迷信不能和，

恐怖与安宁不能和。

和平与战争不能和，

正确与错误不能和。

执法与违章不能和，

百姓与赃官不能和。

海关与走私不能和，

缉毒与贩毒不能和。

归根结底，美好的未来要靠和，

和谐的社会多安乐。

姹紫嫣红，多姿多彩生机勃勃。

您看那，少年儿童手拉手，

犹如花朵似百合。

学生跟老师讲和好，

将来的硕果必传播。

同仁同志都和蔼，

工作顺利都快活。

司机跟交警心相和，

满面春风一路畅通笑呵呵。

饭店与宾客讲温和，

红灯绿酒舞婆娑。

小小的餐馆带和气，

大大的发财不用说。

社区之内有和谐，

连保安门卫都轻省得多。

街坊四邻和为美，

温馨的小家安乐窝。

由小家比大家，

大家团结更讲和。

和谐就是新时代，

时代的人们志同道合。

我们大家一同手拉手，

共建那：和谐夫妻，和谐家庭，

和谐社区，和谐街道，

和谐景观，和谐校园，

和谐机关，和谐军营，

和谐企业，和谐城市，

和谐社会，阳光灿烂的和谐中国。

中国人论和不吹牛，

全世界都得数这个。

连国名儿起得都不错，

不愧称是中华人民共和国。

同一个世界，同一个梦，

同一个和弦，同一首歌。

我们爱和平，喜祥和，

讲和谐唱欢歌。

人间心态都平和，

安居乐业幸福多。

政通人和国兴旺，

漫天飞翔和平鸽。

第八段　话说和谐

第九段　宠孩子

俗话说，结婚娶媳妇儿，是件大好事儿。

有了孩子不像买个物件儿，

他要吃要喝是个难事儿。

话是虽然这么说，

可是哪位也不愿打光棍儿。

今天在座的小伙子们，

谁不想结婚娶媳妇儿。

您就拿我来说吧，

从小就惦记着这件事儿。

尤其现在的青年人，

结婚过日子家家都喜欢生一个儿。

独生子女都喜欢，

全拿他当掌上的明珠小宝贝儿。

常言道，谁的孩子谁不疼，

那您也千万别过分。

溺爱娇惯反不好，

到头来哭笑不得更伤心。

哎，我说这话您慢想，

我给大家说个小笑话儿。

在早先，我们那儿住着个王大爷，

老两口带着儿子过日子儿。

这儿子生来慢半拍，

说年纪也就十来岁儿。

那模样全都长绝了，

那真是，十里八乡没有对儿。

蝎子拉屎独一份儿，

秃脑门，下兜齿儿，

眼睛不大，小嘬嘴儿。

鸡胸脯，扇风耳，

拐了拐了的罗圈腿儿。

您怎么看他怎么像个小活鬼儿。

您别瞧长得不美丽，

王老头还拿着当宝贝儿。

要星星不敢给月亮，

宠着他傻淘傻淘的，不懂事儿。

王大爷不但不管还高兴，

时不时地夸两句儿。

这孩子要在街上跑，

他就说，马拉松不愁今后没有人儿。

要蹲在地上刨土坑，

他就说，错不了是地质学家的好苗子儿。

没事儿天天吹气球，

他又说，得了，这孩子工作算有地儿了，

准能去英国皇家乐团鼓号队儿，

多么足的丹田气儿。

这孩子要照他的脑袋弹一下，

他又说了，我儿子将来肯定有出息儿。

长大了准是钢琴家，

从小就爱弹玩意儿。

您再看他儿子两只手，

又粗又短整个一把小萝卜儿。

看起来买不起钢琴也不碍事儿，

为二代，索性您就献脑门儿。

有一天，王大爷饭后正打盹儿，

这孩子要钱买八喜。

老头犯困没听见，

傻小子当时来了气儿。

二话没说一猫腰，

抄起来，啪啪啪，照他脑袋来了一尿盆儿。

把老头疼得直咧嘴儿，

就打的这样，他乐呵呵的，还有词儿。

我说孩儿他妈，这小子啥时学会练武术了，

这油锤灌顶还挺来劲儿。

过两年我送他去一趟少林寺，

给方丈法师当个徒弟儿。

这宝贝将来错不了，

准比他师父还有名儿。

他们打仗用兵器，

第九段 宠孩子

咱们儿子用尿盆儿。

您瞧瞧这孩子他能教育好吗？

惯得一点儿没样子儿。

说这一日，王大爷休息没什么事儿，

到他姐姐家里边儿串亲戚儿。

工夫不大便来到了，

走上前啪啪一打门儿。

院里有个小孩答了话，

门外何人击户？

这话还是文言词儿。

紧接着吱扭扭门一响，

开门的是他的小外甥儿。

原来是舅舅大人，一向未见，可曾安康，

还好还好，小子跟谁学的？

怎么几天不见长能个儿了？

说着话，王大爷迈步往里走，

进院里拴着头小毛驴儿。

小子，这驴是你们家新买的？

小小毛驴，何足挂齿儿。

嘿，这话说得有意思儿，

那什么，你爸爸呢？

上山与老和尚去下棋儿。

哦，下棋去了，你爸爸还真有工夫儿。

他什么时候回来呀？

天早则归，天晚与老和尚同榻而眠共枕席儿。

王大爷说着进了屋儿，

见桌案上，古香古色，摆着不少的盆景玉器小玩意儿，

还有水浒，聊斋，文房四宝，墨水瓶儿。

哎，小子，这都是你的小玩具，

这是我父心爱之物，孩儿岂敢当玩意儿？

好好好，没什么事儿，我走了。

王大爷说罢往外走，

一路上就觉得心里头不是味儿。

瞧人家这孩子怎么学的，

您再看我们那老宝贝儿。

整天就知瞎胡闹，

从早到晚没正事儿。

看起来，宠惯孩子没什么好，

回去后，我也教他说说这几句儿。

他边走边想脚下快，

回到家，他叫过来可爱的傻小子儿。

哎，我说，过来过来过来，

干吗呀？

什么干吗呀？

我叫你过来，我叫你过来就有事儿。

有话说，有屁放。

哎，怎么说话呢？越来越没规矩儿。

我跟你说，刚才我到你姑家去了，

见着了你那个小表弟儿。

见着见着吧，跟我说得着吗？

怎么说不着呢？你那个表弟可好了，

人家说话都是文言词儿。

那人家爸爸教得好呀，

你不教我，你要教我我也会儿。

是呀，我现在不是教你吗，你用点儿心劲儿。

我到了他家一打门儿，

你听人说话多规矩儿。

门外何人击户，

击户你知什么意思儿？

那我怎么不知道啊，

击户击户，就是小鸡儿要吃辣椒糊儿。

什么小鸡要吃辣椒糊儿，

击户就是打门儿。

打门就打门吧，又击户了，哪儿的事儿啊。

听着，你好好学学这几句儿，

你现在岁数也不小了，

学会了明儿好娶媳妇儿。

真的？

可不真的吗？

嘿，傻小子一听可高兴了，

你快教，学会了我好娶媳妇儿。

嘿，王大爷从头至尾说了一遍，

您就甭提多费劲儿。

傻小子要说还真不错，

他句句没落一个字儿。

就在第二天，王大爷上街去办事儿，

第九段　宠孩子

怎么那么巧，他叔叔正好来串门儿。

上前把门打了三下，

傻小子一听来了神儿。

门外何人击户？

他叔叔一听可纳闷儿了。

心里话，今儿个这是怎么回事儿？

怎么傻子说话变了味儿。

小子，是我，开门吧，

哎，傻小子答应不怠慢，

笑呵呵地开了门儿。

您倒是看看谁来了，

他倒好，根本就没抬眼皮儿。

原来是舅父大人，一向未见，可曾安否？

他叔闻听一愣神儿。

傻孩子，我不是你舅父，我是你叔叔。

我是你大爷！

哎，怎么说话呢？

这大的个子没规矩儿。

你爸爸呢？

小小毛驴何足挂齿儿，

嘿，他拿他的爸爸当毛驴儿了。

那什么，你妈呢？

上山与老和尚去下棋儿。

我说你这孩子可不像话，

你妈不会下象棋儿啊。

她什么时候回来呀？

天早则归，天晚与老和尚同榻而眠共枕席儿。

他妈在屋里可受不了了，

越听心里越憋气儿。

赶紧推门往外走，

他叔叔猛然一愣神儿。

这不是你妈吗？

此乃我父心爱之物，

孩子岂敢当玩意儿？

第九段　宠孩子

第十段　因水得名小胡同

竹板一打响哗楞，

咱们开门见山唱京城。

北京的传说可真不少，

水的故事最动听。

在早先，什么北京是苦海幽州水一片，

好多龙子龙孙在此生。

刘伯温奉旨来建造，

他设计了一座哪吒城。

到后来，有个高亮去赶水，

追上了龙王瞪双睛。

他扎破了水篓放出了水，

水源这才流回了京。

黎民百姓高了兴，

胡同里边也有了水声。

您听我说的多热闹，

这都是，听我姥姥跟我瞎嘟囔。

我今天不把别的唱，

我唱一唱，因水得名的小胡同。

这些胡同有特点，

还有不少的故事在其中。

哎，我说这话您不信，

咱就转转这些小胡同。

竹板打，蹬路程，

走街串巷往前行。

眼前有几条小胡同，

传来了井水响叮咚。

响叮咚，悦耳鸣，

各种的井水有不同。

大小深浅不一样，

酸甜苦辣在水中。

在早先，有水的胡同都有注册，

这一记载，京师新巷出在了大清。

有个胡同叫沙井，

水中的沙粒亮晶晶，

周围人到这儿取水，

沙井胡同，故而得名。

还有一个胡同叫高井，

这眼井，它比其他的井水水质清。

大青石头垒井口，

四周的石阶光又平。

还有什么……

乾井胡同，赵家井，

板井胡同，牟家井，

还有章家井，厂家井，

宣家井，姚家井，

大铜井，小铜井，

大小的铜井和金井，

有洪井，有小井，

洪井小井罗家井，

东方家园井，

东西柳树井，

嘿，这些个胡同全都有井，

没有水，哪来的带"井"的胡同这些名？

想当初，这些个胡同是苦水，

百姓们不喝又不成。

有苦水，就得有甜水，

甜水就在王府井。

大甜水井，小甜水井，

这也是两个胡同的名。

在过去，好多人为水来争斗，

各胡同，传奇不一色彩浓。

其他的胡同都不唱了，

咱单说，地安门有个胡同"龙头井"。

这个胡同传说特别多，

我说一个大家听。

在早年间，这胡同南头有座庙，

弯曲的小巷似条龙。

寺庙像龙头，

仿佛要飞腾。

龙头朝向什刹海，

它像常年饮用那么现成。

据相传，在辽代时，这个地方曾叫龙道庄，

庄内的庄主会武功。

拳打脚踢全都练，

刀枪棍棒也能行。

他依仗势力耍蛮横，

欺压乡邻理不公。

他独霸庄里的一眼井，

敲诈勒索耍威风。

谁吃水必须交银两，

若不然，他就跟谁论武功。

他用大青石板盖井口，

上面放着块石碾圆噔噔。

石碾足有千斤重，

一般人想挪不可能。

这一天，他又耀武扬威井旁站，

面带着奸笑把话明。

嘿，我说各位老少爷们，

我再次跟你们交代清。

谁要是想喝我的水，

搬开这块石碾就现成。

两人三人都可以，

愿举愿抱随您行。

谁要是挪开谁用水，

若不然，乖乖地掏钱别心疼。

这小子的话音还未落，

噌，过来一个青年气哼哼。

只见他，膀大腰圆个不小，

浑身的肌肉鼓楞楞。

他搬了几搬没搬动，

浑身用力脸通红。

我说谁要喝水快过来呀，

别站在那里等现成。

他这一喊不要紧，

呼啦啦，过来几个青年一窝蜂。

大伙一同齐用力，

石碾纹丝没动成。

这时候，忽听有人高声喊，

"等一等"，嗬，这声音清脆似铜铃。

大家伙儿回头这么一看，

原来是个小媳妇儿，她长了个美娇容。

这美妇，亭亭玉立身材好，

面似粉团，体态轻盈。

看年龄十七有八九，

一双杏眼水灵灵。

穿一件大襟小红袄，

蓝绸子的裤子金边缝。

您看她，分开众人往前走，

在井旁一站答了声。

"我来问你，庄主说话可算数？

我来搬搬行不行？"

"哼，君子一言，驷马难追。"

"不妨我来试一试，

不过我有话要你听。

挪不动咱俩两拉倒，

我要搬开了，从今后，不准你刁难老百姓，

这水谁家全能用，

不准你霸道再横行。

你若是胆敢再无理，

看见了没有，我让你跟它一般同！"

说着话，小媳妇儿往前一探身，

轻轻把石碾一拨弄。

脚尖儿往起这么一钩，

一抬腿，嗖，把石碾踢到了半悬空。

然后往下一蹲身儿，

唰！稳稳当当地接在手中。

脸不变色心不跳，

一顺手，扔出了丈远，把土地砸了个大深坑。

四周人一看全吓愣了，

这庄主，转身就跑得无影无踪。

打那天起，这水井归了老百姓，

从哪儿来的小媳妇谁也说不清。

后来却说，她是龙王家的大公主，

"龙头井"的来历就此得名。

像这样的胡同说不尽，

多少的传奇在其中。

胡同的来历多典故，

我唱到明天也唱不清。

第十一段　唱念做打说京剧

京腔京韵自多情，

唱念做打样样功。

文戏武戏多变幻，

老戏新戏妙无穷。

民族艺术结硕果，

京剧国粹展新容。

文武带打多精彩，

常常都有喝彩声。

各施绝技争上下，

八仙过海显神通。

什么《赤桑镇》《淮河营》，

《三岔口》《闹天宫》。

《乌盆记》《穆桂英》,

《虹桥赠珠》《借东风》。

出出全都那么精彩,

场场全都受欢迎。

生旦净末丑,

行行有深功。

手眼身法步,

精上再求精。

唱念做打天天练,

天长日久方能成。

俗话说台上一分钟,

台下十年功。

夏练三伏热,

冬练三九风。

要说练咱们就练,

练他个虎跃与龙腾。

大家练起来舞起来,

满城花开放豪情。

刀枪棍棒齐舞动，

给大家展现四门功。

咱先说唱，唱功分为多少种，

各种唱法有不同。

有花旦彩旦刀马旦，

须生小生和老生。

有铜锤，有花脸，

老旦的唱腔更好听。

您若想观众来欢迎，

须做到腔要圆，字要正，

字正腔圆找共鸣。

音色好，韵律美，

绕梁三日有余声。

要说唱，可不简单，

您还必须带有感情。

带着感情去练声，

每日里不调调嗓子还不行。

清晨起，公园里，树林中，

小湖边咿咿啊啊地练发声。

啊咿啊咿地喊不停。

唱出来，字为主，腔为宾，

字宜重，腔宜轻，

腔出字，字出声，

吞吐擒放不能松。

音似波，气如澜，

波澜起伏滚滚而行。

唱出来，音为四声，

阴阳上下有分明。

高音轻抬过，

低处反用功，

一嗓定乾坤，

大家准欢迎。

光唱得好还不成，

不会念白也不行。

常言道，千金念白四两唱，

不信咱就说分明。

念白要有劲，

如同牙咬崩，

念白清，口必锋，

不然观众不动情，

什么红鬃烈马四郎探，

玉堂春宇宙锋，

您听着念白多好听，

那真是，咬字千斤重，

听者自动容。

字头巧用力，

韵母莫变形。

语气要生动，

字里会传情。

层次要清楚，

转折要鲜明。

您看一看听一听，

念白必须有深功。

念好唱好是一方面，

还要再做上下苦功。

做派好，台风正，

一招一式都要精。

一个眼神一个范儿，

喜怒忧思悲恐惊。

上台一动值千金，

四两能破千斤重。

眼为心之苗，

一脸神气两眼灵。

做戏全凭脸，

情景在心中。

感情要逼真，

性格才分明。

慢要松，紧要绷，

不紧不慢才算功。

三个大字稳准美，

才有真正的好台风。

好台风，要求精，

练打都是一般同。

三岔口，打焦赞，

真假猴王孙悟空。

大摔叉，朝天凳，

三张高桌朝下扔。

倒僵尸，矮子行，

云手亮相瞪双睛。

跟头一个接一个，

疾如闪电快似风。

刀枪棍棒手中举，

招招出手不落空。

嘣噔呛，呛嘣噔，

咚里格隆咚咚咚咚，

唱念做打为一体，

立于舞台定成功。

国粹之花放异彩，

迎来那，满园春色满园红。

第十二段　聊交通

有人说，北京的桥北京的路，

就好像，北京的风味小吃叫爆肚。

这话说得还挺风趣，

还该说，又像焦圈糖葫芦。

咱们都知道，北京的交通发展快，

为迎奥运，建设了很多的环形路。

什么二环路三环路，四环路五环路，

六环连接各高速。

什么京石路、京开路、京包路，

四通八达都是路。

千条万条织锦簇，

您别看修了这么多的路，

架不住，咱们生活水平在加速，

小汽车日产千万辆，

走进了千家与万户，

汽车越来越是多，

道路越来越是堵，

环路上成了大型停车场，

可就是，协警员不管这一出！

他要是过来再收停车费，

咱们就跟他玩相扑，

为这事大伙都着急，

想跟您聊聊，咱北京的交通怎样设计才不堵，

那位说，不行车辆减一半，

每天还分单双数，

这位一听不高兴了，

凭什么要分单双数？

敢情你们家没有车，

我告诉你，买辆车好比娶媳妇，

好容易把媳妇弄到手了，

你还给分单双数？

又有人说了，分赤橙黄绿青蓝紫，

规定好颜色再上路，

星期一全都是黑车，

星期二白车上马路，

星期三全都是红的，

以此类推，分他个三国与水浒，

旁边那位大姐忙摆手，

你得了吧，我看你说话就不靠谱，

眼下汽车颜色多，

哪天轮着上马路啊？

不过我倒有一个好主意，

发展公交，那是前途，

鼓励大伙坐公交，

省钱省事，对治理环境污染还有好处，

又有人说了，堵车跟设计有关联。

环路的路口就好像一幅八卦图，

这边进，那边出，

出出进进乱哄哄，

本来中间就没什么地儿，

还设了一个车站300路，

一到下班高峰期，

你看吧，整个一个岳飞大战金兀术，

后边那位大爷您说啥？

有什么主意您只管出，

我是说，四环五环都不变，

把二环三环改成单行路，

二环路全都往南开，

往北的都上三环路，

路口不设左拐线，

全都是右拐直行路，

想左拐前方去掉头，

你干什么全都不耽误，

这样车流能加大，

还能提速避免出事故，

不知道您这位听了怎么样，

要同意，我明天就上报交通部。

头几天，北六环有个外地牲口车，

在高速公路一翻个儿，跑出来五百多头猪。

这五百多头不得了，

那场面，排山倒海、色彩斑斓、势如破竹。

它们东蹿西逃嗷嗷叫，

冲天狂嚎乱咋呼。

知道的这是翻了车，

不知道的，还以为八戒选美要还俗呢。

这高速公路谁也走不了了，

动用了警力六百五，

这猪急了可咬人哪，

又难抓，又难堵，

抓不着，捆不住，

个个尾巴乱扑棱，

母猪比公猪更厉害，

又拱又咬还多了一个本能是撅屁股，

好几个警察逮一个，

最终把它们全制服了，

这一桩桩，一件件，

咱们大家一定要记住：

遵纪守法保安全，

千万可别出事故，

做健康文明的北京人，

集思广益绘蓝图，

为首都交通做贡献，

这里拜托各位老师傅，

咱们一路春风一路歌。

祝大家一路平安，全家幸福！

第十二段　聊交通

第十三段　力举独轮轴

说的是军阀混战民不安，

京汉铁路烈火燃。

就在江岸机务大厂的厂门口，

人群围了个严上严。

有一个小子在当中站，

他是粗脖子红筋喊得欢。

哎，诸位，静一静，

刚才我的话还没说完。

你们大伙儿不是来考工的吗？

哎，每人先交两块钱。

这是进厂前的考工费，

还别觉着俩钱儿花得冤啊。

这是法国老板传的令，

咱们厂的制度就是严。

这小子喊得正带劲儿，

猛然间，就听见"哗棱"一声响门闩。

大家伙儿抬头这么一看，

见一伙儿人来到了厂门前。

为首的是一个外国人，

看模样他还挺威严。

只见他，身量不高特别胖，

满脑袋的黄毛卷成团。

大鼻子头，大嘴巴，

焦黄的胡子两头弯。

肥头大耳猪头脸，

两只眼，滴溜溜地乱转直发蓝。

他身上穿的白色的西装没系扣，

墨绿色的领带把脖子缠。

脚下的皮鞋嘎嘎地响，

丝光的袜子有品位。

看样子别提多么神气，

嘴角上还叼着雪茄烟。

手戳着一跟文明棍儿，

他跛跛地走在前。

在他身背后，跟着大小监工十几个，

摇头晃脑斜棱着肩。

这家伙，就是法国老板度拉克，

这小子坏得都出了圈。

他在江岸机务大厂当厂长，

多年来，他把工人的心血都吸干。

阴毒损坏他全占，

血债累累说不完。

今天他又没憋好屁，

也不知打得什么算盘。

只见他，冲着考试的监工点了点头，

Go and speak，你继续讲话。

是，这小子接茬儿喊得欢，

哎，大家伙儿都听着，这是咱法国大老板。

今天招工他主考，

成不成的由他选。

今天咱们主要考什么呢？

你们大家伙儿看。

说着话，他顺手往南这么一指，

嚯，见一堆木头堆成了山。

方的圆的全都有，

乱七八糟，长短不齐一大片。

哎，看见了吧，今天咱们就考扛木头，

把这堆木头往厂里头搬。

看谁扛得多，跑得欢，

脚下快，腰不弯。

不偷懒玩儿命搬，

还不咳嗽不喘不生痰。

哎，谁这样谁就先进厂，

咱们争取半天儿全扛完。

愿意扛的跟我走，

不愿扛的靠边站。

大家伙儿心说别介呀，

合着我们白交两块大洋钱。

没办法，只好忍气跟他走，

皱着眉把木头搬。

这一大堆，足有上百立方米，

五六十人扛了足有大半天。

度拉克一见哈哈笑，

又冲监工把头点。

这监工把手又一摆，"来来来，都跟我上厂门口去。"

哎，还有一项没考完。

哟，大家伙儿跟着小子就往外走，

出厂门，拐弯奔了正南。

这时候，烈日暴晒正当午，

厂里的工人正下班。

都跟在后面看热闹，

人群犹如潮水般。

"哈哈哈，哎，这是考工的第二项，

你们往这儿看。"

他伸手往地下这么一指，

大家伙儿过来忙围观。

但只见，在地上摆着个大铁轮，

铁轮上生满了铁锈斑。

大铁轮上安铁轴，

铁轴镶在铁轮间。

铁轮一面没铁轴，

铁轴没把铁轮拴。

铁轮那面没抓手，

铁轮这面的铁轴，又粗还又短。

大家伙儿看得全都愣了，

闹不清这出为哪般。

"哎，看见了吧，这叫独轮轴，

又叫铁转盘。

人称搬不动，

也算扛着难。

还跟你们这么说，有我妈那年就有它，

这玩意儿在这儿好多年了。

大家伙儿都听着，谁举起来谁进厂，

举不起来呀，该干吗干吗去，

咱们闲话少说没得谈。"

哎，大家伙儿一听全都傻了，

第十三段　力举独轮轴

心说都哪儿和哪儿啊。

今天咱们是上当了，

白让他们耍了大半天啊！

这不是招工是坑人，

这是巧立名目蒙骗钱。

就这根轴，看上去足有四百五，

少说也有三百三。

轮子大，轴又粗，

不好抓，不好搬。

抱不动，扛着肩，

举不好就要出人命，

落下来就得砸成残。

还甭说累了半天儿肚子饿，

就是养足了精神吃饱了饭，要想动它也是难上难。

考工们心里头这通骂，

真是敢怒不敢言。

看热闹的工友气不过了，

议论纷纷闹声喧。

监工一见事儿不对，

急忙摆手往起审。

"别嚷嚷，有人扛没有，

啊，说话，哪位出来试试看。

要是没人扛的话呀，

今天的考工就算完。"

说道这儿，他转身看了看度拉克，

度拉克得意地把头点。

就在这时候，有两个小伙子往外走，

硬着头皮到跟前。

伸手推了推，独轮轴纹丝没动弹。

哥俩弯腰一起抱，

也没见出个所以然。

他们互相看看转身走，

把度拉克乐得，眼珠一个劲地朝上翻。

美得不知怎么好了，

又缩脖子又动肩。

掏出了雪茄一撇嘴，

双手往前这么一摊。

"太失望了，今天的考工，

第十三段　力举独轮轴

没人能称我的心愿。

我本想让你们都进厂,

中国人的体质太一般了。

考工到此结束了,

这简直让我太遗憾。"

说完话,他把拐杖一挥就要走,

猛听的一声喝喊响耳边。

"站住,我来举!"

度拉克闻听吓了一跳,

不由得浑身就是一颤。

急转回头细观望,

人群中走出一个青年。

呵,这个小伙儿长得真精神,

瞧上去与众不同。

看年纪也就二十岁,

细腰豹背四方脸。

双目有神光又亮,

两道浓眉如墨染。

上半身没穿衣裳光脊梁,

白布的小褂儿搭在了肩。

浑身上下腱子肉，

一绷劲儿，疙里疙瘩的一块一块起筋线。

顺着胸脯往下淌汗水，

巴掌宽的板儿带把腰缠。

两眼瞪着度拉克，

双目炯炯如利剑。

哼，度拉克看罢就是一愣，

走过来，上下打量这个青年。

"哼，你叫什么名字？"

"林祥谦！"

"林祥谦，多大年纪？"

"今年十九岁。"

"哼哼，十九岁就想举我的独轮轴？"

"是的！"

"你举举看！"

"不成，没那么简单，

我要是把它举起来。

你必须答应我的条件。"

"呦？"度拉克闻听一绷脸儿，

"什么条件？"

"我要是把它举起来，

你得让，今天所有的考工都进厂，

不然的话，你得发给我们半天的工钱。

我们不能白扛了木头，

白交了两块考工的钱。"

度拉克一听这句话，

啪，当时摔掉了雪茄烟。

"笑话，岂有此理！"

说到这儿，林祥谦回头看了看。

周围的群众跟着喊，

"对，发给我们工钱。"

度拉克见势不妙，

不由得心中暗盘算。

这个林祥谦好厉害，

如此的说话不平凡。

中国有句古语说得好，

初生的牛犊不怕虎，这话果然名不虚传。

看来我得小心点儿，

弄不好今天要麻烦。

可又一想，哼，谅他也举不起独轮轴，

小小的年纪出狂言。

倒不如，我将计就计让他举，

我让他林祥谦，砸不死也得落身残。

想到这儿，他冷笑了一声，点了点头，

脸上的表情很阴险。

"好，我就答应你的条件。

你，举吧。"

林祥谦，转身直奔独轮轴，

大步流星到了跟前。

把肩上的小褂儿放在地，

他又紧了紧板儿带缠了缠。

伸双臂，把腰弯，

把铁轴上下看了半天。

晃了两晃就要举，

哼，就觉得背后有人拍他的肩。

猛回头，见一位老人面前站，

花白的胡须两鬓斑。

"小兄弟儿，看样子你不是本地人吧？"

"对，老家原籍在福建。"

"小兄弟儿，我是这厂子的老铜匠，

刚才的事情我全看见了。

你这种做法我佩服，

常言道，人穷志不短。

不过我有一句话，

也不知当谈不当谈？"

"老师傅，有什么话您就说吧。"

"哎，小兄弟儿，咱可不能为了俩工钱，

把命搭在这上边儿。

这东西不是开玩笑，

举不好就要出危险。

叫我说你就忍了吧，

到哪儿不是混口饭。

有什么过不去的对我讲，

我来帮你林祥谦。"

林祥谦闻听这番话，

一股暖流涌入心间。

"老师傅，您的心意我理解，

不过这口气，我是实在难以往下咽。

他这是欺负中国人，

明目张胆地要花端。

您看看，我们这么多人，

白出了力白流了汗。

半天儿的心血算白干，

难道说，这口气咱们就忍了吗？

这一账咱们就不算，

为了给中国人争口气，

为了这些穷哥们儿混口饭。

我今天就要举举它，

即便是砸死我也心甘。"

林祥谦就这一番话，

四周围无人不称赞。

"好，小兄弟儿，你说得好，

说得对，你举吧。

一旦有个好歹，我们大伙儿管。

第十三段　力举独轮轴

不过，你先得跟他立字据，

若不然，空口无凭不好办。"

林祥谦连说对对对，

周围的群众跟着喊。

"对，让他立字据。"

度拉克一见事不好，

两只蓝眼珠紧着转。

哼，反正我的主意早打定，

即便是立了字据也是枉然。

想到这儿，他让监工拿来了纸和笔，

写完了交给林祥谦。

林祥谦接过来瞧了瞧，

转身来在老人面前。

老师傅，您还有什么话要说吗？

莫非有什么要指点。

"不，小兄弟儿，我怕你万一……"

"老人家，您就放心吧。

我心中有把握，绝不是贸然。

刚才我已然试了试，

估计不会出危险。

再者说，我自幼喜爱练武术，

拜师学艺好多年。

今天正碰上了这件事，

您说说，我怎能袖手旁观不上前？"

说完话，他转身又奔独轮轴，

二次过来把腰弯。

抱紧了铁轴刚要举，

慢，度拉克过来忙阻拦。

"林祥谦，听我的口令你再举，

注意我喊一二三。

我喊一，你要把它抱起来，

我喊二，你要高高举过肩。

我不喊三你不准往下放，

放下来算你输，你可听见？"

林祥谦把眼这么一瞪：

"你就喊吧！"

"好，预备——一。"

哟，他这一喊不要紧，

大家伙儿，是目光集中林祥谦。

当时别提多紧张了，

人人都捏着一把汗。

好祥谦，咬牙关，

铆足了劲头往起掀。

独轮轴当时离了地，

大家伙儿全看直了眼。

他把身子往下这么一蹲，

大铁轮当时靠在了肩。

林祥谦别提多敏捷了，

早已准备好重心点。

度拉克的二字刚出口，

林祥谦当时把眼瞪圆。

就见他，左腿往后一撤步，

右腿往前这么一欠。

说时迟，那时快，

集真气贯于双臂，抖丹田。

一声喝喊，"咳——"

独轮轴高高举过了肩。

在场的群众齐喝彩，

"嘿，好，举起来了。"

全都看着林祥谦。

只见他，豆大的汗珠吧嗒吧嗒往下掉，

汗水把板儿带湿了一片。

头上的青筋蹦蹦地跳，

浑身的肌肉突突地颤。

牙关咬得嘎巴巴地响，

眼瞪着法国大老板。

就等他喊三赶快往下放，

谁想到，这小子这会儿要抽烟。

慢腾腾地掏出了打火儿机，

点着了雪茄脸朝天。

撇着嘴，眯着眼，

这小子就是不喊三。

哟，把大伙儿给急得呀，

都恐怕祥谦出危险。

林祥谦心里头很明白，

早知道他没把好心安。

身子一晃，又运了一口气，

举着轴，直奔法国大老板。

"我叫你不喊！"

度拉克一看吓破了胆，

浑身哆嗦成一团。

急转回头就要跑，

大家伙儿呼啦一下围上前。

"你喊不喊？"

"我喊，我喊，我就喊。

三……三三三三三三。"

这小子嗓音全吓变了。

就听见"扑通"一声响，

独轮轴落在地上边。

把地砸了个大深坑，

泥土纷飞四下溅。

度拉克溅了满身土，

他"嗷"的一声地上瘫。

全体欢呼齐振奋，

上前围住林祥谦。

这就是，英雄力举独轮轴，

美名永在天下传。

第十四段 收八戒

说的是，一轮红日往西斜，

百鸟争窝叫不绝。

农夫耕锄，离开了田野，

樵夫下山，腰里头就把这个板斧别。

渔夫渔婆就把鱼虾卸，

书生早已放了学。

往远处看，有两位僧人把路赶，

那真是，唰唰唰唰，马不停蹄人不歇。

马上端坐，西天取经的和尚唐三藏，

牵马的人，肩上面扛着神针铁。

他就是，大闹天宫的孙行者，

现如今，跟着他的师父把道学。

师徒俩正然往前走，

就觉得，腹中饥饿叫不迭。

在眼前闪出一个村庄，

唐三藏，唤声悟空听真切。

"啊，徒儿啊，咱们赶快进庄化斋饭，

天色晚，暂度一夜歇一歇。"

悟空连说是是是，

牵马引路进了街。

这时候，已然是，日落西山风声紧，

家家户户炊烟灭。

靠庄头，有家朱红大门坐北朝南，

门角上钉着铜铁页。

有一对狮子分左右，

东西排列，中间铺的本是石台阶。

悟空上前刚要把门叫，

怎么那么巧，打里边走出这么一位，迤逦歪斜。

您看他，酒气扑人醺醺醉，

晃晃悠悠醉眼乜。

悟空上前忙施礼，

尊施主，"舍斋留宿把善缘结。"

这小子连看都没看，

醉末咕咚把悟空搋。

"嘿嘿，去去，

你没看见吗？那上边写的是什么？

我们员外有话门上贴。

还告诉你说，我们这儿，和尚老道一概不施舍，

有斋饭，宁肯扔进河里边喂老鳖，也不给你这猴爷。

呵，一句话，触动了齐天大圣的无名火，

上前就把他的手腕儿捏。

我来问你："因何故僧道不施舍，

你们员外中了什么邪？

你若不肯说实话，

我就把你的胳臂搋。"

哎哟我的妈呀，

这小子当时吓醒了酒了。

嘴里头一个劲儿地喊亲爹，

"嗬嗬嗬，您高抬贵手，

您松开我，您听我实话对您学。

我们这儿就叫高老庄，

我叫高才，专门伺候我们员外爷。

您不知道吧，我们高老夫妻原来也信佛，

每日里烧香拜天爷。

谁想到，吃斋念佛，倒引出了鬼了，

老天反倒降灾孽。

我们高宅全都乱了套了，

这事让谁听着都个别。

所以我们员外一气之下贴了告示，

跟你们和尚老道没什么善缘结。

悟空说："到底出了什么事儿？

你要是再啰唆，我就把你的脑袋给捏瘪！"

"别，您听我说，它是这么回事，

我们员外膝下没有儿，

只生了三位千金小姐。

前两个姑娘都出阁了，

只剩下三的守家业。

我们三小姐，在我们高家最受宠，

147

嘿，也难说，就数她的模样长得绝。

老夫妻爱得如珍似宝，

舍不得出嫁把家撇。

一心要找个养老婿，

您说怎么那么巧，那天就来了一位大爷。

身体别提有多胖了，

黑了咕叽，自称名叫猪刚鬣。

他说他住在福陵山，

祖辈流传有家业。

孤身一人未婚配，

特意来娶三小姐。

他还情愿来个倒插门，

把自己的家业往外撇。

您说我们员外他能不高兴吗，

老两口别提多么喜悦。

暗暗地点头说同意，

您说怎么那么快，定吉日，

八抬大轿，旗锣伞毡娶姑爷。

那天别提多热闹，

笙管笛箫丝竹乐。

我们请来了：大姑奶奶，二姑太太，三姨姥姥，四表姐，

还有五姑六婶、七舅八姨、酒仙醉猫癞子爹。

花轿迎门鞭炮响，

嗬，众亲友，掀开轿帘望姑爷。

嚯，就这一看不要紧，

我的妈呀，众人撒腿跑不迭。

原来是，相亲时的相公早不见了，

也不打哪来了一妖孽。

长嘴大耳真可怕，

说话嘶哑，哼哼，好像他的声带长了小节。

大家伙儿一看全吓坏了，

连喊带叫，跑得全都掉了鞋。

您还别说，就数我们三姨姥姥胆最大，

从来她就不信邪。

人家站那连动都没动，

悟空说："她胆大。"

"哪儿呀，当时就吓得脑充血了。

老夫妻一看事不好，

149

要把这门子婚事给决裂。

谁料想，这家伙腾云驾雾会法术，

上前就抱住了三小姐。

搂着脑袋他就啃，

哎哟，也不打哪儿学的这礼节。

他把小姐抱进了后花园的空房内，

不让见亲娘与亲爹。

我们员外急得没办法，

请来不少的法师除妖邪。

敢情这些和尚老道都是蒙事行，

他们专门糊弄我们员外爷。

又搭棚，又念经，

又敲盘子又敲碟。

折腾了半天都无效，

妖精照样来赴约。

到后来他们还有理了，

反把我们员外来污蔑。

他愣说我们高宅不干净，

我们员外爷，发动我们大家犄角旮旯逮土鳖。

从那天起，看见了吧，门口就贴了这个告示，

对你们和尚老道一概全拒绝。

悟空听罢哈哈笑，

转身就把告示揭。

"这点小事，没什么了不起，

俺老孙专会捉妖孽。

你赶快进门去禀报。"

"是。"高才转身去报员外爷。

他把事情的经过说了一遍，

高老汉急忙出门去迎接。

把师徒让进了客厅内，

亲手刷壶续上茶叶。

他见唐僧，是个年轻雅致的文和尚，

说出话，满口的之乎与者也。

这个孙悟空，是个瘦小的毛猴不稳重，

他是跳跳钻钻撞撞跌跌。

老员外，越看这事越悬乎，

心里头凉了多半截。

暗思索，我请了多少能人全无用，

就这二……哎，八成也是蒙事爷。

老员外越想越烦闷，

不由他的胡子往起撅。

孙悟空一旁早看透了，

叫老丈，"莫把俺老孙给看瘪。

这是我的师父唐三藏，

西天取经把大唐别。

我们替你除妖你不信，

来来来，我让你今天开开眼界。"

说着话，他纵身就往院中这么一跳，

嘿，好大圣，身高千尺，腰阔十围，头似麦斗，

眼如日月，手持一根定海神针铁，

威风凛凛震妖邪。

悟空说："老丈怎么样，这会儿你看明白了吧？

俺老孙能否与你捉妖孽？"

"哎哟嗬，能能能，

您真是一位天神爷。"

说这话，吩咐家人备斋饭，

热情款待远来的爷。

孙悟空，吃饱了肚子问高老，

"老丈，快请出你家三小姐。

与俺老孙见一见，

我是自有妙策对妖孽。"

这时节，漫天的繁星把眼眨，

一轮明月，多么皎洁。

后花园内夜景美，

绣床上躺着三小姐。

您看她，冰肌玉体容颜好，

亚赛仙女下凡界。

静静地就在床上躺，

她等待着郎君心急切。

这时候，三更已过梆声响，

呜，一阵飞沙从空泻。

后花园内狂风起，

门一响，打外面走进了黑妖孽。

您看他，挺长的大嘴朝天杵，

两耳朵好像芭蕉叶。

黑色的方巾头上戴，

身上边的长衫短撅撅。

青缎子的裤子肥又大，

上边还绣着点子残荷叶。

月白的水袜裹着裤腿，

脚下是一双福字履鞋。

往脸上看，好像乌云遮满了月，

嘴叉子一裂耳根斜。

这分明是，一头猪精他到这来撒野，

他还说什么，煤铺掌柜的阔大爷。

只见他，推开了隔扇喊小姐，

"小姐，小姐，你在哪儿？

你猪郎我可没失约。"

高小姐，答应了一声忙坐起，

她要细看这位猪大爷。

您看她，眉一皱，嘴一噘，

脸一沉，眼一乜，

抽抽搭搭惨怯怯，

一对对的泪珠朝下撇。

看样子别提多么难受，

老猪一见把嘴咧。

"哎哟，我的亲娘乖乖心肝肉，

您瞧这怎话说的，我来晚了，你也不至于这么急切，

有话好说，何必哭也。

小姐说："行了，行了，你站好了，听我讲，

别动手动脚的假亲切。

你的言谈举止太粗鲁，

在老人的面前缺礼节。

我父母都挑你的眼了，

说你一举一动净露怯。

今后你再要不注意，

这辈子都甭想把婚结。

哟，老猪一听可高兴了，

这分明是，小姐把我来关切。

想到这儿说："小姐呀，原谅我自幼少家教，

从今后，我一点儿一点儿地跟你学。"

小姐说："哼，这就对了，你这才称了我的心，

说话算数可要确切。

哎，比方说吧，我是你的岳父和岳母，

见面后要叫娘和爹。

老猪说："这有什么了不起的，

您坐稳了，现在我就给你学。"

说着话，深施一礼头碰地，

先叫娘来后叫爹。

"娘——爹——"

"哎，这不就得了吗，我的黑宝贝，黑姑爷。

黑枣花，黑蹦筋。"

"不是那什么，你拿我当西瓜了是怎么着？"

"这不跟你开玩笑吗，您是我的黑老爷。

另外呀，今后手下可要勤奋，

别好吃懒做的净装怯。

有什么不懂的可以问，

别拿着四书念子曰。

老猪说："我知道，好吃懒做我可没有，

干活儿我可有一绝。

让你说，家里哪样儿少得了我，

扫地摇煤，送粪拉犁，耕种锄抛，事事不能够把我缺。

别拿咱老猪当牛马，

我是你们家的姑老爷。"

小姐说："你算了吧，那牛能骑，马能赛。

比起牛马，你还差着一大截。"

老猪说："你得了吧，牛能骑，咱也能骑，

这手它们可没我绝。

不信咱们就试一试。"

说着话，他把袖子一挽袍一掖。

把屁股往起这么一撅，

"小姐，你上来呀。"

哎，高小姐，答应了一声走过去，

噌，蹁腿骑上了猪刚鬣。

他驮着小姐一同跑，

您看他，呼哧呼哧地叫小姐。

"小姐，怎么样？这回你算知道了吧，

不是我跟你卖撇斜。

牛马全都不及我，

咱老猪的劲头就是邪。"

他越说越跑越得意，

美得他，大嘴一个劲儿地往起噘。

157

这小子跑得正带劲，

突然间，就觉得腰杆儿好像折了两截。

原来是，小姐使了个千斤坠儿，

差点儿把这小子压吐了血。

我说"小姐，你怎么加分量了？

不成，顶不住了，赶快让我歇一歇。"

小姐说："歇，你少废话，

你不知道吗，千金的小姐千斤重，

快，再跑上八圈咱们再歇。"

"受不了您哪——"这老猪觉得不对劲儿，

他回过头来看小姐。

我说小姐，咱别开玩……

嚯，就这一看不要紧，

我的妈呀，扑通就往地上跌。

原来是，齐天大圣孙行者，

假变小姐捉妖孽。

老猪一看事儿不好，"你给我下去吧！"

撒腿就逃忙不迭。

孙悟空，大喝一声追出去，

"妖怪，往哪里走！"唰，耳朵眼儿取出神针铁。

这老猪，脚踏着黑云随风去，

来至在，福陵山上黑洞穴。

猪妖纵身进了洞，

顶盔冠甲不停歇。

倒提着钉耙往外走，

来至洞外，骂骂咧咧。

孙悟空，不容分说就是一棒，"找打！"

呜的一声，搂头盖顶往下楔。

他俩在洞外交上手，

那真是，

一来一往一上一下，

一左一右一前一后，

一攻一退一躲一闪，

一棒一耙一招一式，

一场大战好激烈。

孙悟空，一边打还一边逗，

"敢情你就是姑老爷。

我当你这模样多可爱，

整个一个猪头活造孽。

碰上我你算有造化了，

我正想吃点儿红白豆腐缺猪血。

我揪你的猪鬃捆把扫帚刷马桶，

扒下你的猪皮，我也弄双猪皮靴。"

老猪说："嘿，好小子，

你说话嘴头可太缺。

是什么人到这儿来撒野，

欺负你家猪大爷。"

悟空说："哎，你这妖怪，什么人你还不知道？

你忘了刚才叫我爹。

我是你的老岳父，

来来来，趴在地上再学学。"

"猴小子，你太损了你，你招耙吧你！"

呜的一声，九齿钉耙往下楔。

孙大圣连看都没看，单手一横神针铁，

镗，大钉耙飞起空中撇了。

"我告诉你，我是大闹天宫的孙悟空，

跟师父取经把道学。

老猪一听取经的到了，

扑通通，跪地上磕头不停歇。

"师哥哎，我跟您说吧，

我乃是玉帝殿下天蓬元帅，

掌管天蓬与水界。

只因三月三那天蟠桃会，

我触犯了天规与天诫。

故此遭罚离天宫，

还认了个猪娘与猪爹。

也不知过了多少年和月，

有一日，观音菩萨唤我出洞穴。

说有个西天取经的和尚从此过，

点化我拜师把善学。

没想到今还真碰上了，

哎哟，这回我该务正业了。

我说师哥呀，你现在领我见师父，

我保证今后不作孽。"

悟空说："既然如此，你说话可算数？

收拾收拾，去见师父和员外爷。"

他们两人纵身云中跳，

来至高老庄上朝下跌。

见着唐僧忙跪倒，

二人一一说细节。

老猪叩头来受戒，

唐三藏，口念箴言手掐诀。

赐他法名猪悟能，

他的本名就叫猪八戒。

大家伙儿别提多么高兴了，

一旁也喜欢了三小姐。

八戒上前忙施礼，

依依不舍来告别。

"我说小姐呀，从今后，我跟着师父去取经，

不知道哪年哪月才完结。

你在家里好好将我等，

要一心一意守贞节。

等我办完了这件事，

你放心，我保证回来把你接。

别忘了，在家里做点针线活儿，

别闲得没事儿遛大街。"

嗬，一句话，逗得大家哈哈笑，

人人别提多么喜悦。

这时候，架上的雄鸡高声唱，

又听得，古寺晨钟隐约约。

高员外忙备斋饭来欢送，

全庄人跪了半条街。

师徒取经西天去，

继续赶路不停歇。

第十四段 收八戒

第十五段　愿您生活得开心点儿

说打起了竹板儿点儿对点儿，

我来给朋友们唱一点儿。

说唱一点儿，就唱一点儿，

我唱一段儿，愿您生活得开心点儿。

要说点儿，尽说点儿，

我每句话里边儿都有点儿。

哎，不信您就注意点儿，

我还保证句句都带点儿。

今天的朋友们到齐了点儿，

观众也显着多了点儿。

人多点就热闹点儿，

咱们大伙儿就高兴点儿。

高兴点儿，乐着点儿，

笑着点儿，拍着点儿，

大家的掌声响着点儿。

掌声过后哇，您安静点儿，

我想跟您要说好多点儿。

在当下，都想中国梦实现得早一点儿，

伟大的复兴快一点儿。

一带一路走远点儿，

把那世界各地照亮点儿。

照亮点儿，亮着点儿，

中国的光啊，让哪国都得沾上点儿。

新闻联播多看点儿，

国家的大事关心点儿。

关心点是关心点儿，

咱们老百姓，也管不了他这点儿跟那点儿。

甭管是那点儿跟这点儿，

能管好自家就算到了顶点儿。

现如今，谁都想生活得美一点儿，

日子过得红火点儿。

可自身的条件是个重点儿，

量力而行，可不能忽视了这一点儿。

有的人，从不思考这一点儿，

想入非非，总和旁人比这点儿比那点儿。

他想银行里边儿多存点儿，

工资比别人多拿点儿。

吃好点儿，喝好点儿，

穿好点儿，戴好点儿。

车好点儿，住好点儿，

美一点儿，乐一点儿。

舒坦一点儿是一点儿，

自己的媳妇儿漂亮点儿美丽时髦，

那岁数最好年轻点儿。

他看节目，要求我们演员激烈点儿，

激烈点儿，我琢磨可能就是刺激点儿。

刺激点儿，热闹点儿，

女演员要多一点儿。

脸蛋擦得白一点儿，

头发留得长一点儿。

下边穿得短一点儿，

上边儿露得多一点儿。

他这才看着舒坦点儿。

让您说，这种人，是不是素质低了点儿，

咱们大伙儿跟他躲远点儿。

人到了中年事儿多点儿，

生活压力大了点儿。

老少都得顾及点儿，

肩上的担子重了点儿。

再重点儿，再累点儿，

那也应该，把自己的腰板儿挺直点儿。

大老爷们还怕这点儿，

小康的路上，还等着咱们哥们儿带头点儿呢。

您下了班儿，尽量回家有准点儿，

一家人都盼您回来早一点儿。

在路上行车注意点儿，

交通规则遵守点儿。

安全带系好点儿，

让您的手机躲远点儿。

生命可是第一点儿。

遇上碰瓷儿，您要小心点儿，

让交警来得快一点儿。

不然的话他老躺那翻白眼儿，

能讹您点儿就讹您点儿。

坐公交地铁文明点儿，

尊老爱幼搀扶点儿。

中华美德记牢点儿，

时代风尚展现点儿。

挤了点儿就挤了点儿，

挤了点儿就忍耐点儿。

万不可，唾沫星子赛雨点儿，

一个比一个厉害点儿。

这个就说，你膀大腰圆慢着点儿，

那个就喊，嗬，你踩我脚了看着点儿。

那个就嚷，你不会把脚举起点儿，

这个就骂，呸，你这个浑蛋浑了点儿。

就在这时候，忽听有人声音大点儿，

说出话来也个别点儿。

好了好了小声点儿，

大吼大叫能解决问题哪一点儿。

文明点儿，素质点儿，

首都公民伟大的形象光辉点儿。

礼让点儿，谦让点儿，

能少说点儿就少说点儿。

你们看我，我太太，

被挤得全都怀孕了，我都没说一点儿点儿。

嘿，旁边坐个老头儿年长点儿，

"扑哧"一笑，哎哟，坏了，那腰椎间盘又突出点儿。

哎，说到了老人，我再说点儿，

光阴似箭，眨眼的工夫就老了点儿。

岁月沧桑，白发多点儿，

虽说年迈，也得自尊点儿。

在晚辈面前严肃点儿，

酱肘子出锅绷着点儿。

热汤面，您得端着点儿，

高级领导装作点儿。

少说点儿，多干点儿，

别人就对你关心点儿。

在家里，雷锋的精神发扬点儿，

小车不倒尽管推，这个哆哩哆嗦还得使劲儿点儿。

买车买房多给点儿，

帮着还贷积极点儿。

时不时的您再掖鼓点儿，

省得他跟你愣瞪眼儿。

看孙子，小心点儿，

带孙子，留神点儿。

接孙子，领着点儿，

有钱给孙子多花点儿。

孙子比爷爷都强点儿，

爷爷比孙子差着点儿。

孙子比爷爷还像爷爷点儿，

爷爷比孙子那什么……

我不说您也明白点儿。

我说老友们，凡事您要想开点儿，

这个想着茬儿的高兴点儿。

宽宏点儿，大度点儿，

人生难得糊涂点儿。

糊涂点就好过点儿，

明白您就生气点儿。

少喝点儿，多吃点儿，

早起点儿，早睡点儿，

这个清晨起来锻炼点儿。

走一走，放松点儿，

舞舞剑，活动点儿。

下下棋，休闲点儿，

读读报，学习点儿。

广场舞，跳着点儿，

自己的老伴儿拉紧点儿。

搂着点儿，抱着点儿，

别人的媳妇儿少想点儿。

我劝老年人，老哥，老姐，老弟，老妹，老夫，

老妻，老头，老太，老孤老寡，老星老寿，

岁比南山还高一点儿。

我们要求自己严格点儿，

教育子女策略点儿。

对待父母孝敬点儿，

左邻右舍和睦点儿。

帮助同志热情点儿，

团结他人紧密点儿。

见义勇为大胆点儿，

不良的习气改正点儿。

嘿，这个点儿，那个点儿，

我的认识就这么点儿。

大家再帮我补充点儿，

把节目演得再好点儿。

最后我再说一点儿，

我祝大家：人人高兴，个个欢乐，

家家幸福，户户美满，

不忘初心，牢记使命，

迎来那，灿烂的明天更好点儿。

第十六段　夫妻取钱

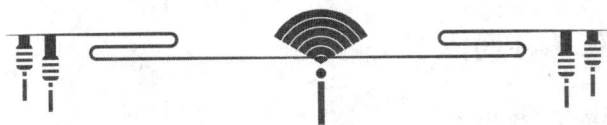

日出东方天空飘着彩云，

大街上车水马龙来来往往全都是人。

我到一家银行去取款，

来取上苍赐给我的养老金。

来到ATM机前停住了脚，

一抬头，正碰上楼里的邻居大老陈。

他夫人就在身旁站，

看样子是夫妻一同来取现金。

见他夫人身量不高很富态，

穿着一条连衣裙。

脖子上戴着一条金项链，

闪闪发光晃眼睛。

化了点淡妆不那么重，

夺眼的就是她的红嘴唇。

脚下的凉鞋半高跟，

搞得前挺后撅吸引人。

她本想鞋跟再高点，

又担心扭了脚后跟。

崴着崴着地不好走，

又怕禁不住，她的登棱登棱的大肥臀。

肩上边挎着一个小皮包，

嘿，那个感觉，空无一切毫无顾忌盛气凌人。

一扭脸他夫人看见了我，

忙微笑，有一股香气扑面门。

她刚要招呼轮到她了，

走到取款机前脸一沉。

"你往后站，我要输密码了。"

大老陈赶紧一撇身。

就听得滴滴滴的三声响，

响声过后她叫老陈。

"我输完了，该输你那后三位了。"

啊？我当时一看愣了神。

我的妈爷子，这事我还是头回见，

大开眼界不寻常。

夫妻还有这拐子，

这是相互之间不信任。

互相制约，互相监督，

若取钱必须得是两个人。

你输前三位他输后三位，

不然的话，谁也甭想动分文。

见大老陈，不慌不忙地走过来，

走到输入键那手一伸。

滴滴滴，按了三下退格键，

得意的脸上露笑纹。

然后又输了六位数，

就听见取款机里边有了声音。

哗棱棱棱一通响，

吧嗒一开，人民币立刻现了身。

我当时一看直了眼。

刹那间，刮目相看大老陈。

高，高，实在是高，

绝佳高手乃绝伦。

这真是道高一尺魔高一丈，

了不起呀大老陈。

你算让我开了眼了，

佩服得我五体投地，对他的认识焕然一新。

见老陈，取出钱来拿在手，

递给了夫人笑吟吟。

他媳妇一把抢过来，

啪啪啪，朝着老陈的脸上抡。

"好啊你，好啊，好啊你，

啊？搞啥名堂？你敢跟我动歪心。

背着老娘耍手脚，

鬼花活玩得还挺阴。

别人都是六位数，

按键你响了九回音。

老娘我怀疑你很久了，

讲实话，不然你甭想进家门。"

呵，您瞧瞧，您瞧这妇道多厉害，

全然不顾四周有人。

不依不饶接着嚷，

一使劲儿，刺啦撕了连衣裙。

嘿，这回好了，美丽的臀部博览会，

各位上眼，敬请欣赏光临。

就这样，她不怕露出五花肉，

也不管丢人不丢人。

撒泼打滚接着喊，

歇斯底里混了个混。

"行啊你，行啊，行啊你。

你牛津大学毕的业呀？

你比那博士还牛津！

我上回输了个520，

这次输了个748，

你都能立马取现金。

你牛…那字我就不说了，

说出来有失我的身份。

你快讲，后三位密码是什么？

若不说，我就废了你，你信不信？"

就这句话，甫说老陈害了怕，

把我吓得气不匀。

见老陈，浑身哆嗦手发抖，

他的脑门上边汗淋淋。

"四三八……四三八……"

转身跑出了银行的门。

一场风波暂平定，

后事如何，待会儿我给您接下文。

就这两口子，比大闹天宫都热闹，

要多神就有多神。

我说朋友们，如果那天您在场，

您肯定写出好论文。

他们夫妻，把当今社会风气不正、道德沉沦、世俗

败坏，

展示得淋漓尽致，只认钱来不认人。

过去说，爹亲娘亲不如跟党亲，

眼下看跟谁亲也不如跟钱亲。

钱，钱这个东西可太厉害了，

您瞧瞧，把这夫妻伤得有多深。

老话儿说吗，一日夫妻百日恩。

百日的夫妻裤腿深。

千日的……那位朋友问了，

哎，您说错了，一日夫妻百日恩，

百日夫妻似海深。

那不成，海有底，裤腿没底，

像他们这夫妻，那还不得裤腿深哪。

哎，这事儿没过三天半，

怎么那么寸，那天我又遇大老陈。

您看他，满脸都是旧社会，

刻满了沧桑与泪痕。

一见我，满肚子的苦水往外倒，

犹如天雨泪倾盆。

"大哥呀，自从打那天取款后，

我的爱妻——"

"就别爱妻了。"

"对，对，对，我的娇娘。"

"什么娇娘？"

"是是是，我那娘们儿，

就好像变了一个人。

老半阴不阳地冲我笑，

好像大获全胜撇着嘴唇。

那天她回家的时候买了条狗，

坐在那儿，没事她拿钱让狗闻。

老在鼻子那儿紧着晃，

比训犬的警察还认真。

我一看说，你疯了吧？啊？

想发财你都昏了心。

你想让狗，满大街给你去捡钱哪？

呸！真是异想天开丢死了人。

这泼妇"扑哧"这么一笑，

对我说，过两天你便知什么原因。

大哥呀，万万我也没想到，

您说这个女人有多阴。

我藏在床下的鞋盒里的私房钱，

空空如也没分文。

不翼而飞全不见了，

我这才明白，她干吗拿钱让狗闻。

可气的是，她拿着我的钱冲着我笑，

对狗说，以后你每餐有奖金了。

您听听啊！

您说她气人不气人。

大哥呀，往后这日子没法过了，

我必须得跟她离婚。"

说到这儿，老陈伤心到了极致，

我赶紧劝慰大老陈。

"有苦就全部倒出来，

说出来心里就不憋闷了。"

"不说了，不说了，

说出来我就成泪人了。

大哥呀，咱们再见了，

以后看不见我老陈。

城市套路深，我要回农村。

我走了啊。"

第十七段　李鸿章参加奥运会

一八六七年，大清帝国乱纷纷，

普天下黎民百姓苦生存。

清政府堕落无能太腐败，

引出来奥运会上一奇闻。

这一天，老佛爷应邀下了懿旨，

命李鸿章，代表大清帝国前往光临。

并指示，此行只许赢而不许输，

李鸿章叩头忙谢恩。

第二天，大清国体育代表团全都组织好了，

三教九流五行八作数十人。

其中还有一个戏班子，

为的是，在路上给大人解宽心。

在李中堂的亲自率领下，

大清帝国一行人员马车洋船水陆兼程，

浩浩荡荡直奔英国伦敦。

这一下轰动了全世界，

奥委会为此动了脑筋。

想给中国先来个下马威，

看东亚病夫怎么丢人。

就在开幕式的这一天，

体育馆人山人海乱纷纷。

灯火通明如白昼，

买站票都得出重金。

您要问为什么来人这么多，

今天这个球赛不常寻。

是美国强队对中国队，

全都憋着看新闻。

这时候乐队奏起了开幕曲，

洋鼓洋号洋风琴。

美国队踏着鼓点进了球场，

他们摇晃着膀子把胳膊抡。

撇着大嘴仰着脸，

傲气十足，盛气凌人。

下穿短裤露大腿，

上身的小褂没领襟。

李鸿章一见哈哈笑，

不由得当时撇嘴唇。

不讲文明成何体统，

光天化日赤膊露身。

来人，请看我大清国气派，

说到这儿，李鸿章把手这么一伸。

呼啦啦，从一旁闪出了五个人，

见他们头戴花翎红缨飘洒，

身穿着朝服绣着祥云。

一摇三晃迈着方步，

刹那间体育馆一阵热浪滚。

您说这观众能不乐吗？

双方简直不相称。

您可别小看这五位，

本是同胞的兄弟一娘亲。

这五兄弟原来是北京天桥卖艺耍铁球的，

身怀绝技艺超群。

玩球算是高水平，

铁球重量十几斤。

耍起来从没用过手，

头顶肩扛身上滚。

多少年就在地上混，

他们用卖艺生活度光阴。

忽听一阵哨声响起，

比赛开始，美国队发球先声夺人。

一记空镖投过来，

篮球进网赢了两分。

五兄弟不知怎么赛，

他们挤在了一块身贴着身。

美国队趁势猛攻打，

转眼就赢得了三十分。

一位华侨一看事儿不好，

连比画带喊说原因。

你们往对面那个圈里面丢，

丢进去之后就算赢。

是这么回事儿，老大一听明白了，

抱起球就往篮筐下奔。

裁判一见忙吹哨，

走步！老大当时全都懵了，

李鸿章心里很明白，

这阵子中国输了不少分。

他心想这回去跟老佛爷怎么交代，

弄不好再被削职为民。

再者说老佛爷懿旨没让输，

想到这儿，他噌的一下站起身。

且慢！把裁判当时吓了一跳，

还以为中国要换人。

暂停！五兄弟赶紧走过去，

李鸿章桌子一拍把话云：

"好大的狗胆！

尔等竟敢输给洋人，该当何罪。"

五兄弟一齐忙跪倒，

有苦难言肚子里吞。

那个华侨赶紧走过来，

忙把比赛的规则告诉他们。

李鸿章把眼又一瞪，

尔等只许赢不许输，

如果输了格杀勿论。

喳！五兄弟起身离了球场，

人人心里边犯思忖。

心里话这不是玩球是玩命，

真拿我们哥几个穷开心。

老大说我说兄弟们，怎么样？

瞧见了没有？真得好好活动活动动脑筋。

反正输赢都得死，

倒不如茶壶拴绳，跟他们抢。

依我之见拿出咱们天桥看家的活儿，

重操旧业是本分。

给他们洋人练两手，

也让他们认识认识中国人。

这时候美国队发球空中起，

哥五个一点儿不慌神。

他们使出了祖传的吸球术，

这篮球仿佛认识人。

转着圈的身上飞，

美国队一瞧全都晕了。

眨眼间不到十分钟，

双方打平场上是三十比三十，

美国队一见事儿不妙，

他们叽里呱啦地说外文。

要求暂停想对策，

看样子他们没安好心。

果不假，美国队要求换篮球，

从场外跑来一个后勤。

顺手把球扔进场，

就听见扑通一声特别沉。

原来这球是他们训练用的实心橡胶的，

球身的重量十二斤。

他们以为这回就能够有把握，

可没想到弄巧成拙更丢人。

你想想这哥五个是干吗的，

是天桥耍铁球的门里出身。

本来就嫌球轻又软，

这么一来如鱼得水更随心。

这时候美国队刚刚把球发出去，

这球跟老大特别亲。

就跟年糕一个样，

噌的一下粘在了身。

紧接着传给了老三递老四，

老五的表演更超群。

形体灵活动作快，

他带球过人那么灵敏。

使了个海底来捞月，

苏秦背剑稳又准。

球在肩上滚，

不沾地上尘，

左手传右手，

从头到脚跟这哥五个相互配合，

左传右递，手顶肩扛，闪展腾挪，

第十七段　李鸿章参加奥运会

满场飞奔一个球一个球地往里进。

满场的观众齐喝彩喊声，

哨声笑声叫声一阵一阵接一阵。

美国队当时全都傻了，

个个像得了大头瘟。

到最后三百比三十，

中国获全胜爆出了空前绝后的大冷门。

这一下真开了国际大玩笑，

大清国顿时声威大震。

紧接着比赛就是跳高，

各国选手争冠军。

一个一个地全跳完，

现在上场的是中国人。

见此公夜行衣扣短打扮，

青缎子缠腰软搭襟。

英雄大带下坠灯笼穗，

软底快靴黑森森。

双目放光明又亮，

两道剑眉斜插入鬓透着英俊。

您要问他是哪一个，

他就是燕子李三的亲师爷，

江湖人称燕飞禽。

这次他在北京揭了皇榜，

燕飞禽自告奋勇，跟着到了伦敦。

只见他大摇大摆来到了横杆下，

活动活动肩膀抻了抻筋。

问裁判，我说洋哥们儿，

就这么高啊？

裁判吓得把舌头伸。

先生您要跳多高？

这怎么说话呢，有多高升多高吧。

这还用问？

说着话，把横杆升到了最顶端，

满场的观众乱纷纷。

只见他金鸡独立右脚轻轻这么一蹬，

身子一动腾空起坐在那杆上笑吟吟。

把裁判当时全吓傻了，

腿肚子一个劲地直转筋。

第十七段　李鸿章参加奥运会

先生你倒是往下跳呀，

你让我往哪边跳啊？

当然是那边那边，

您倒早说呀，上眼吧，

一抖丹田鹞子翻身。

您再看那横杆连颤都没颤，

脚尖落地没有声音。

这一下体育馆当时炸了堂，

就好像遇上了八级大地震。

最后一项是五百米的短跑赛，

预备枪声震耳鸣。

参加这项的是太监李莲英，

这个人的来历有奇闻。

他在慈禧面前最得宠，

深得太后她的欢心。

若问他为什么这么得宠爱，

没别的主要是因为他的脚跟勤。

只要是一说懿旨下，

您看吧，他撒开了两腿赛风轮。

跑起来别提有多快，

眨眼间把那三宫六院转了八巡，

再回来他不喘不头晕。

这时候发令的枪声已然响，

三名选手往前奔。

李莲英连动都没动，

这下可急坏中堂大人。

他冲着李莲英直招手，

小李子！喳！有何吩咐？

还不快跑？喳！他答应了一声转回身。

头一低腿一弓，长袍一撩一纵身，

好像登上了风火轮。

就如同闪电一个样，

一下就超过了前边的人。

您要问他跑得有多快，

这个我也说不准。

反正他后边的小辫全直了，

您说这速度有多神。

第一个跑到了终点站,

看样子一点没费劲儿。

观众们再也坐不住了,

掌声如同地浆喷。

有的喊,有的叫,

有的扔帽子,有的挥手巾。

小伙子对他吹口哨,

时髦的女郎冲他飞吻。

奥运会中国三项获全胜,

万众欢腾庆功勋。

发奖仪式奏国歌,

升国旗,这下又急坏了中堂大人。

大清帝国没有国歌和国旗,

师爷一旁搭话音。

启禀中堂大人,国旗国歌都有了,

用不着大人犯愁云。

您想想大清帝国是龙的象征,

您身上的蟒袍赛龙鳞。

脱下蟒袍就是国旗，

蟒龙洋人也看不真。

至于国歌，更好办了，

不就是吹吹打打弹弹琴。

您不是带着戏班子，

让他们临时对付一阵。

李鸿章一听哈哈笑，

赶紧把蟒袍脱下身。

戏班子带到旗杆下，

全场起立好气氛。

这时候戏班子的班主跑过来，

连呼带喘气不匀。

启禀中堂，洋人要听哪一出，

李鸿章把手这么一挥，

来这么一折《玉堂春》。

喳……哒……将……要说功夫可就大了，

观众们摇摇晃晃站不稳。

问翻译，中国的国歌怎么这么长？

翻译回答有学问。

你懂什么？

这是大清的国歌夜深沉。

这就是李鸿章参加奥运会，

流传民间一奇闻。

第十八段　孤胆闯狼窝

汽笛一声震山川，

飞驰的列车到了安源。

从车上下来了一个人，

是二十多岁的一个青年。

只见他，双目有神光闪闪，

英姿勃勃那么自然。

蓝布的大褂挽着袖口，

有一把雨伞拿在手间。

圆口的布鞋蹬脚下，

走起来，潇洒从容透着威严。

您若问，这个青年他是谁？

他就是，赫赫有名的刘少奇，

受党的委托来到安源。

要领导矿工闹革命，

把星星之火来点燃。

这一天，安源路矿大罢工，

上万的工人大串联。

就在路矿局的公示楼，

大厅内，酒宴丰盛摆得全。

美味佳肴什么都有，

山珍海味样样鲜。

红灯绿酒来陪伴，

生猛海鲜往上端。

这是请谁来赴宴？

如此的丰盛为哪般？

他们请的是，工人代表少奇同志，

这特殊的谈判就在此间。

您别看外表酒席宴，

实不然，狼窝虎穴一样般。

四周埋伏藏暗兵，

荷枪实弹眼瞪圆。

富豪商贾来了一片，

各界的人士都到全。

有的身穿长袍套马褂儿，

有的西装革履叼着香烟。

有的头戴小毡帽，

把少奇同志围在中间。

我们刘代表，威风凛凛当中站，

气宇轩昂，毫无惧色那么坦然。

这时候走出人一个，

大肚子腆了个滴溜圆。

手摇着一把檀香扇，

笑眯眯地把话言。

"刘、刘、刘代表果真了不起，

如此的英名不虚传。

鄙人是矿上的李矿长，

有所怠慢，还望代表多多海涵。

请坐，请坐，快请坐，

咱们交个朋友边吃边谈。

第十八段　孤胆闯狼窝

199

请，请，请。"

少奇说："你和我们矿工交朋友，

岂不是世上天大的笑谈。

我看这酒宴就免了吧，

你是否答应矿工的条件？"

"不忙，不忙，我还没给你来引荐，

这也怪我，总想着介绍也没时间。

这位是安源李绅士，

这位是湖南张巨款。

这几位都是洋股东，

都有个外号半拉矿山。

李司令马上这就到，

你没看见，这部队都来了好几天。"

"矿长先生，想镇压工人闹工潮，

那可是飞蛾投火焰。"

我是代表工人来谈判，

没工夫跟你浪费时间。

"好好好，咱们喝酒，喝酒，

干，干，干。"

"你答应条件，一口酒不沾也复工，

不答应条件，天天摆宴也枉然。"

"是是是，刘代表，和工人的要求我全答应，

要什么条件跟我谈。

荣华富贵我保你，我还给你……"

"呸！死了你这副黑心肝。"

"刘、刘、刘代表不要……不要这么绝情嘛，

也不要这么不赏脸。"

刘少奇早就怒火压不住，

大喝一声，义正词严。

"你住口！快收起这套鬼把戏，

别白日做梦想得欢。

你们走一走，看一看，

把整个矿区转一转。

矿工们牛马都不如，

悲惨生活暗无边。

破烂的工棚不遮暖，

一天混不上一顿餐。

生老病死无人管，

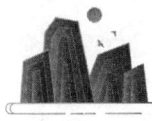

到头来，一张破席卷黄泉。

妻喊丈夫儿喊娘，

撕心裂肺泪如泉，

你们视而不见。

你们鸡鸭鱼肉臭，

他们饿死在井边。

你们看看你们吃，

你们看看你们穿，

看看你们如此堕落到了哪般。

你们比一比，观一观，

工人们罢工为哪般？

你们答应条件还罢了，

若不然，要想复工誓比登天难。"

刘少奇就这一番话，

矿长的眼睛全气蓝。

"放肆，你敬酒不吃吃罚酒，

来呀，给刘代表的身上，松宽松宽。"

说着话，就听见呼啦一声响，

窗帘后，钻出了打手人一团。

为首的是一个大胡子，

这小子在矿上当总监。

王三胡子就是他，

心黑手狠阎王般。

手提着一把盒子炮，

迤逦歪斜来到近前。

刘代表，别怪我们哥几个不客气，

赶快复工不就完了。

您跟他们穷鬼不一样，

甭跟他们瞎连连。

矿长说了，谁要是今天制服你，

赏他六百大洋钱。

您要是今天给我个面儿，

我拿一百七，您拿回扣四百三，

再给您找俩小婵娟……让您好好地玩一玩。

"呸！民族的败类不要脸，

跳梁的小丑狗一般。"

"嘿，你敢骂人，你今天复工不复工？

哥几个，现在就让他尝尝皮鞭。

第十八段 孤胆闯狼窝

"慢来慢来别动武，

闹翻了可就全麻烦。"

"有道是，光脚的还怕穿鞋的，

你们大伙儿思量着办。

你们想没想，不答应工人提的条件，

那罢工肯定就再拖延。

如果这样还继续，

那一切后果不可言。

电机不会响，

锅炉不冒烟。

一旦停了电，

全矿都要淹。

铁路一中断，

安源就要瘫。

这么一来，外国的股东干不干？

你们的贷款还不还。

如何向上司来交代，

到了那时你们可不好言。

我个人的安危是小事，

一万三的矿工要翻天。

他们如江海，似狂澜，

工人的力量大无边。

不信你们瞧一瞧，

不妨睁眼看一看。"

说着话，少奇几步来到窗下，

哗啦把窗帘这么一掀。

"诸位，请你们大伙看一看，

像不像大海卷波澜。"

嚯，他们往外一看傻了眼，

上万的工人闹声喧。

"谁敢动我们刘代表，就把大楼掀个底朝天。"

矿长吓得腿都软了，

咕咚趴在了桌上边。

连汤带菜弄了一脸。

烫得嗷嗷乱叫唤，

他连吃带喝挺方便。

万般无奈把头点，

"我答应条件不就完了。"

第十八段　孤胆闯狼窝

205

少奇同志往外走，

工人们蜂拥围上前。

群情振奋难表现，

众星捧月一样般。

欢呼的声音连成片，

庆贺胜利震云天。

这就是，伟人虎穴来谈判，

留下了美名天下传。

第十九段　万物皆有灵

二十世纪末，冷雨凄风的一个晚上，

卫视新闻播放了一个好录像。

我看罢之后很感动，

就编成了快板给您唱。

播的是，咱们青海省，大沙漠里尘沙扬。

有一辆军车出现在片头上。

它顶着风暴朝前闯，

那车棚，左摇右摆地乱逛荡。

它时隐时现正行走，

猛听得，一声刹车响耳旁。

就见车前站头老黄牛，

牛风凛凛把路挡。

看样子它要跟车顶牛，

若不是急刹就得撞上。

只见它，牛犄角朝上尖刀状，

俩牛眼烁烁放豪光。

脖子一抖喘着粗气，

不可一世气昂昂。

四蹄深踏沙地上，

稳稳当当，不声不响，不摇不晃，眼望前方，

犹如泰山一个样。

那感觉好像一座塔，

又仿佛一尊铁打的金刚。

战士们一看便明白了，

它这是跟水做文章。

原来，这是一辆军用送水车，

专负责附近的战士和村庄。

大家的生活全靠它，

每人每天有定量。

每天每人三斤水，

这其中，还包括洗漱、洗菜、做饭、饮用、洗衣裳。

剩下的什么水都有用，

牲口还拿它当琼浆。

水比金子都珍贵，

若没它，皇上在这儿也活不长。

故此说，战士们一看就知道了，

这老牛肯定渴得够呛。

这是趁着主人没注意，

跑这儿要水把路挡。

可是上级明文有规定，

路途中，滴洒遗漏，与人赠水，立马就脱军装。

多年来无人敢违规，

都怕背个处分返家乡。

是你看我来我看你，

谁也不敢拿主张。

故此在这较上劲了，

相互谁也不退让。

要说这功夫儿可就大了，

后边堵车一辆辆。

轰它它不走，

嚷也算白嚷。

上车按喇叭，

喇叭也白响。

这牛巍然立，

牛气展轩昂。

任凭飞沙荡，

不怕走石狂。

弥漫何所惧，

风暴扔一旁。

两眼透渴望，

乞求含泪光。

就听"咕咚"一声响，

它两条前腿跪地上了。

这玩意它怎会这样？

真是不可思议难想象。

一时不知如何好，

正这时，忽听见远处有人嚷。

原来是它的主人到这方，

"解放军同志，对不起，耽误你们送水赶路忙。"

说着话，他转身就把牛来拽，

谁想到，这牛纹丝不动荡。

就好像天生在这儿长，

把主人气得真够呛。

当着解放军下不来台，

不由得鞭子高高扬。

"啪"的一声打过去，

战士们紧拦忙搭腔。

"您老人家别生气，

跟它较劲儿犯不上。

这东西它可通人性，

有话跟它好商量。"

主人说："就是么，往常它可不这样，

怎么今个跟我犯牛犟。"

说着又拽手一滑，

扑通通，摔了一个仰壳躺地上。

这下主人更来火了，

起身形，啪啪啪，这回这牛遭了殃。

第十九段 万物皆有灵

甭管是牛腰与牛背，

牛脑袋牛脸牛鼻梁。

鞭如暴雨一个样，

打得全身冒血浆。

一霎时，浑身上下没好地了，

鲜血滴滴往下淌。

染红了鞭绳染红了地，

染红了黄沙，染红了夕阳。

战士们拦也拦不住，

打得遍体是鳞伤。

咱们都知道，牲口里边牛最轴，

它要是一轴可不寻常。

还甭说眼前这几个人，

就是来个火车也敢撞。

牛越挨打越是犟，

越打越犟越坚强。

身不摇，膀不晃，

甘受鞭子乱飞扬。

抽在了牛身上，

打在了人心房。

怎么能够不让人疼得慌。

战士们实在看不下去了，

"班长，受什么处分我承担。

我这就给它去取水，

大不了回去脱军装。"

说着话，这个战士翻身把车上，

取盆水，快步来到牛前方。

"喝吧，为点水至于这么犟吗，

再打你就一命呜呼了。"

这个战士忍痛冲它嚷，

老牛把水望了望。

它看着这水可没喝，

您可想不到，惊人的一幕感心肠。

它用鼻子在水面晃了晃，

闻了两闻头高昂。

望了望水转身形，

哞，一声长啸震四方。

从远处来了一只小牛，

它吧嗒吧嗒到这旁。

小牛见水可高兴了，

它咕咚咕咚喝了个光。

一口气来了个底朝天，

老牛看着在一旁。

不吭声，不做响，

它望着小牛那么安详。

身上的鲜血还在淌，

它像毫无感觉似平常。

反而看着小牛乐了，

小牛眼里头闪泪光。

它忙舔老牛身上的血，

要为它母亲来疗伤。

老牛就舔小牛的泪，

娘俩相互彼此安抚对方。

战士们看着落下了泪，

默默无语，只有风沙还在响。

老牛点头转身走了，

小牛随后紧跟上。

老牛在前边摇摇晃晃，

小牛紧贴它身旁。

身上沾满妈妈的血，

也不知高兴还是悲伤。

望着它们远去的背影起伏联想，

它们母子，消失在了暴风弥漫的沙海茫茫。

看到此，我的泪水已湿了眼眶，

不由得想起了我的老娘。

这真是，万物皆有灵性，

咱们千万莫把它们伤。

它们也有家庭和子女，

它们也有幸福与担当。

它们和我们都一样，

只不过六道有分章。

我们善待身旁所有的一切，

做人就该讲善良。

过去说养马比君子，

就是说它通达人性情意长。

牛马爱子都如此，

更何况，我们的父母加上一个更字不牵强吧。

人要比牛更疼爱，

那是苍天赐予还用讲吗？

天下的母亲都一样，

为了我们，劳作了一生，操碎了心肠。

我们怎么能够对她们不尽孝，

我们怎么能够不让她们享时光。

伟大的女性太可爱了，

生在世间吐芬芳。

亲爱的祖国，亲爱的党，

亲爱的老爸，亲爱的娘。

你们慈祥，你们高尚，

你们抚育，你们滋养。

你们胸怀，你们宽广。

你们包容，你们暖阳。

在党的光辉照耀下，

你们青春永驻展红妆。

中华美德孝为上，

一代更比一代强。

人人都是父母养，

孝敬老人理应当。

祝天下长辈心欢畅，

福寿康宁日月长。

第二十段　搭起心灵桥

咱北京呀，就仿佛一座彩虹桥，

世人都仰望这座桥。

架起来瑞彩霞光照，

照耀着首都更自豪。

它是世界的窗口在闪耀，

是连接天下镶嵌明珠的一座桥。

要说桥尽说桥，

我今天专门唱唱桥。

桥跟桥可不一样，

咱们大伙儿好好聊一聊。

我说的可不是走的桥，

我说的这是"人情桥"。

桥能把历史来贯穿，

桥能把"人情"来映照。

一个"情"字虽然少，

可情字展现了多少桥。

想当年抗日激情卢沟桥，

北伐豪情汀泗桥。

红军险情铁索桥，

秀士悲情竹绳桥。

挑袍之情在灞桥，

怪异军情演陈桥。

小曲传情流水桥，

天堑通情长江大桥。

红药桥边玉人吹箫，

高雅诗情夜泊枫桥。

白蛇痴情借伞断桥，

尾生殉情抱住危桥。

什么人修的赵州桥，

什么人留的洛阳桥。

什么人喝断当阳桥，

什么人忧愁咸阳桥。

自古以来谈情说爱是鹊桥，

人人都走这座桥。

我经常打这桥上过，

我最喜欢这座桥。

忆往昔看今朝，

多少英雄架情桥。

您看那助人为乐补路修桥，

学习雷锋扶老过桥，

见义勇为追赶上桥，

抗洪的大军架起了人桥。

精神文明花开满桥，

为人处世千万别过河就拆桥。

北京人热情好客爱帮别人搭个桥，

和蔼可亲指路引道还得说声您走好。

谁也甭跟我们客气，

什么 3Q 拜拜用不着。

您就记着北京的百姓真不错，

伟大的 China OK 顶好就算完了。

您要是还觉得过不去，

那也没关系，您送我点美元我收着。

我这是跟您开个玩笑，

说白了首都就是一座桥。

现如今人们都向往这座桥，

游览观光科技开发来京打工左看右看，

俯览仰望怎么看它怎么瞧都那么好瞧。

都想到北京看一看，

都想到首都瞧一瞧。

外国的客人来了不少，

黑皮肤黄皮肤夹着皮包。

什么韩国朝鲜北海道，

荷兰瑞士港澳同胞。

肯德基麦当劳，

快餐比萨汉堡包。

比尔·盖茨最近也往中国跑，

踏上了北京的信息桥。

比尔这次北京来，

比尔的收获真不小。

比尔不看不知道，

比尔一看吓了一跳。

比尔高兴地嗷嗷叫，

比尔连说妙妙妙。

说北京是我的好朋友，

盖茨的兄弟盖了帽了。

新北京新奥运，

新感觉新风貌。

提速北京快飞跃，

首都展翅冲云霄。

要想飞得快飞得高，

必经之道要飞过"优化环境"这座桥。

这座桥是沟通人们的情感桥，

网络世界的友谊桥，

外商投资喜爱的桥，

相互往来发展的桥。

四通八达需要桥，

物流转换要过桥。

串亲访友得走桥，

生活处处离不开桥。

我说这话您甭不信，

您娶个媳妇都离不开桥。

上这桥下那桥，

下那桥上这桥。

绕这桥过那桥，

过那桥走这桥。

入洞房都没躲开桥，

细打听这媳妇的娘家全姓桥。

桥是大家的好朋友，

桥对人类最重要了。

有形的桥看得见，

无形的桥摸不着。

硬件桥立交大桥水泥造，

软件桥心灵深处育根苗。

要踏上优化环境这座桥，

走捷径拆除那些绕道的桥。

绕道的桥烦琐的桥，

第二十段　搭起心灵桥

急得您直挠后脑勺。

您想想这样的桥不拆掉，

咱们北京怎么能够快速跑。

看当前中央和北京架起了桥，

北京和全国架起了桥。

首都和世界架起了桥，

市委和市民架起了桥。

我也跟大伙儿架起了桥，

虽然台上台下没有桥，

就好像架起了一座桥。

我台上演您台下瞧，

我演得不好您凑合瞧。

咱们人人要架爱心桥，

个个托起诚信桥。

咱们修好桥筑好桥，

改旧桥建新桥。

心心相通桥连桥，

人人动手搭彩桥。

愿北京成为沟通真情的桥，

贴近民情的桥。

交流友谊的桥，

促进爱情的桥。

共同修建文明桥，

彩虹增色大家描。

第二十段　搭起心灵桥

第二十一段　正常非正常

这个节目精彩呀，您准鼓掌，

这样的现象很正常。

可是不好掌声还特别响，

有可能，电视台正在搞录像。

有位指挥手拿哗啦棒，

上下翻飞一顿地忙。

这么一来您就乐，

那么一来您鼓掌。

这么一举您互动，

那么一戳您就嚷。

您别看节目不怎么样，

把您折腾得真够呛！

那天有一位大爷，

这么一戳，所有的观众一块儿嚷。

"好，好好好！"冷不丁老头儿吓了一跳，

前列腺当时一膨胀，

都没来得及上茅房。

喜怒哀乐都是假象，

您说正常不正常？

今天咱们大伙儿没外人，

我说说正常不正常。

对不对的您原谅，

多多的包涵细思量。

您看生活中，不正常的现象皆可见，

说来说去成了正常。

正常的事情倒棘手，

不正常的行为反顺当。

嘴喊着"和谐"老打架，

精神文明总骂娘。

坟地拉平改了球场，

万丈的高楼是空房。

您说这都哪儿跟哪儿，

大嫂子愣叫"丈母娘"。

现如今，伟大的首都树形象，

咱们人人活得要阳光。

按理说，正常事要按正常办，

为人民服务，顺理成章。

可正常事按正常办不了，

您得想方设法不正常。

什么正常不正常，

正常非正常。

不正怎么样，

正常谁赞扬。

好心救一个老太太，

弄不好您就被她诓。

这儿疼那儿痒，

CT 检查 X 光。

一住院仨月俩月，

把您这辈子积蓄都花光。

这就是，六月下雪好冷的天，

您说正常不正常？

社会上，在座的朋友们细观望，

怪现象您要多提防。

咱们中华自古讲文明，

传统的美德不能忘。

古有训：妇人守妇道，男儿要刚强。

严于律己，各尽其量，

尊老爱幼，三纲五常。

古人云：家有贤妻男儿不招祸，

这是家庭的真谛，天理正常。

俗话说，嫁鸡随鸡嫁狗随狗，

谁又知将来怎么样。

您别看当初很平常，

眼下也许是董事长。

您别看今天是大富商，

保不齐明天就穷光光，弄不好他还进牢房。

过日子千万莫攀比，

老话说嘛，吃饭穿衣量家当。

夫妻之间多体谅，

比翼齐飞展双双。

小三的日子不好过，

露水的夫妻难久长。

金屋藏娇美何处，

傍上一个大款就风光。

甭坐在宝马车里哭，

大伙儿心里都明亮。

虚荣怨恨没什么好结果，

活得太累，总要把自己来伪装。

整天不知怎么回事，

还以为自己是女皇。

走街上装装索菲娅，

要不就来身模特装。

伊丽莎白没您的事儿，

充其量，也就是废品公司把助理当。

甭假摩登、假时尚，

该怎么样就怎么样。

科技再发达，国家再富强，

您也离不开五谷杂粮。

中国饭总是把头晃，

不沾点西餐不算洋。

你吃肯德基、肯德鸭，

有能耐你去啃大象。

美好的生活全打乱，

正常变成了不正常。

在今天，做文明有礼的北京人，

家庭和睦是第一桩。

有道是，百善孝当先，

人为父母养，

赡养老人理应当。

别因为地因为房，

闹得老人不安详。

这个推那个搡，

你不接，他不养。

骗存折，去银行，

没密码，瞎白忙。

你拔剑，我弩张，

蛤蟆吵坑闹汪汪。

八个儿女管什么用，

养活这帮白眼狼。

让您说，石头子往外能蹦人吗？

不孝敬就为不正常。

还有谈恋爱，搞对象，

说起来更是不正常。

常言道，人非草木，孰能无情，

咱们这个民族，华夏儿女，最有情长。

可眼下不是这么回事，

闪婚闪恋热闹得荒唐。

网上刚说两句话，

晚上就憋着入洞房。

两人还没见过面呢，

就忙着汇款去银行。

十万八万的不在乎，

她还说，为了爱，就是苏三起解也应当。

牛顿对此有过定律，

说地球的吸引力，指的就是我的郎。

保尔曾经他也讲，

这个铁的爱情，终究也能够炼成钢。

要来个罗密欧与朱丽叶，

China 的织女配牛郎。

谁想到肉包子打狗一去不回头，

痴情女巧遇骗色狼。

这才是剃头的挑子一头热，

想入非非不正常。

还有大学生，好好上学是正常的事，

荒废了学业就不正常。

交朋友不是不可以，

即便是分手也正常。

第二十一段　正常非正常

千万别失恋想不开，

腾空一跃任飞翔。

还有在眼下，独生子女都受宠，

要星星不敢给月亮。

虽说是，老爷庙的旗杆独根晃，

就这一根，也要让它成为国家的栋梁。

疼爱娇惯是两码事，

对错且得分的清。

自古道：棒打出孝子，忤逆源惯养。

逆境出奇才，花园不出梁。

过分的疼爱反效果，

到头来，是两败俱伤泪汪汪。

年轻人，要知道自强不息求上进，

要明白父母的苦心肠。

要懂得，可怜天下父母心，

要拿满意的答卷报爹娘。

别动不动的就出走，

小脸子呱嗒还挺长。

不让说，不让讲，

犯了错还觉挺正常。

离家俩月没电话，

发个短信吓家长。

说我现在正在梁山上，

我拜时迁为兄长。

二老请把宽心放，

没钱我有生辰纲。

嚯，您说这孩子多混账，

教育闹成了不正常。

这一件件，一桩桩，

大千世界说不详。

千奇百态的怪现象，

也许就在您的身旁。

我劝朋友们多思量，

要针对正常不正常。

第二十一段 正常非正常

正常的心态您欢乐，

正常的生活喜洋洋。

正常的家庭您幸福，

正常的交友情意长。

正常的事业有方向，

正常的理想放光芒。

正常的未来前途广，

人间的正道最正常。

第二十二段　地下飞龙

据传说，天上有凤凰又有龙，

龙飞凤舞降彩虹。

腾云驾雾是人的渴望，

现如今，已变成了现实北京的地铁赛飞龙。

说飞龙，赞轮声，

首都的地下更繁荣。

为咱们的生活添异彩，

上班下班，出门办事，走亲访友，

人骑龙背您想上哪儿全都行。

我总想编段快板书，

唱一唱地铁绕京城。

237

那天我专程去采访，

出门不远到了"八通"。

打那边过来一位老大爷，

乘务员上前忙搀行。

"大爷，您去哪儿呀？

没人陪您一同行啊。"

"我呀……不好意思啊……我去趟婚姻介绍所……

有个什么栏目帮我介绍成。"

"哎哟，那可给您道喜了，您高寿？"

"不高，才八十四，你看我身体多硬朗。"

"您的身体是够棒的。"

"那是，人老心红干革命，

有句话，小车不倒自管推，

我找个老伴儿夕阳红。"

"您老可真会开玩笑，

我帮您找个同路程。

哎，哪位同志能跟大爷一块走啊？"

我正好没事忙答声。

"我陪着这位老大爷，

也正好看看，地下的风景。"

正说着，有一列客车开过来，

怎么那么巧，正赶这会儿是高峰。

呼啦围过来人一片，

做好了准备玩命冲。

我一瞧："咱爷俩再等下一辆吧。"

"多等几辆也能行。"

车刚停稳，大家伙儿全都往上挤，

潮水般地往里涌。

忽听有人高声喊，

"别挤啦，我求求各位行不行，

再挤我爱人就流产了。"

后边有个小伙儿有共鸣，

"你爱人流产算什么……

我媳妇挤得都怀孕了，我都没吱声。"

逗得大伙儿哈哈笑，

嘭的一声，列车关门一阵风。

大爷说："眼下人多没办法。"

"那也应该礼让讲文明，

第二十二段　地下飞龙

239

哎，说了半天您去哪儿呀？"

"我去北京电视台，您来陪我行不行？"

"没问题，您今一天我负责了，

保证您到哪儿，一路顺风。

不过，中午的午餐归您管了。"

"你放心吧，待会介绍那老伴儿她要归你全都成。"

"谢谢您啦，我不缺妈。"

说着话，车进站我们登路程，

边说边聊好心情。

"大爷，眼下这地铁就是方便，

咱们现在坐的是八通。

前方是传媒大学高碑店，

咱一直坐到四惠东。

然后再倒一号线，

到国贸桥那再换乘。"

老爷子说："这么早咱们干吗去呀？

我先到天安门那留个影。

看一看华表金水桥，

再瞧瞧新修的马路平不平。"

嘿！您听这老人多时髦。

"那好吧，那咱们就坐到天安门东，

照完了相咱还回地铁。

倒十号线往北行，

北边一直到巴沟呢。

南边的终点是劲松，

劲松的前站是双井。

过了劲松，潘家园那有个古玩城，

您不淘两件老古董，

结婚那天，摆俩大瓷娃娃多喜庆。"

"行啦，别添彩了，古玩城我不去，

照完了相咱去王府井。"

"哎，王府井那有一站，

您到那去办什么事情？"

"我到百货大楼逛一逛，

顺便选个礼物来定情。

我给她买个这么大克拉的大钻戒，

据说是眼下很流行。

我让她一看这克拉就动心，

永远爱我这老顽童。"

"嘿！您老可真是够风趣的，

我祝您这婚事早办成。"

说着话，我们四惠下车，倒一号线，

我接着对他说分明。

"老爷子，这一号线可痛快了，

一直由西贯向东。

西到苹果园，东至四惠东。

四惠东发车到四惠，

经过大望桥，穿过国贸城。

永安里、东单、王府井、

天安门东、西车都停。

再走就是西单、复兴门，

哎，复兴门枢纽能换乘。

南来北往随您便，

电梯上下好几层。

再往前就是南礼士路，

过了军博、公主坟，便是五棵松。

眼看着快到八宝山，

追悼会这里常举行。

岁月沧桑催人老。”

“行啦，打住吧，

咱们绕着过去行不行。

八宝山这名字我不喜欢，

等我度完了蜜月再打听。”

往前走，

前边有个游乐园，

再过了八角，老古城，

噌的一下把车停了。

“干吗呀？”

“终点站到了还不停啊！”

“好嘛，还真快！”

“老爷子，是先去天安门，还是先去王府井？”

“咱们还是先去雍和宫吧。”

“到雍和宫干吗去？”

“我找个喇嘛念念经，

求老天保佑我的婚姻。

赐我个嫦娥下月宫。”

"人家嫦娥多年轻啊！"

"老嫦娥，嫦娥的姥姥行不行，

我请她下凡看一看。

坐坐地铁兜兜风，

那月亮上边有地铁吗？

地下比天上还多功能。"

"行！那咱们就倒二号线，

绕它一圈北京城。

参观参观过过瘾，

建国门换车往南行。

北京站、崇文门、

前门、和平、宣武、长椿门至复兴门。

阜成门、官园、西直门，

积水潭，前面是德胜门。

旧鼓楼大街、安定门，

再停就是雍和宫。"

老大爷说："雍和宫咱们不去了，

我琢磨，这住房可是个大事情。

咱还是先去天通苑吧，

我买套房子把记登。"

"天通苑，我想想啊，天通苑得坐五号线，

这条线特别受欢迎。

穿城而过到宋家庄，

进城去哪儿全都行。

东西南北那么方便，

电梯滚动伴您行。

有热风，有冷风，

冷风热风相交融。

有的站还放轻音乐、

歌曲、舞曲让您听。

什么《花好月圆》《喜洋洋》，

《我的太阳》《东方红》。

您快看，各站台设计多么新颖，

真是玲珑剔透，巧夺天工。

大型的壁画多宏伟，

斑斓色彩，渗透着五千年的文化文明。

展现了工人师傅多才干，

看到了中华民族智慧的结晶。

第二十二段　地下飞龙

灯火通明如白昼，

夺人双目，亚赛那东海水龙宫。

谁看完了谁称赞，

啊——，外宾们全都很吃惊，他们个个 OK 喊连声。

还有十三号线、四号线，

什么八号线、三号线也数不清。

反正是越来越快越美好，

到了明年，还有好多的线路要开通。

一开通大伙儿更方便了，

为您的出行锦上添花，其乐无穷。

我劝朋友们少开车，

飞龙送您好运程。

为北京，多一片蓝，多一片绿，

少一天堵车行不行。

把新鲜的空气给大家，

为环保，咱们也贡献立点儿功。

乘车时，出入安检守章法，

主动配合讲文明。

尊老爱幼学雷锋。

让地铁，纵横交错四通八达连天下，

织成锦簇七彩虹。

望将来，首都的交通更捷便，

满载着喜悦舒豪情。

一路春风一路歌，

铁龙飞舞永奔腾。

车轮滚滚奏乐章，

唱响了时代与光荣。

前方到站该下车了，

咱们再见！

我再陪老人走一程。

第二十三段　北京的灯

首都北京在变样儿，

万紫千红赛花园儿。

繁星灿灿照京城，

燕京灯火不夜天儿。

说起了灯，咱们唱一段儿，

唱一唱，京城之夜露笑脸儿。

看今朝，回想当年儿，

使我想起了过去的油灯碗儿。

在过去，我们家的墙上有块板儿，

板上放着一个油灯碗儿。

油灯碗儿不起眼儿，

祖辈流传二百载儿。

我奶奶灯下把活儿做，

手指头不知扎了多少窟窿眼儿。

我妈在灯下把鞋上，

愣拿后跟当前脸儿。

我在这灯下常看书，

到现在，成了九百九十九度近视眼儿。

自从修起了发电站，

电线就拉到了我们家的上门槛儿。

我们家的屋里有了电灯，

从此再也不费眼儿。

我爸爸再看油灯碗儿，

把它送进了博物馆儿。

油灯碗儿黑惨惨儿，

告别了昨天越门槛儿。

发电厂加开了班儿，

电流输送千万家儿。

小灯泡换成了大灯泡，

到了晚上，高兴的家家聊大天儿。

什么居民区大杂院儿，

小胡同黑旮旯儿。

老人都笑得眯缝了眼儿，

儿童在那灯下撒开了欢儿。

您快瞧，王大爷撵着胡须在看报，

老张捧着棋盒要杀两盘儿。

二人就来到了路灯下，

棋逢对手冒狼烟儿。

小风吹来扑人脸儿，

在这灯光下，逍遥自在透着清闲儿。

二大妈露笑脸儿，

站在这灯下眨巴眼儿。

她对着镜子直打扮儿，

左描右画像个小孩儿。

她擦头油梳刘海儿，

嘴里还哼哼着流水板儿。

两只脚不住地踩着点儿，

她还一个劲儿地照着后边的纂儿。

我们家别提多高兴，

激动的奶奶不识闲儿。

她看看这儿，摸摸那儿，

眼望着灯光闪泪花儿。

黑暗一去不复返，

迎来了光明谱新篇儿。

后来又有了日光灯，

我琢磨，可能是圆灯泡不如长灯管儿。

又亮又好又省钱儿，

月份牌翻了篇儿，

生活一天好过一天。

改革开放大潮涌，

建立小康新家园儿。

新产品上了市面儿，

各种的灯具拔了尖儿。

大吊灯入门落了户，

日光灯暂时歇了班儿。

水晶般的吊灯房中挂，

似一颗明珠悬上边儿。

就仿佛月亮下凡界，

哪儿哪儿都像玻璃砖儿。

您再用彩灯镶个边儿，

赛过卡拉 OK 小包间儿。

你往灯下这么一坐，

简直超过了活神仙儿。

在搭上门灯、壁灯、吊灯、挂灯、台灯、

地灯、彩灯、明灯、暗灯、钨灯、纱灯、

转灯，大灯小灯所有的灯光这么一开，

真是又豪华来又好玩儿。

日光灯，是社会发展的里程碑，

碘钨灯，记录着历史的新阶段儿。

太阳灯，闪烁着美好未来在明天。

抬头望，十里长街披锦缎儿，

如点点的明珠落玉盘儿。

火树银花连成了片儿，

好似大海起浪花儿。

公路旁，电线杆儿，

灯光照亮了马路沿儿。

照的都能，看准了人行横道线，

照着警察露笑脸儿。

那真是路灯照中间儿，

华灯在两边儿。

车灯扫街面儿，

蹦灯眨巴眼儿。

霓虹灯变色儿，

醒目又好玩儿。

十字路口红绿灯，

噼啪闪烁保安全儿。

您再瞧，大饭店迎宾馆，

豪华灿烂在眼前儿。

轮廓清晰如画面，

雄伟壮观入云端儿。

明晃晃，一串串，

用的本是彩灯镶在上边儿。

远看好像一个大花篮儿。

这真是，北京天空没夜晚儿，

万家灯火胜白天儿。

您再看，立交桥，灯光盘绕如江畔，

第二十三段　北京的灯

公路上三环二环环套圈儿。

军营里战士灯下学战术，

工地上，师傅们挑灯正加班儿。

科研所，计算机机房灯光亮，

校园里，图书馆吸引小青年儿。

火车站，灯光照亮八方客，

飞机场，一片辉煌映蓝天儿。

从市内到大院儿，

从小区到公园儿。

从餐厅到宾馆，

从胡同到街面儿，

王府井直至大栅栏。

亚运村遥望石景山，

六里桥，八里店儿，

一片的辉煌望不到边儿。

灯海灯河连不断，

围绕着，天安门广场的中心点儿。

第二十四段　流行语

今天和大家见到了面儿，

我给朋友们唱一段儿。

说唱一段儿，就唱一段儿，

我这段没题可是生活当中的一个画面儿，

您听听是不是这个样儿。

请各位帮我想个名儿，

命什么名字您随便儿。

如果要真是这个样儿，

您就要紧跟形势没有错儿。

适应潮流您好比一朵鲜花不掉瓣儿，

当今时代您就是亮丽的风景线儿。

愿意酷，您就酷，

愿喊哇塞随您便儿。

可逮哪儿哪儿喊也不成，

说话得有眼力见儿。

语言有它的艺术性，

百姓话包括多方面儿。

流行语言来回转儿，

还是好的多一半儿。

它象征着社会飞速在发展，

象征着美好的生活似画卷儿。

您看现如今市场繁荣，

到处都像大栅栏儿。

语言包装南腔北调大反串儿，

现在的发廊就是过去的理发店儿，

原来的浴池如今叫桑拿换了字眼儿。

小门脸儿改成了小卖部，

物资交流就是原先的逛厂甸儿。

点痦子、拔牙叫美容，

按摩就是原先最早的五花拳儿。

脚鸡眼唤作美人痣，

掌柜的改称叫了老板儿。

厂长变成总经理，

愣管秘书叫了傍尖儿。

挺好的丈夫叫老公，

"这是我的老公啦。"

嗬……这老公乐得龇着牙花儿。

搂着他的太太喊心肝儿，

她哪知道老公原本是太监，

在关键的部位缺零件。

心里边痛快叫豪爽，

别别扭扭叫不好玩儿。

弱智唤作十三点，

一根筋就是死心眼儿。

致了富唤作暴发户，

花钱大方叫讲门面儿。

西装不扣叫潇洒，

大街上一逛叫休闲儿。

穿得气派叫大款，

这印点什么叫名牌儿。

小裤子美称尿不湿,

木屐就是趿拉板儿,

管裤衩背心唤内衣,

胸罩愣叫俩小碗儿。

解放军战士叫大兵,

小姐就是服务员儿。

中学生恋爱称早熟,

老头儿结婚叫找个伴儿,

扭秧歌不叫扭秧歌,

叫老年娱乐活动站儿。

面包夹肠叫热狗,

肯德基就是撒点胡椒盐儿。

馅在外面叫比萨饼,

馅在里面叫汤圆。

拿面一拽叫拉面,

拉不开一拧叫麻花儿。

现如今酱油不叫酱油叫老抽儿,

油饼碎了叫排叉儿。

有人请客叫饭局，

出国旅游叫考察团儿。

警察叔叔是110。

摄像头就是电子眼儿

在过去，十字路口拿着个小旗叫学雷锋，

眼下改名叫协管儿。

猫啦狗啦叫宠物，

鸡鸭得病叫禽流感儿。

通俗文化叫草根，

环境污染就是摩的屁股冒黑烟儿。

京剧当今称国粹，

慰问学生就是民族艺术进校园儿。

在生活中管买东西叫购物，

消费是就让您掏钱儿。

积压物品往门口一放叫促销，

您还不买再给您个花样叫返券儿。

买一送一，买俩送二，

买肉外带搭鞋垫儿。

各行有各行的流行语，

新名词也分年龄段儿。

年轻英俊的小伙儿叫帅哥。

靓仔靓妹把头发染成八种色儿。

酷了毙了帅了呆了一大串，

往起一蹦，高跟皮鞋掉了一块儿。

过去有百里挑一千里挑一这句话，

眼下把"挑"改成了"选"。

这海选、那海选，

参选的人，来自祖国各个旮旯。

召来了美女千千万，

寒风中还袒胸露背光脚板。

伤风感冒何所惧，

要一展才艺舞翩翩儿。

甭管选得上选不上，

也就是帮着爹妈造俩钱儿。

我说这话对不对朋友们？

您琢磨琢磨这个茬儿。

这一桩桩一件件儿，

世态炎凉就这样儿。

咱百姓就说百姓的话，

聊个家长唠个里短。

什么燃气费煤气罐儿，

停车有地方没地方。

谁家的老婆没老头儿，

谁家的老头儿缺老伴儿。

三楼的小伙儿上清华，

二楼的姑娘特别爱染指甲盖儿。

五个脚趾头六个色儿，

远看好像小猫爪儿，

爪儿了爪儿了倍儿好玩儿。

世界风云咱也管不了，

谁知道地震它震哪儿。

奥巴马到底怎么回事儿，

他夫人干吗爱梳簪儿。

埃菲尔铁塔要装修，

丰田召回换零件。

伊拉克天天在打仗，

子弹嗖嗖冒白烟儿。

卡扎菲被人给击毙，

脑袋上来了一个眼儿。

这沉浮谁也主不了，

老百姓就希望物价别涨钱儿。

安居乐业和谐点儿，

高高兴兴每一天。

我唱到这就算一段，

但愿大家再见面儿，

今后还有相逢日，

再给各位唱快板儿。

第二十五段　崭新的压岁钱

一个人，生活在社会中间，

我们要懂得，什么是伟大，什么是平凡。

平凡并不等于庸庸碌碌，

伟大也不见得动地惊天。

平凡之中包含着伟大，

伟大之中又见平凡。

谁使劲鼓掌谁伟大，

谁不鼓掌，谁也不凡。

（白）谢谢大家。

平凡与伟大人称赞，

伟大平凡，就在咱们身边。

咱们"常平"就有这样的人，

是大家歌颂的好样板。

他深受百姓的拥护和爱戴，

家喻户晓多美谈。

他是脱贫致富的带头人，

他是由小到大从弱到强的好典范。

他是开拓创新的先进者，

他是谋求发展的好标杆。

他是艰苦奋斗的王铁人，

他是自强不息坚忍不拔名副其实，

响当当的正经八百的好党员。

这个人一说都知道，

他就是全国劳动模范陈忠孝，佳话美名传。

那位朋友说："哎，你怎么了解得这么全？"

那是，我小姨子就在咱们集团。

说一千，道一万，

董事长确实不平凡。

经历了千辛和万苦，

才有了今天的美好家园。

忆往昔，他曾经率民办砖厂，

分文没有难筹钱。

困难重重何所惧，

千斤的重担肩上担。

首先建起了水泥厂，

马达轰鸣连轴转。

什么炼铁厂，炼钢厂，

焦化厂，高速线。

有煤气，有发电，

又出煤，又出碳，

大小的厂房连成片。

20 多家企业同时干，

噌的一下，挤进了 500 强的最前面。

让您说骄傲不骄傲，

他怎么能够令人不感叹！

辉煌的成就看得见，

真是又伟大来又平凡。

平凡的小事更感人，

闪烁着伟大在其间。

第二十五段　崭新的压岁钱

我给大家讲一个小故事，

忠孝之道，至今在流传。

这件事情说起来不算大，

不过展示出，忠孝同志体贴入微一片的深情似甘甜。

他提出，为老人建一个敬老院，

让年过花甲的孤寡老人有个家园。

设施齐备档次高，

环境幽雅顺心田。

当时有人说："敬老院没什么多大用，

有几位能住这里边？"

忠孝说："你怎么知道没人住？"

这位说："咱常平不再像从前了，

眼下这日子都好过，

不愁吃来不愁穿。

还发放他们养老金，

谁还住咱这敬老院？"

陈忠孝听闻哈哈笑，

"你是盲人摸象，看得不全。

等建成之后咱们再说，

到那时，你给我写篇观后感。"

打那天开始就动工了，

敬老院，眨巴眼的工夫就已建完。

老人们纷纷都来住，

敲锣打鼓舞翩翩。

大伙儿别提多么高兴，

迎来了春节要过年。

什么花生、瓜子、核桃、糖果一大片，

应有尽有，送到了老人他们面前。

董事长公事不在家，

打来了电话问周全。

负责人说："陈董，您就放心吧，

不用您外出还挂念。

这的老人都高兴，

手捧着礼物泪涟涟。

全都说：'养儿养女几十年，

还没人想得这么全。

真比亲生儿女都管用，

是多么忠孝的敬老院。

这辈子咱就这享福，

多活一天是一天。

多活一天赚一天，

多活一天算一天。

多活一天乐一天，

多活一天唱一天。

一天一天又一天，

忠孝让咱们天天天，

天天天的似神仙。

咱村的老辈积了大德，

才有忠孝这样的好儿男。

今年这年过得好，

除了压岁钱，全都想周全了。

样样具备啥都有，

就等着孙子孙女来拜年啦。'

您听听，您听听说得多好，

我是得写篇观后感。

汇报完毕董事长，

不知您听见没听见——"

"我这的信号不太好——"

（白）好吗，我白说了。

"过年跟你开个玩笑，

明年就发压岁钱。"

日月如梭光阴荏苒，

瑞雪飘飘又来年。

今年比往年多了个包，

每个包都有 100 元。

全都是 10 块跟 5 块的，

崭新的新票，咔咔响，号挨号的刚取的钱。

老人们接到手里后，

感动得不知从何言。

您说天下哪有这样的事呀，

白吃，白住，过年还给压岁钱。

为我们想得太周到了，

怕我们在晚辈的面前为了难。

这样的好人上哪儿找，

我先给他来拜个年吧。

我送他一句吉祥话，

明年再加一百元。

后边这话是我说的，

愿领导，多给咱们大伙儿发奖钱。

这正是，细雨无声润大地，

发自肺腑是真言。

细致周到入人情，

犹如春风送温暖。

山川变成一片绿，

让万物鲜活一派的生机绚丽盎然。

有丰富的感情都伟大，

有伟大的胸怀更有情感。

一曲颂歌唱不尽，

诗词歌赋谱新篇。

人杰地灵壶关县，

物华天宝太行山。

一颗明珠多璀璨，

忠孝美名四海传。

第二十六段　什么什么的

首先介绍，我是一个普通的演员，唱快板儿的，

演艺界不是著名的。

是为在座的朋友们服务的，

是来给大伙儿演出的。

演出的就得说好的，

要说就说拿手的。

拿手的新鲜的，

跟当前形势最紧的。

内容是健康向上的，

抨击社会不良的。

激发人们情感的，

启迪大家思想的，

还得让您听着好玩的。

单说那大伙爱听的，

听完了让您解气的。

解气的幽默的，

还得值得大家回味的。

看当今，咱们国家发展可了不得，

欣欣向荣是可观的。

取得的成绩是辉煌的，

人民的生活，水平也提高够快的。

是党的政策带来的，

是我们党英明领导的。

首都北京繁花似锦，

到处是多姿多彩的。

老百姓们是善良的，

中国人民是友好的。

咱们都知道，好日子是来之不易的，

是值得大家珍惜的。

可也有一些个别的，

也是当今社会关注的。

您看看这新闻披露的，

再瞧瞧报纸是怎么登的。

俄罗斯谴责布什的，

六十年的罗锅是怎么直的。

艾滋病是如何进口的，

非典是怎样传染的。

有了钱迷上演员的，

明星大腕傍大款的，血染的风采也够惨的。

这版还有新鲜的，

编得还挺顺口儿的。

我念念啊，说什么，

这个领导办公室有个打字的。

身边有个好看的，

家里有个做饭的。

出门有个陪伴的，

远方有个思念的。

国外有个留恋的，

冷不丁还出了个上法院的。

医院门口还站着一位，做亲子鉴定的，

这都什么乱七八糟的。

还有值得注意的，

俩眼睛可不是吃饭的。

你看现如今，卖金佛的，卖元宝的，

卖玉器的，卖皮袄的。

卖古玩的，卖材料的，

卖字画的，卖假药的，

都需要各位谨慎的，

上当了就是了不了的。

还有些现象不良的，

也是生活当中常见的。

什么离婚的，同居的，

赌博的，跳楼的。

贷款的，卖地的，

上诉的，私聊的。

偷车的，卖车的，

换钱的，财迷的。

中介的，吃利的，

传销的，投资的。

遛弯儿的，撬锁的，

扒坟的，卖墓的。

盗碗的，造假的。

造出了假酒喝死人的，

大米上倒油抛光的。

香油里边兑茶的，

自来水冒充饮料的，

往黄花鱼上刷色的，

带鱼身上喷粉的，

挺好的猪肉注水的，

驴屁股上边盖章的，

往西瓜里边打针的，

鸡肚子里边塞土的，

小狗身上焗油的，

波斯猫粘毛装熊的，

伪劣的烟花伤人的，

鸟市里出了个镶牙的，

随便掏出两颗牙，

275

他愣说拔的是慈禧的，

军大衣絮破被套的，

月饼盒里放砖头的，

沙发里边搁小死猪的，

饲料里边掺锯末的，

假种子卖给农民的，

这事可是够损的。

还有比这邪乎的，

土豆包泥冒充松花蛋的，

电褥子跑电电死人的，

高压爆炸失火的，

新买的手机打过的，

买了个电脑是空壳的，

医疗误诊害人的，

给产妇抱错了小孩的，

做盲肠切了子宫的，

做节育切了盲肠的，

纱布落在了腹内的，

肚子里还有针头的，

整形的，美容的，

整的眼像个烂桃的，

拉双眼皮的，

修厚嘴唇的，

垫高鼻梁的，

扎耳朵垂儿的，

隆乳的，丰胸的，

修臀的，瘦腰的。

净是花钱上当受罪的。

还有比这可乐的，

愣冒充同仁堂专家祖传的，

专治男女不孕的，

吃上几丸准好的，

最后药丸一化验，

原来是山药蛋裹面粘糖稀，三揉巴两揉巴搓成的。

几千块钱没治好，

这事可够缺德的。

还有比这好玩的，

歌厅的，酒吧的，

第二十六段　什么什么的

小皮裙子到这儿的，

一撩一撩，净迷惑开车受累的。

还有公园里边跳舞的，

龇着牙在那接吻的。

勾肩的，搭背的，

跨起来拉着不撒手的。

还有天理不容的，

也是当今社会打击的。

什么走私的，贩毒的，

拐卖儿童的，

欺骗妇女的，

敲诈勒索的，

入室抢劫的，

冒充警察的，

坑蒙拐骗的，

网上作案的，

电脑行窃的，

贪污受贿的，

挪用公款的，

堕落腐败的，

携款逃外的，

这些都是个别的，

我相信今天在场的朋友们，

没有一个是这样的。

都是精神文明的，

大家都是好样的。

咱们国家是法治的，

党纪国法是严明的。

凡是造成重大损失的，

人民是不会饶恕的。

什么撞车的，沉船的，

炸矿的，塌桥的。

瓦斯爆炸死人的，

都要追究法律责任的。

什么革职的，查办的，

退赃的，赔款的，

科长拘留的，

处长判刑的，

局长无期的，

市长坐牢的。

您听听够不够解气的，

够不够拍手称快的？

掌声是说明问题的，

要相信我们的党是强大的。

是代表人民利益的，

腐败会彻底根除的。

国家是前途光明的，

今天的生活是美好的。

党的阳光是温暖的，

明天是灿烂辉煌的。

人民是顶天立地的，

我们一心一意听党的。

人间是绚丽多彩的，

人间是绚丽多彩的！

第二十七段　如此广告

首都北京，五彩缤纷多绚丽，

生活越来越高级。

为了您明天更美好，

眼下的广告，铺天盖地。

大千世界什么都有，

五花八门，比魔鬼三角都神奇。

电影电视，插播广告，

连央视春晚，都接二连三地不休息。

让人腻歪得了不得。

广告的作用非同小可，

如今的网络多信息。

电视购物，富有魅力，

送货到家快得出奇。

什么电视冰箱都可以，

连找个老伴儿都能快递。

都甭急着办手续，

噌的一下送怀里。

还没等这位下楼去呢，

人那已然得甜蜜了。

您说这个速度多快，

都超过了波音七八七。

广告本身，无可非议，

不过宣传得也别太离奇。

广告分类多少种，

过去的叫卖也属于。

京城的吆喝含文化，

把市井风俗来演习。

侯宝林的相声《学叫卖》，

"胡萝卜，便萝卜，嫩芽的香椿，蒜，好韭菜。"

这不都属于广告范畴里。

不过那会儿您还落个实惠，

可现如今，蒙上你可就没轻的。

当然也是个别的，

我给大伙儿说点新鲜事。

在我们家不远有一个集，

这个集市，不亚于上海世博会，

人山人海，就跟庙会差不离。

想买什么全都有，

就没有世上没有的。

这么说吧，您要买龙王龙鞭宝，

他能送您两龙须。

要买个张果老那酒葫芦，

他说他赠您一头驴。

要买他一筐大久保，

这个蟠桃宴王母娘娘陪您嘹嘞蜜。

您看他这多厉害，

在一旁，还有一个比他更神的。

就这位，光盘一放响音乐，

为的是，让过往的行人多留意。

他说道："我就说的是，

山南的，海北的，

来来往往赶集的。

穿红的，挂绿的，

大家都是和谐的。

有老的，有少的，

男男女女拉手的，

有情的，有义的，

两个人暧昧同居的。

二十的，三十的，

四十五十六十的，

七老八十一百的，

还有正在过坎的。

甭管您是什么年纪，身体可是重要的。

我为您准备了健身丸，

俗话说，人老心不老，老骥要伏枥，

青春多回忆，找回原来的自己。

买我的健身丸，

一天吃一粒，

仨月一周期。

日日渐增长，

天天有力气。

说句不好听的话，

要是半身不遂吃下去，

他立马下床能蹦迪，哭着喊着还找虞姬呢。

金猴奋起千钧棒，

横扫千军如卷席。"

您听他忽悠得多邪乎，

您再瞧，那边的摊位更有趣。

有一位姑娘真美丽，

满面春风笑嘻嘻。

她倒说："您走过来，您走过去，

千万莫错好时机。

您到我这停一停，

您到我这立一立。

买啥啥都有，

啥都保您满意。

买啥都十块，

十块人民币。

十块能买啥？

十块甭算计。

十块买高兴，

十块买如意。

十块钱，您到近前看一看，

十块钱，您选上一样心爱的。

十块钱，买卖不成仁义在，

十块钱，买不买没关系。"

打那边过来一位老太太，

"姑娘，我买条围巾要红的。"

"这围巾十块可不卖，

我优惠给您八十七。"

"啊？你不是说啥都十块吗？"

"那当然了，十块钱您买这个东西。"

说着话，她用手一指耳挖勺，

老太太差点儿背过气。

就在这时候，忽听得有人在喊叫，

声音沙哑赛活驴。

见此人，身穿着一件羽绒服，

最奇怪，有三条皮带拦腰系。

大秃脑袋圆又亮，

怎么看他怎么像个地球仪。

这三条皮带晃晃荡荡、松松垮垮，

他冲着大伙直作揖。

"朋友们，同志们，

您听我道，听我絮。

叔叔大爷老兄弟，

七姑六婶八大姨。

全中国就数我混得没出息，

可着全中国就没有比我再惨的。

我的心是拔凉拔凉的，

我的眼泪哗哗的。

我打小没怎么上过学，

第二十七段 如此广告

287

家里头还有个老娘八十一。

就靠卖皮带混口饭，

您说容易不容易。

您先看这皮带值不值，

世界名牌产地来自意大利。

我说这话要有假，

他不是牛皮您扒我皮。

哪位买了我的皮带去，

您就算行善把德积。

我祝您事业多顺利，

步步升高登云梯。

花俩钱自当帮帮我，

您就帮一帮，我这雷锋的兄弟叫雷劈。

皮带好坏先不讲，

咱就说牛皮它的来历。

咱们都知道，牛郎织女天河配，

牛郎骑牛看织女。

天地之间路遥远，

一路上，腾云驾雾，牛不停蹄。

话说这天有点乏了，

到了意大利的上空要休息。

这头牛实在憋不住了，

一方便，就下了这么一点儿，牛毛细雨。

就这泡尿，落在了地上，哩哩啦啦，

曲里拐弯，勾了圈了像外文，

正说着，打那边过来一位大高个，

威风凛凛仪表齐。

头戴着国徽光闪闪，

原来是消协执法的。

来到了近前敬个礼，

目光炯炯把话提。

"请你跟我们走一趟，

你销售的物品是假的。"

大家伙儿这时才明白，

差点上当被他欺。

这正是，坑人害人如害己，

到头来终没好结局。

中华美德讲信誉，

阳光大道不迷离。

遵章守法做生意，

文明经商争第一。

共同高歌主旋律，

让伟大首都飘彩旗。

最后我再说一句，

朋友们，小心广告吹牛皮。

第二十八段　百病良方

伟大的首都展新容，

百姓的生活喜气浓。

为实现咱们的中国梦，

正满怀豪情踏征程。

国家富强，需要全民身心健康，

身心健康才有锦绣江山披彩虹。

有一句老话说得好，

身体是本钱，至今在流行。

这话的内涵太深刻了，

真是没有个好体格干什么也不灵。

所以说健康最重要，

别等着钱还没花完呢，人却吹了灯。

我站在台上这么一看，

老少爷们有威风。

大爷大妈身体好，

兄弟姐妹都硬朗。

小朋友们那么欢快，

姑娘的脸上花儿红。

小伙子个个体质棒，

说出话来带回声。

四愣子胳膊起筋线，

俩手一攥咯嘣嘣。

一看全都能长寿，

祝大家过百，万事亨通。

老话说，没什么别没钱，

有什么别有病。

好像也有道理在其中。

不过这话咱又说回来了，

钱归钱，病归病，

这两个概念大不同。

有钱的不一定不生病，

没钱的得病也不行。

富豪不见得治好病，

穷人也许能看成。

亿万难医心头病，

钱砸医院也不灵。

美金欧元救不了命，

来六个银行也得把腿蹬。

做人就得想得开，

有钱没钱，其乐融融。

咱们都知道，钱财乃为身外物，

各位可千万别看重，看重了反倒没人疼。

到了撒手人寰那一天，甭说金山银山，

就是小盒子，连一双筷子都不能盛。

生不带来死不带去，

我想得开，我走的那天准光着腚。

看现在，各大医院排长队，

这病那病人如蜂。

人吃五谷焉能不生病？！

不过叫我说，百病多从心里生。

内心若是清娴静，

就招不来病魔逞顽凶。

佛经曰：万物唯心造，

万法唯心生。

心若为大众，

体态便轻盈。

善良感天地，

爱心能永恒。

人做每件事，

因果有报应。

悲、欢、离、合世间有，

遇事要有个好心情。

虽说生活压力大，

再大您也要放松。

别人观花，不射已目，

自己的道路自己行。

甭攀比，别不平，

妒忌就会气哼哼。

俗话说，人比人得死，

货比货得扔。

花梨是花梨，

白松是白松。

您说是不是这么回事儿，

知足常乐座右铭。

凡事您要往远看，

厚德载物，多多包容。

孔圣的中庸是人道，

要把握好，喜怒忧思悲恐惊。

过之及可就要生病，

黄帝内经有说明。

喜过伤于心，

惊恐损肾精。

思乃劳于脾，

悲来便伤情。

怒火奔肝去，

忧虑肺火生。

肺火痰咳喘，

喘引偏头疼。

头疼血压高，

高易脑血梗。

梗塞血不畅，

不畅便不通。

不通乃栓症，

栓症要牺牲。

牺牲不可怕，

吓得真不轻。

轻病变重病，

重病吓绝症。

病人有病要不了命，

吓死的居多数不清。

故此说，心对人生占首位，

要活得坦荡正大光明。

要有勇敢的心，漂亮的心，

把党的教诲记心中。

不然的话爱生病，

心胸狭隘，吃什么保健品也不行。

何况眼下假的多，

一看便是把人蒙。

头两天，我爱人高兴买了几盒，

上边儿的功效写得清。

上写道：祛斑去皱抗衰老，

减肥养颜增美容。

延年益寿春常在，

吃了它，就等于吃了俩唐僧。

这要把骨头都啃了，

我媳妇非得变妖精。

您说这都哪儿跟哪儿，

明摆着就是把人坑。

这都是心里有蛔虫。

看今天，社会风气不那么正，

是人的心里出了毛病。

想入非非，飘然不定，

到头来，竹篮打水一场空。

常言道，是您的，跑不了，

不是您的，您也甭争。

第二十八段 百病良方

高尔基曾经有句话，人的命，天注定，

胡思乱想不顶用。

后来听说不是高尔基，

是高尔夫球场看门的一位白发老翁。

举例说吧，贪官就是不认命，

是一个贪字把病生。

五脏腐败全都烂了，

那黑的心，烟儿煤一见都吃惊。

行贿受贿也有病，

看病他得到狱中。

目无国法无良药，

法网恢恢难逃生。

玩忽职守，是个怪病，

是有病拿病不当病，悔恨送终。

流氓小偷也有病，

病在心里头乱扑通。

溜门撬锁病不小，

救护车都是110。

坑蒙拐骗，更是个病，

骗得七姑八姨没了亲情。

敲诈勒索鬼心病，

不看医生看刑警。

网络行骗坑人病，

坑得病人泣不成声。

拐卖儿童黑心病，

缺阴丧德，没脸见祖宗。

杀人放火病更重，

治好病就得靠枪崩。

拦路抢劫红眼病，

病源来自威虎厅。

看见了美女色狼病，

心跳过速紧跟踪。

您别看美女没追上，

差点儿摔进了电缆坑。

像这路病人最好治了，

以毒攻毒，这小子当时就叫尿。

若想不得这些病，

我有祖传的秘方大家听。

一般的场合还不讲，

皆因为咱们是亲朋。

首先说，人走孝道不生病，

人人爱戴传美名。

讲情重义有良心，

浑身上下经络通。

感恩社会感恩党，

一剂良药心更红。

爱国敬业多贡献，

良药一剂显忠诚。

自由平等乃良方，

每个人的心里都轻松。

友善和谐是保健品，

保街坊四邻，至爱亲朋，全国人民情深意浓。

敬老爱幼祖上传，

谦和礼让，能治好了面部麻痹，有了笑容。

文明礼貌也祛病，

治拳打脚踢瞪眼睛。

遵章守法有公德，

说话和蔼不耳鸣。

公交让座您时尚，

站在了中间省着中风。

见义勇为身体好，

赛跑准拿第一名。

抓贼敏捷足下快，

治脚气那叫一门灵。

为了将来更美好，

为了明天更繁荣。

为了祖国更富强，

为了前景更光明。

为了生活更多彩，

为了时代放歌声，

为圆好中国梦，

为蓝图映苍穹。

第二十八段　百病良方

为社会多奉献，

为人民立新功。

为家庭都和睦，

为长辈更年轻。

请用良方治百病，

祝愿大家永康宁。

第二十九段　作为不作为

特别高兴，有幸和朋友们来相会。

您能感觉到，我手中的竹板特别脆。

皆因它见您也激动，

它要发挥能量与作为。

它刚才说啦："我今天上台加把劲，

把我的本事送各位。

我节奏鲜明是特点，

竹声响亮那么清脆。

我就是个伴奏员，

悦耳动听，让您喜欢是第一位。"

您听听，我这竹板讲得有多好，

它都知道，它的岗位与作为。

常言道，在其位谋其政，

不谋其政，那您何必占其位。

俗话说，占着茅坑不拉屎，

该作为的不作为。

当官不为民办事，

他还腆着肚子撇着嘴。

除了行贿就是受贿，

那您还不挪挪位。

回头是岸让圣贤，

不然的话，国法难容该犯罪了。

人在世间，要明白自己是谁，

干什么我是为了谁。

您是谁，他是谁，

别拿张飞当李逵。

张飞是张飞，

李逵是李逵。

手使的兵刃不一样，

各展其才有神威。

李逵善用双板斧，

丈八蛇矛乃张飞。

自古英雄多好汉，

都能发挥自己的特长，该有的作为。

难道说今人不如古，

不作为他还尽神吹。

我如何如何有多好，

我的政绩功绩硕果累累。

咱高唱赞歌跟时代，

小车不倒尽管推。

其实他该干的事情他不干，

吃喝玩乐不作为。

老话说，干什么的说什么，

卖茄子不能吆喝卖地雷。

甭这山望着那山高，

吃着驴肉，还惦记着那锅羊杂碎。

要踏踏实实守本分，

若不然谁不认可谁受罪。

经理就是经理，

门卫就是门卫。

大哥是大哥，

姐妹归姐妹。

儿童是儿童，

长辈是长辈。

姑娘是姑娘，

小姐是另一位。

这就是，上天赐给的人生道，

真若如此，定会有安宁和谐的好社会。

人生在世，每个人有每个人的那碗饭，

该端谁的就端谁。

该送炭的您送炭，

该运煤的我运煤。

虽说分工有不同，

但各得其所各有所为。

有为就会有发展，

中华强盛，还怕什么事与非。

人各有志各有命，

贫贱富贵又有何所谓。

再富也是三顿饭，

还不见得有您有滋味。

百万富翁人家担得起，

千万富翁，命里头给。

俗话说人比人气死人，

知足常乐，二锅头也能当拉菲。

莫攀比，不追随，

自己的腰疼自己捶。

天上不会掉馅饼，

天下的午餐，没有免费。

得靠您自己来奋斗，

甭眼花缭乱想入非非。

我得怎么怎么着，

怎么着啊，不怎么着，我还想当万岁爷呢，

没当个太监，就算饶了我这一回。

故此说，开车的您把车开好，

不追尾就算有作为。

第二十九段　作为不作为

做饭的别用地沟油，

就算是良心您没昧。

当保姆的摔孩子，

那简直就是活土匪。

花钱请了个座山雕，

要把人家孩子好好喂。

物业把物业管理好，

让咱们的小区美上美。

绿化给生活添姿彩，

搞环保的员工就更高贵。

老师要把学教好，

学生要学弟子规。

工人做好工，

农民施好肥。

生意德来做，

当兵保边陲。

商场讲诚信，

个体卖实惠。

交警保安全，

大家听指挥。

摩的别添乱，

小贩莫扎堆。

人人学雷锋，

见义要勇为。

文明讲礼貌，

待人笑微微。

中华传美德，

定有好社会。

咱们各负其责，

百花园中您来拔萃。

这才是各行其道道，

为中国梦干好本职守法规。

壮志凌云树大业，

捷报频传满天飞。

伟大的民族多豪放，

巍峨耸立在东方永不摧。

第二十九段　作为不作为

千万别堕落腐败显身手，

饱入私囊自己肥。

吃着俸禄不干事，

穿着官衣不作为。

不作为，要倒霉，

不倒霉就得有作为。

能作为的没作为，

人生能有几轮回。

再轮回，也后悔，

后悔当初没作为。

该作为的要作为，

不该作为的不作为。

不该作为的偏作为，

那就不分谁和谁。

领导干部要作为，

党员带头要作为。

正能量的要作为，

实现小康要作为。

做官要为民作为，

做民要为国作为。

何所不为有所为，

干吗何乐而不为。

您作为，我作为，

大家人人有作为。

齐为作为树丰碑，

要让丰碑更光辉。

第三十段　话说老字号

伟大的首都北京城，

改革开放展繁荣。

天安门广场多壮丽，

十里长街贯西东。

成为旅游观光的世界美景，

无人不仰望东方红。

都想到中国看一看，

了解了解古老北京。

瞧瞧东四西四隆福寺，

东单西单王府井。

琉璃厂小胡同，老字号的由来风土人情。

京城的小吃有特点，

再尝尝烤鸭，是不是比他们的汉堡勾馋虫。

比萨饼能不能卷鸭肉，

要卷鸭肉还得放葱。

再来双千层底的小圆口，

穿上那叫一个轻松。

潘家园挑俩大核桃，

若嫌轻，换两个铁球哗棱棱。

东方的美女最好看，

揉着球俩眼一眯缝，

您想看谁全都成。

老北京老字号，

老字号老北京。

千年的底蕴多丰厚，

悠久的历史博大精深，

多少的典故在其中。

我陪着各位转一转，

咱们前门大街走一程。

看！家家的商铺多热闹，

个个门脸似火红。

人如潮，笑如涌，

繁花似锦，欣欣向荣。

在过去，这犹如《清明上河图》，

喧嚣闹市，什么样买卖全经营。

豆腐坊，打铁铺，

珠宝阁，剃头棚。

戏园子茶社小饭馆，

提笼架鸟八旗兵。

光阴荏苒，当年的情景早不见了，

日月如梭，眼下全都换了新容。

咱们往前走，进胡同有个六必居，

这里的酱菜世界驰名。

据传说，是六个寡妇来创办，

六必居仨字来自严嵩。

他开始写是六心居，

后一想，六个寡妇不可能心一同。

为省事心上添一撇，

六必居的牌匾就落成了。

后来越办越红火，

越发展越大越有名。

好多人到这寻究竟，

其实很简单，叫我说，

就是六个娘们儿没爷们儿管着才成功。

您快看，这里的酱菜品种多，

样样全都那么水灵。

豇豆苤蓝大花生，

黄瓜藕片小甘露，

核桃杏仁也在其中。

脆嫩甜咸口感好，

这么大的酱包紫不楞登。

辣萝卜条香椿芽，

鬼子姜雪里蕻。

有的绿有的青，

咸菜丝芝麻给拌成。

黄酱甜酱辣椒糊，

糖蒜醋蒜盆里盛。

水疙瘩个个都实诚，

小酱萝卜嘎嘣嘣。

老太太要是咬不动，

没关系熟疙瘩来俩也现成。

又软和又面又好吃，

瘪着嘴您就胡乱嚼。

连泥巴带嚓进了喉咙，

"扑哧"一乐露笑容。

上年纪别吃硬东西，

牙多牙少都不成。

我姥姥就剩一颗牙了，

那天她塞得真不轻。

一个牙怎么还塞牙？

她吃藕，套眼里了，

您说这都哪的事情。

胡同里小肠陈，爆肚冯，

天兴居炒肝热腾腾。

豆汁虽说另个味，

却召来了世界各国多少的宾朋。

王致和的臭豆腐，

王麻子剪刀快似风。

名人字画荣宝斋，

广德楼里边听相声。

大观园内演京戏，

谭鑫培在此一炮红。

瑞蚨祥的丝绸缎，

张一元茶叶响京城。

大顺斋的糖火烧，

仿膳的窝头黄澄澄。

丰泽园的烤馒头，

稻香村糕点更有名。

想当年鲁迅先生常光顾，

梅兰芳到此情有独钟。

要不他京戏唱得好，

不吃甜的不好听。

东来顺，西来顺，

南横顺又叫一条龙。

正阳楼会仙居各大饭庄，

都把涮肉来经营。

史册记载，紫禁城内千叟宴，

嘉庆皇帝，动用了一千五百五十八个火锅凑办成。

又是煤又是炭，

煤炭堆满御膳宫。

太监宣旨说开宴，

乐得老头儿往起蹦。

一千多位老者同时涮，

那场面，烟雾缭绕满天空。

大栅栏内同仁堂，

全国的好药这集中，

我的恩师高凤山，

他唱的这段最有名。

滔滔不绝，行云流水，

百味的药材一气呵成。

他唱道，铡药刀，亮晶晶，

铡几味草药，刀可不崩。

先铡牛黄与狗宝，

后铡槟榔与地龙。

桃仁陪着杏仁睡，

急得麝香叫茯苓。

我有心学他往下唱，

别耽误大伙儿往下听。

老北京有句顺口溜，

反映了当时社会各阶层。

头顶马聚源，

脚踩内联升。

身穿八大祥，

腰缠四大恒。

马聚源的帽子，内联升的鞋，

八大祥的丝绸进皇宫。

四大恒字号是钱庄，

是恒利恒和，恒源恒兴。

谁要是占了这几样，

达官显贵荣耀象征。

用现在的话讲牛气大了，

不是大款就是大亨。

前门外有都一处，

这块金匾，源于乾隆。

什么便宜坊全聚德，

焖炉挂炉两不同，

全聚德前身叫德聚全，

改名的是位大德高僧。

这里的鸭子有特色，

都是玉泉山水来养成。

京城的水质数它好，

要不鸭子那么水灵。

长身子，圆眼睛，

小肩膀，大肥腚，

扑扑棱棱水里蹦，

欢蹦乱跳进了北京。

吸引着四海八方客，

誉满全球香味浓。

老字号，数不清，

举不胜举似繁星。

颗颗光闪闪，

点点亮晶晶。

个个都精彩，

号号传美名。

千姿百态展娇艳，

星罗棋布满京城。

看今朝，在党的英明领导下，

焕发了青春踏征程。

继承发扬好传统，

前景越来越光明。

喜看京都花茂盛，

生机盎然百业兴。

要圆好咱们中国梦，

老字号永远是年轻。

第三十段 话说老字号

第三十一段　金盾之歌

伟大的中国展繁荣，

日新月异在飞腾。

咱公安，六十五年不寻常，

可称为人民建奇功。

今天咱们大家多高兴，

人人脸上喜盈盈，

庆贺我们的大喜日，

载歌载舞展喉咙。

伟大的中国共产党，

领导着人们踏征程。

金盾之光更辉煌，

六十五载放光明。

称得上人民的保护神，

也可以说，是坚不可摧的钢铁长城。

忆往昔，六十五载多不易，

坎坎坷坷路不平。

六十五年的风和雨，

六十五年的春夏秋冬。

六十五年的艰辛史，

谱写着人民公安的光辉历程。

在部领导的指挥下，

把党中央交给的重任来完成。

一声令下齐行动，

迅速敏捷雷厉风行。

无论是国际与国内，

无论是奥运与国庆。

无论是各界代表会，

无论是眼下打暴恐。

哪里需要哪里去，

处处为祖国立大功。

第三十一段·金盾之歌

岁月如歌，历历在目，

百花园，就数我们公安花最红。

绚丽夺目一奇葩，

闪烁着多少的时代英雄。

他们头上的国徽光闪闪，

肩上的肩章，象征着肩负重任永担承。

警装一穿多么齐整，

胸前的警牌亮晶晶。

走起道来那叫个帅，

唰唰唰地都带风。

您说这坏蛋能不怕吗，

想不哆嗦都不成。

擒拿格斗苦训练，

摸爬滚打展雄风。

俩眼睛一瞪光又亮，

胸脯子一挺小山峰。

四棱子胳膊起筋线，

两手一攥嘎嘣嘣。

恐怖暴徒落到了手下，

就如同捻死一只臭虫。

与人民为敌，绝没好下场，

有我们公安就甭想瞎逞能。

同志们，我今天心情特激动，

心里话想说给大家听。

打我穿上警服那天起，

我就立志为民立大功。

说实话，若想当个好警察，

没有出家的心您都当不成。

您得想，既然干公安，一切脑后扔，

既然干公安，

只管往前行。

既然干公安，

哪怕跳火坑。

既然干公安，

就不怕牺牲。

为保卫人民何所惧，

为国兴旺死也光荣。

我是一个普通的小干警，

第三十一段 金盾之歌

325

说话也没什么高水平。

今天不是什么宣誓会，

但向在座的领导同仁作保证。

一切听从党召唤，

党指哪里哪里冲。

明知山有虎，偏向虎山行，

艰难险阻定完成。

咱回首望，心潮翻涌，

历代的公安多英雄，

您来看，抢险抗洪他们在，

水里火里显身影，

抗震救灾不顾己，

爱党爱民献真情，

好男儿，数不清，

美警花，万朵红，

举不胜举人称颂，

曲曲赞歌贯长虹。

您再瞧，火车站，岗务厅，

各大机场人如蜂。

口码头商业街，

辉煌的形象人群中。

侦查员，暗跟踪，

法网恢恢难逃生。

交通大队接报警，

酷暑严寒即出行。

派出所，好片警，

为民办事送温情。

反扒大队更机警，

个顶个的美称火眼金睛。

可歌的事迹说不尽，

咱们公安战线都光荣。

各级领导齐上阵，

以身示范，亲临现场，马到成功。

看今天，社会发展需稳定，

咱们的担子更不轻。

要做人民的保护神，

要圆好咱们的中国梦。

让我们的美梦早实现，

第三十一段 金盾之歌

327

定要练好一身功。

枪法要准确，

一枪制顽凶。

掌握要主动，

迅速快反应。

第一时间到，

有效处置中。

出手快，下手重，

打击暴恐不留情。

为祖国繁荣更昌盛，

永做人民的警务兵。

第三十二段　如此孝顺

人生在世，百善第一先为孝，

中华美德要记牢。

人人都是父母养，

父母的恩情，比那喜马拉雅还要高。

比山高，比水深，

养育之恩，这辈子谁也报不了。

羊羔跪乳知母爱，

乌鸦反哺总回巢。

有道是，不养儿不知父母恩，

养儿养女为的防老。

做人莫把良心丧，

人间正道，乃是沧桑路一条。

我们街坊有一个王大爷，

老人家人缘特别好。

老伴儿早早去世，

剩下一堆孩子他养着。

五个儿子一个闺女，

日子过得好难熬。

又当爹来又当妈，

他可千辛万苦了。

有谁知，这位慈祥老人多不易，

又有谁知，他的酸甜苦辣对谁学。

驼着个背，猫着个腰，

眼望着苍天，常自言自语自叨唠。

满腹的苦水何处道，

他的孤独身影难画描。

您别看儿女倒是不少，

可是个顶个的半年见不着。

头两天突发心脏病，

还是街坊串门发现得早。

及时抢救送医院，医院告急，

这五个儿子可全赶到。

老人家紧闭一双眼，

呼吸戴着氧气罩。

医生让亲属来签字，

大家伙儿一看可明白了。

老大说："老爷子这回估计够呛，

看样子八成醒不了了。

可千万别变植物人，

那嘎嘣一下倒挺好。

叫我说，为让他高兴放心去，

咱们赶紧把孝心表一表。

他听完了高兴一踏实。

顺顺当当就走了。"

哎对，哥几个举手齐声赞，

那叫大哥您打头一炮。

好嘞，看我的啊，老爸呀，

您就合眼宽心放吧，

您的后事肯定会办好。

第三十二段　如此孝顺

我们成立个治丧委员会，

深深地向您表示哀悼。

您这辈子够艰辛的，

万古流芳美名标。

您扛过枪啊，赴过朝，

也为祖国立过功劳。

虽说比不了董存瑞，

可也没少扛炸药包。

您五儿一女贡献大，

他们个顶个地都活着。

老大我是公司董事长，

老二这个经理他当着。

老三他搞房地产，

老四夹着个大皮包。

老五的买卖为最好，

山南海北地搞推销，

一天到晚地不闲着。

老妹妹您更甭惦记了，

人家现在过得比咱好。

嫁到非洲去了，

这回"一带一路"可沾光了。

您就安心去吧，

展翅摇铃，西天的路上您走好。

老二赶紧不怠慢，

是是是，还是大哥说话水平高。

那我也向他表个态，

不知他听着听不着。

老爹呀，您怎么样了？

我是这个老二葫芦瓢。

您放心吧，事后给您多烧纸，

年年扫墓多多地烧。

明儿一早，先给您烧副麻将牌，

再给您烧个八抬轿。

不爱坐轿骑小驴，

再烧两头骡子您套着。

轿子上装满人民币，

再给您烧个支付宝。

微信给您多打钱，

第三十二段 如此孝顺

8848 您玩着。

马云说了，网络覆盖全宇宙，

阴阳都用他这个宝。

阎王爷那好几个呢，

您说得了不得了。

老三一旁可来气了，

嘿嘿嘿，你少来迷信这一套。

若不是我，事先把墓地给选好，

老爷子今儿个就没着落了。

他到那一看就知道了，

是个山清水秀的好地角。

老四说好地角是好地角，

就是价位有点高。

事先你也不商量，

那么多钱你来掏。

老三说掏，我掏就我掏，

你还少来这套马后炮。

人家说了，活人的钱不好挣，

挣死人的跑不了。

老爷子不就死一回，

在这儿砍价大不孝。

你们听听，人家说得有道理，

我又能够怎么着。

那个地方确实很不错，

风水一看特别好。

百鸟鸣，凤还巢，

翠柏苍松漫山腰。

小溪水，围山绕，

四季常青花枝俏。

蝴蝶飞，蛤蟆叫，

比任何地方都热闹。

老四说你行了行了，

别跟这说话不着调。

正格的一点儿都没有，

你活着不孝死了瞎闹。

老爷子心里最明白，

哥几个就数我最孝。

甭看我的条件差，

可是钱多钱少我老给着。

大哥二哥倒是有钱，

老爷子一点儿没见着。

老三说你穷什么穷，穷什么穷，

你穷夹着个大皮包，

那皮包里边全是钱。

假公章，假发票，

一倒腾你就换现钞。

老五上来忙拦住，

打住打住别吵吵。

哥几个就数我最小，

老疙瘩你们得照顾着。

老爷子房子怎么分，

谁分得多，谁分得少。

不成咱们就电视台，

调解室内见分晓。

老大说你着什么急，

老爷子这儿还没咽气呢。

你这么说话早不早。

正说着，忽听得老大手机响，

是老妹妹从非洲打来的电话。

Hello！yeah！各位兄长好，

老爸的病况怎么着。

医院来电告知我，

说他病入膏肓很糟糕。

天各一方我回不去，

望兄长们替我来代劳。

虽说是天涯与海角，

可咱们终归是一奶同胞。

为老爸康复早日好，

在这里，我还请了一个巫师做祷告。

我现在给你们发个视频，

你们看我尽孝没尽孝。

都上眼，看这巫师，

妙法高，喷云吐雾望灵霄。

光着腿，露着脚，

一张草裙围在腰，

左手拿着个拨浪鼓，

右手举着一个牛犄角。

摇了摇这拨浪鼓，

晃了晃这牛犄角。

摔腿劈叉带撒飙，

嘴里还一个劲儿地乱叨叨。

天高高，水滔滔，

天高水滔彩云飘。

各路大仙都来到，

快为老人驱魔妖。

叫老爸你走好，

在天之灵保佑着。

保佑我发大财，成富豪，

中大奖，中彩票，

保我长得美，

保我长得娇，

保我这鲜肉不长膘，

保我这眼皮儿揦得好，

忽闪忽闪的赛狸猫，

嗬，哥几个一看可来气了，

嘿，快关了吧，别让她这野狼嚎了。

哎哟喂，快看老爸要蹬腿，

八成让她给吓着。

又是哭，又是闹，

又是喊，又是叫。

又捶胸来又跺脚。

爹啊娘的一通嚎。

这正是，人生在世不尽孝，

枉在人间走一遭。

父母恩情永不忘，

如此孝顺准糟糕。

万事皆有因果报，

日月星辰都在瞧。

人在做事天在看，

千万莫把他们学。

第三十三段　漫谈起学名

打起了竹板儿笑嘻嘻，

我给在场的朋友们把躬鞠。

首先向大家问声好，

感谢您前来同欢聚。

您健康，您帅气，

您漂亮，您美丽，

您吉祥，您如意。

您日子过得有富裕，

您生活美满多甜蜜。

您家庭和睦您吉利，

您顺其自然顺天意。

您跟哪位也甭客气，

偷偷摸摸，您没事儿就数人民币。

要感谢党的好政策，

不然的话，不开放您上哪儿数去？

要感恩社会感恩党，

感恩世间所有相遇。

包括今天大家来相聚，

也是咱们有缘在一起。

俗话说嘛，百年修来同船渡，

千年修来同看戏，

不然怎么能够凑一块儿呢，

来了这么多的七大姑八大姨！

爷爷奶奶小朋友老哥老姐老兄弟，

听我的快板您捧场。

好坏也是您的福气，

您有福气我沾光。

这也是我多年修来的，

各位您说是不是？

来点儿鼓励呱唧呱唧，

第三十三段　漫谈起学名

谢谢大家！

看今天，党的阳光照大地，

照得贪官污吏皱眉头。

他们坑害国家，害自己，

崇洋媚外得了不得。

只要是外国什么都好，

转基因愣说是好的。

外国的月亮都比中国的圆，

咱们一看好像缺这么一块，

怎么看那怎么像个硌窝的。

胳膊肘子朝外拐，

子女都送到外国去。

身上穿的都是外国货，

从头到脚外国皮，

外国的高跟儿，外国的包，

外国的领带外国的衣，

外国的发型外国的范儿，

外国的风度外国话。

他不说两句外国话，

都觉着浑身不洋气。

他要是吃个炒土豆儿，

也得放俩外国屁。

现如今呐，外国的糟粕大泛滥，

把我们的民族文化来冲击。

无孔不入到处是，

李代桃僵闹玄虚。

咱就说中国房地产，

开发商个个有心机。

起外国名字好挣钱，

也能满足买房人的虚荣心理。

夸大其词弄虚作假，

忽悠得大伙儿犯迷离。

中国的地方外国名儿，

外国的名字反倒成了咱们小区。

若不信大家随我来，

您亲自考察看仔细。

各位上眼，这个小区名叫格拉斯，

大家看看，布拉斯照样也美丽。

哎，您再瞧，威兰德小镇赛天堂，

威兰德，希特勒当年老故居。

圣地亚哥也不错，

外国风情另番情趣。

塞纳公馆请入住，

欢迎光临，荣华溢溢。

斯伯特·韦伯景园不寻常，

打球、赛跑、游泳、滑冰为一体。

各位留步，这是多瑙河畔高档别墅，

对面就是堡力拉菲公馆小区。

请高昂首那就是瑞泰卡地亚，

是当今时代特色公寓。

居住在这里最安全，

防火防盗，保安都是一流的。

人人功夫特别好，

他们个个全都了不得。

一水都叫外国名，

统一的称号达斯尼。

您听听厉害不厉害？

达斯尼！说白了就是打死你。

大家随我来，前面那个小区叫欧罗巴，

跟艾斯登堡是邻居。

相隔一条小马路，

互相往来很便利。

常言说嘛，天涯若比邻，小区存知己。

咱们往前走，这是刚开盘的蒙顿卡雀，

比天宫瑶池还华丽。

生活设施很完善，

地铁就在马路西。

旁边儿有个萨拉热窝大超市，

都是外国进口的好东西。

有罗密欧的小背心儿，

朱丽叶的紧身衣。

英国女皇的小裤衩儿，

卡列尼娜的可腰齐。

朴槿惠的连裤袜，

真由美的红大衣。

乾隆皇帝用过的笔，

列宁的大氅老牛皮。

谁住在这里谁得意，

购物收藏两全齐。

往远处看那片是曼哈顿小区居民点，

有个纽约城，就在这里。

城里边儿有条小吃街，

世界美食这儿云集。

有法国的炒肝儿炒疙瘩，

有比利时的拌糖梨，

柬埔寨的油酥卷，

肯尼亚的烤鱿鱼。

乌拉圭的羊肉串，

伊拉克的炖土鸡，

西班牙的豌豆黄，

土耳其的花生米，

俄罗斯的大拌菜，

黎巴嫩的虾米皮，

巴勒斯坦的比萨饼，

西伯利亚的拌茄泥，

布达佩斯的手擀面，

阿富汗的砂锅居。

美食之后您来散步，

打一个饱嗝香十里。

过了街就是奥林匹克森林公园，

天然的氧吧带公寓。

这个第一公寓是 A 座 B，

第二公寓是 B 座 D。

第三公寓是 C 座 T，

第四公寓是 T 座 E。

那天来了一个老汉，

他找儿子在这乱转喘吁吁。

没导航，没手机，只有一个信封在兜里，

旁人问他哪个公寓？

他倒说我也不知道什么公寓，

都是外国名字不好记。

是 A 座 B，还是 B 座 D，

什么 A 了 B 了不懂的，

那好像是，什么座里头有个 P。

哦，我知道了，您把他电话告诉我，

我让他到这儿来接你。

欸，对了，您老人家怎么称呼？

问我呀，那就入乡随俗吧，就叫我老头儿肯德基。

这都什么乱七八糟的，

您看看，在场的朋友您分析，

中国的文化哪里去？

难道让外来给吞食，

淹没了我们这个民族的文化领域。

咱们思一思，考一考，

我们的继承在哪里。

照这样下去还得了，

我们对不起天来对不起地。

对不起中华五千年，

更对不起先人的教诲犯了大忌。

大伙儿您说对不对？

您各位比我更清晰。

我们要自强，要自立，

要铮铮铁骨要骨气。

中国的百姓爱中国，

中国人世界数第一。

华夏儿女无伦比，

民族文化永不息。

光荣的传统要延续，

把污泥浊水来荡涤。

永远跟着共产党，

"一带一路"飘彩旗。

愿我们的未来更美好，

东方净土更美丽。

第三十四段　单田芳也爱快板书

咱们大家都知道，单田芳老师，

博学多才，艺术底蕴最深厚，

当今这个时代独占鳌头。

沙哑的嗓音云遮月，

另一番的味道一展风流。

说唱舞台，领军的人物，

炉火纯青，登峰造极。

他深受大家的喜爱与呵护，

他的评书，男女老少赞不绝口。

什么解放北平打日寇，

乱世枭雄剑侠愁。

巾帼英雄花木兰，

节振国大闹燕春楼。

给千家万户送欢笑，

广播一开，准有单老在里头。

还甭管电台电视台，

视频网络家喻户晓全都有。

出租车师傅这么一按，

传出一个声音，那叫个耳熟。

话说乾隆年间，太平盛世国泰民安人不愁，

风调雨顺五谷丰登乐悠悠。

江山一统披锦绣，

一派的繁华遍九州。

这一天，乾隆闲暇无有事，

在龙书案前直走溜儿。

望着文房四宝无心弄，

水墨丹青伴随着日月度春秋。

天天如此心不畅，

哎，倒不如，趁着大好的时光走一走。

把朕的江山览一览，

第三十四段　单田芳也爱快板书

到美丽的画中游一游。

顺便微服访一访，体察民情，

我也望一望稻田看看水牛。

想至此，乾隆他可没声张，

转过天来，带着几个侍从悄悄地溜。

出了京城一直往东走，

来到河运码头上了龙舟。

都说这江南一带景色秀美，

鱼米之乡美女如云好风流。

他是一路观赏看不够，

转眼之间到了扬州。

此时正逢三伏景，

那叫个热，热得汗水止不住地往下流。

热得左右侍从，五脊六兽，

热得手中摇扇不停休，

热得乾隆直把眉头皱，

眼望着烈日挂当头。

突然间，也不打哪儿飘来一股黑云彩，

呜，在这上空一个劲儿地打转悠。

就仿佛一把，阴凉大伞，

没有丝毫的光线来穿透。

外带着微风吹人爽，

清凉透体，那个感觉像冰棍儿下咽喉。

那位大姐问了，那会儿那年代有冰棍儿吗？

有，老冰棍儿，

四大发明就忘了把它写里头。

可怪的是，他到哪儿这片云彩跟到哪儿，

那个阴凉总在他的头上。

更难解，只要出行，

阴凉大伞准时按班照旧。

不迟到不早退，

也没有堵车那个时候。

乾隆纳闷儿，不得其解，

回宫后，立刻有人向他来禀奏。

启禀万岁，自打您出宫这么一走，

北门那棵翠柏要一命休。

枯萎得简直活不了了，

蔫头耷脑把魂丢。

第三十四段　单田芳也爱快板书

谁想到，您看您这一回来，

即刻恢复原貌晃枝头。

噢，乾隆一听明白了，

阴凉大伞有了来由。

是这棵树神跟着他，

为他遮阴护驾解难愁。

立刻宣旨不怠慢，

封此松柏绿色大使环保一品为遮阴侯。

若问后来怎么样，

我下回分解说根由。

也不知我学得像不像，

像不像大家多担着。

是单老他学我，

还是我学单老头。

谁像谁都不重要，

您高兴我们就无所求。

祝福大家增长寿，

我、单田芳，也愿为您永当遮阴侯。

第三十五段　那会儿跟这会儿

中国语言得天独厚，

喜怒哀乐演说着风流。

岁月奔驰时光快，

时代变迁都在百姓的话里头。

常言道：三十年河东，三十年河西，

这话有来由。

蕴藏着人生多变幻，

代表着沧海桑田，乾坤宇宙。

它把社会发展来呈现，

还说明，人民的生存乐与忧。

咱们今天聊聊这句话，

把格言的内涵来考究。

三十年河东叫那会儿那阵子，

三十年河西就是现在如今，

这会儿这阵子这个时候。

过去的日子，按部就班，家家如此都一样，

如今的生活快节奏。

那会儿是自然灾害吃不上来喝不上，

现在好，撑得肚子鼓溜溜。

那会儿发愁吃什么好，老这么瘦，

这会儿发愁，越减越肥越增油。

那会儿每逢佳节贴对联，

诗书继世长，忠厚传家久。

街坊邻居互相看，

比一比，谁家的对联赶潮流。

现在比的是防盗门，

看谁家的铁门铁皮厚。

他们家的防盗质量差，

咱们家的结实，一时半会儿砸不透。

那会儿发愁，挺好的窗户没纱窗，

这会儿发愁，采光的窗户非安个铁窗才防偷。

三十年前，街坊四邻聊不够，

三十年后，谁不招谁都在个人家里头。

那会儿大爷大妈见面叫，

这会儿不知对门姓王姓孙还是姓刘。

那会儿天伦之乐，子孙满堂一大片，

现在是尽量少往一块凑。

凑在了一块准没好，

鼓着瘿着争不休。

坐在了一起聊保险，

冷不防传销在里头。

什么拆迁款，买新楼，

给儿子借钱娶二妞。

大小子买车钱不够，

老姐夫外遇被拘留。

我还有半屋保健品，

你们家家买点儿去熬粥。

老太太药费大伙凑，

要不下月该谁养老头儿？

那会儿哪有这现象？

现在倒好都敢上电视论家丑。

一点儿情面都没有，

臊的臭的往外抖。

您说是不是这么回事，

要是大伙儿就拍拍手。

那个年代戴金耳环的是城里人，

现如今戴这个的都在村里头。

三十年前姐俩像娘俩，

三十年后娘俩像姐俩走路一块扭。

那会儿穿花衣的是小姑娘，

这会儿除了老太太就是老头儿。

过去是因为穷衣服打补丁，

现在是为摆酷不揪个窟窿不罢休。

那会儿是背心裤衩穿里边，

这会儿是外穿背心跟裤头。

那时候衣着不外露，

这会儿是露得越多越潮流。

小牛仔，到胯骨轴，

美丽的胸脯肩膀头。

前边露出一大块，

后边更胜高一筹。

时髦文身上边绣，

绣得仿佛歌星的头。

远看好像刘德华，

近一瞧，同仁堂膏药万金油。

我奉劝亲爱的女同胞，

肚脐眼最好放蚕豆。

挡上就比不挡强，

免得受风把罪受。

省得将来上医院，

有那钱咱还去旅游。

这是华佗让我做代言，

李时珍为此白了头。

过去称小姐显高贵，

现在叫人家小姐面带羞。

那时候结婚讲实际，

这会儿是有车有房父母双亡都眼猴。

过去管妻子叫糟糠，

现在叫宝贝心肝肉。

早先叫丈夫"孩儿他爸"，

要不就称呼"我们那口"。

眼下时兴叫"老公"，

就这俩字，李莲英听了最难受。

老公原本是太监，

叫得爷们抹不丢阴盛阳衰难抬头。

三十年河东管自己的儿子叫"狗剩"，

三十年河西把狗叫儿子还挺熟。

那阵子交的是真哥们儿，

这阵子未曾相识称网友。

那阵子帮别人，别人对你说谢谢！

这阵子别人还你钱，你得说谢谢好朋友。

那会儿尿尿都带味儿，

这会儿是带糖带甜外带酸不溜秋。

那会儿是父亲让母亲做 B 超，

这会儿是父亲跟儿子 DNA 验血球，

不整个明白不算完……

看看是八戒还是孙猴。

敢情八戒孙猴都不是，

验出这么一位魔王牛。

那个年代干出来的是前途，

这个年代前途没钱没理由。

中国人民不好惹，

甘洒热血写春秋。

党的光辉普天照，

党的英明引全球。

党的关怀暖人心，

党的号召记心头。

全国人民跟党走，

坚定不移志不休。

让万里江山披锦绣，

中国人永远乐悠悠。

第三十六段　钟馗嫁妹

咱们国粹，钟馗嫁妹有京戏，

唱出了大千世界多传奇。

传奇莫当传奇看，

它有丰富的内涵、深刻的哲理。

虽说妖魔鬼怪挺风趣，

也是社会的缩影，一部当今的摄影机。

老话说水一浑鱼兵虾蟹全上来了，

那保证没有好空气。

道德沦丧，群魔乱舞，

忘却了万事都有因果律。

有的人，国家的国法算老几，

天老大，地老二，

他排个老三都不乐意。

不走人道走鬼道，

无法无天，气得酆都大帝直蹦迪。

黑白无常老加班，

累得牛头马面喘吁吁。

捉拿归案下地狱，

贪污腐败自古哪个能有好结局！

阎王爷从不断冤案，

说拿李立山绝不沾崔琦。

闲话勾开归正传，

有一乘花轿抬到这里。

这里可不是相声俱乐部，

是钟馗当年的老故居。

家中还有一小妹，

未曾出阁，孤身一人惨戚戚。

这一日，小妹独坐闺阁内，

精神恍惚犯迷离。

思想起钟馗哥哥唐代进士，

秉忠义为江山浩然正气。

皆因他公正被气死，

到了阴间被封为鬼雄有威仪。

天下的鬼魅归他遣，

所有的狱卒供他劳役。

要不说人正鬼神敬，

到了阴曹他都数第一。

想自己，独伴孤灯千头万绪，

家贫兄死无靠无依。

痴呆呆，似有倦意，

猛听得吧嗒帘栊这么一起。

原来是哥哥钟馗到，

小妹乍惊又乍喜将信又将疑。

见兄长，红袍乌帽面前立，

斜拖着玉带，咣里咣当把牙笏反倒提。

纳帮的靴子千层底，

下身中衣土黄的。

豹头环眼黑又亮，

连鬓的络腮就好像参开的钢针铁戟。

钟馗含笑上前叫，

叫声贤妹别来无恙三载有余。

为兄我对你放心不下，

可怜你，苦雨凄风深闺弱体。

都怪愚兄我命短，

耽误了小妹你的婚期，

我了解到你婆家的境况也不济。

你的未婚夫，虽有青云志还得等时机。

若完婚恐怕经济没实力，

哥哥我兼筹娶嫁一切给你们预备齐。

所有的事情都甭管，

我已派人通知你的婆家静候佳期。

头两天我找了鬼谷子，

他按照你们干支一合计，

甲乙丙丁戊己庚辛这么一算，

子丑寅卯辰巳午未申酉戌。

七月盂兰会，

十月送寒衣，

鬼节良辰大吉大利。

喜日就定十月一。

朦胧胧，哥哥说罢朝外走，

恍惚惚，小妹一个劲地犯犹疑。

谁想到时间如此快，

今天花轿来迎娶。

抬头看接亲的进来七八个，

梳妆打扮前呼后拥，

搀扶进了花轿里。

就听见有人喊起轿，

吹鼓手抄起了喇叭嗒嘀嘀。

且不言花轿婆家去，

咱们调回头来还说这里。

却原来，自打那天兄妹分了手，

钟馗他，即刻就把鬼神拘。

形形色色全来到，

神头鬼脸不统一。

钟馗说："烦劳各位帮我办点儿事，

皆因舍妹有婚期。

嫁娶两边同时办，

需要人多手头齐。

双方的喜事都一样，

两棚的婚宴同样的。

不过移风易俗新事新办，

虽说摆宴咱可不收礼。"

有个穷鬼说："眼下的物价这么涨，

黄瓜都卖到八块七。"

有个贫鬼道："那这么多桌得多少钱呢，

两棚的喜事哪弄去？"

过来个偷鬼忙搭话："这点儿小事太容易了，

您把这任务交给我，

我到那贪官家里去。

到周家大院走一走，

弄他个百八十个亿。"

机灵鬼旁边拍马屁，

冲着钟馗笑嘻嘻：

"叫声钟判爷，您老听仔细，

眼下上边抓得紧，

整风肃纪。正在抓典型，

这事需考虑。

依我看咱既得省钱，

又露脸还树新风气。

我回去做预算，账目要清晰。

一切从简反对浪费，

拿来您审批。"

那就这么地，"是。"

众鬼神，同声答应不怠慢，

今天全都操办齐。

新娘子一走算没事了，

大家伙儿早就等不及。

呜地一下奔了酒宴，

差点把桌子给压劈，

您看吧，大鬼吃烤鸭，

小鬼啃烧鸡。

这个五粮液，

那个闷倒驴。

老的二锅头，

小的灌扎啤。

第三十六段　钟馗嫁妹

这个冰激凌，

那个王老吉。

可口可乐带雪碧，

鲜榨的果汁大鸭梨。

驴肉火烧冒热气，

上来一锅炒肝捞稠的。

杯盘匙箸叮当响，

风卷残云快又急。

您再瞧，馋鬼们吃得顶到嗓子眼，

饿鬼们弯腰就得吐出去。

邋遢鬼趿拉着俩破鞋，

脏死鬼袜子三年都没洗。

淘气鬼撑得直放屁，

坏肠鬼跑肚猴拉稀。

包工鬼抱着一箱钱，

造假鬼过来换真币。

传销鬼忙着打电话，

诈骗鬼上网发信息。

黑心鬼举着地沟油，

托鬼忙说金龙鱼。

贩毒鬼桌下搞交易，

吸毒鬼脸像橘子皮。

忽听得就有人喊声急：

"嘿，敢情这小子他在这儿呢，

看他跑到哪里去。"

说着话，呼啦啦闯进人一片，

直奔机灵鬼拳打脚踢。

钟馗忙问怎么回事，

来人说："您瞧瞧，这些欠条都是他欠的，

今天所有的东西都没给钱，

这一散席，您让我们找谁去。"

机灵鬼赶紧忙解释：

"不是我不给，

不给人民币，

皆因回扣没谈妥，

搅了这个宴局。"

钟馗闻听一瞪眼：

"这点小事还搞猫腻，

371

来人，把这小子给我押下去，

送他个'双规'甭客气。"

是，机灵鬼被押朝外走，

正这时，一阵铜锣响得急。

院里边搭了个小舞台，

随声音走上一艳女。

"各位来宾，各位亲友，

感谢光临今天的婚礼。

首先自我做个介绍，

我是婚庆公司的节目主持娜达莉。

今天的来宾很荣幸，

能欣赏到，世间无有空前绝后的一台文艺。

Ladies and gentlemen, welcome to this wedding.

Now, let's enjoy the wonderful show. Thank you."

开场的是，洪雪飞清唱《沙家浜》，

言菊朋的《卧龙吊孝诸葛祭周瑜》。

邓丽君的小村外，

嗒哒，将嘣来哚将，

也不哪位着急起了单皮。

钟馗黯然一挥手，

一股黑风奔了正西。

这正是：人鬼有情情未了，

比起阳间都仁义。

做人莫不如鬼，

要活得有价值为公益。

咱们讲亲仁，说孝悌，

遵章法，守规矩。

善恶到头终难避，

人间正道最美丽。

这一段钟馗嫁小妹，

到下回鬼雄加入反贪局。

第三十七段　一往情深话曲艺

打起了竹板走上台，

我是满怀深情唱起来。

咱们曲艺走过了数十载，

在党的领导下，昂首阔步朝前迈。

宣传了党的好政策，

讴歌主旋律唱实在。

民族的艺术放异彩，

祖辈传承，继往开来。

现如今，有的人还在，

有的人不在。

人不在，可资料在他的艺术千秋传万代。

看今天，有的人能来，

有的就不能来了。

来了的多高兴，

不来的更想来。

有人想来没有来，

他把祝愿的话儿捎过来。

有的该来他没来，

八成是另外有安排，人家有一个火穴杵头嗨。

该来的，全都来了，

不该来的也都来了，

没拿自己当外卖。

哭着喊着非要来，

死乞白赖还要上台，

细打听，这个人就是张长来。

我这是跟您开个玩笑，

看曲艺，我们欢迎大家全都来。

全都来，经常来，

您也来，他也来。

用我的名字您常来，

咱们欢聚一堂笑开怀。

论曲艺，咱不表白，

各路的名家一排排。

民族的艺术百姓爱。

多少的内涵在里埋。

五千年的文化多深厚，

曲艺的底蕴博大精深芳香似海。

有句话叫越是民族的就越是世界的，

咱把这个格言记心怀。

忘了这话是谁说的了，

是达·芬奇、拉斐尔，

还是拜登的妈妈老太太。

那位说是米开朗琪罗，都不对，

据考究，这话是来自孙宝才。

咱们曲艺，雅俗共赏都爱看，

各种的形式上舞台。

您看那，当里个当，山东快书铜板响。

竹板一打多么欢快。

有单口，有评书，

单弦联唱，一位位的姑娘多可爱。

相声的包袱更甭说了，

"咔嚓"的一下，山崩地裂翻江倒海。

知道的是观众听相声，

不知道的，还以为国庆阅兵大彩排。

三弦响，鼓板拍，

优美的旋律，经久不衰。

字正腔圆，大大方方那是曲艺，

崩瓜掉字，连喊带叫那是歌星来自港澳台。

您甭看，什么这个妹啊那个仔，

这个摇，那个摆。

这个挠，那个扛。

这个瘸，那个拐，

这个蹦，那个崴。

一个劲儿地还把屁股甩，

赛过鱼鳖虾蟹闹大海。

自我感觉还挺不赖，

却比不了，魏喜奎当年那个风采。

人家杨乃武与小白菜，

周总理亲自接见上舞台。

跟演员合影很关爱，

从此后，曲艺在全国大展风采。

北京是曲艺发祥地，

北京是曲艺的摇篮。

多少的名家走出去，

踏遍了祖国，扬名四海。

琴书泰斗关学曾，

他高唱，长寿村的老人都过百。

京韵大鼓良小楼，

鼓键子一抖啪喳喳，俞伯牙交友就把琴摔。

各位名家展绝技，

形成了自己的风格，不同的流派。

哎，说流派，道流派，

我们快板分为三大派。

有高派，有李派，

王凤山老师是王派。

那位问了，你现在唱的是哪派，

不是啊，是又要出现我一派。

回想起，王凤山的《百山图》，

繁衍洒脱，奇妙奇怪。

李润杰的《劫刑车》，

嗨，双枪老太婆抬着个滑竿下山来。

我的恩师高凤山，

嘴里头干净，嘴皮子快。

犹如珍珠落玉盘，

唱起来，叭叭叭，一泻千里奔了大海。

您听吧什么金招牌，银招牌，

哩哩啦啦挂起来。

这两年我没来，

诸葛亮押宝发了大财。

发了财就开棺材铺，

棺材铺可是个好买卖。

介个儿就是同仁堂，

杨志卖刀站在了门外。

他看见了，大小鸭子一大群儿，

跳进了河里张羽煮海。

在海边儿闯王斩堂弟，

皆因为，关公的周仓偷过小孩。

好嘛，我师父的活，都给摞一块儿了，

为的是，让各位一笑无比开怀。

我师父还常提高元钧，

还有相声大师侯伯伯。

老哥仨，没事儿爱逛天桥，

天桥有个八大怪。

拉洋片的是大金牙，

演双簧的是孙宝才。

孙大爷艺名大狗熊，

经常叼着个大烟袋。

老人家，包容厚德人缘好，

是晚辈学习的一块牌。

看双簧，听鼓曲，

鼓曲的神韵传到了国外。

甭管什么肖邦莫扎特，

咱们都敢 PK 赛一赛。

香港澳门新加坡，

维也纳，金色大厅也不例外。

他们听说来自 China 北京曲艺团，

嘚，美得一个劲儿地喊 OK。

纷纷购票，从丑末寅初开始排队，

日转扶桑还剩八百。

梅花才女王玉兰，

一张嘴，嘚，乐坏了台下的大老外。

啊，花腔女高音，

哪儿跟哪儿啊，要不怎么叫老外呢。

山东快书刘司昌，

二赵的相声夸住宅。

王学义的数来宝，

马静宜的《椰林寨》。

王树才的长寿村，

他学关老学得不赖。

乐亭大鼓王淑玲，

马玉萍的河南坠子人人爱。

演一场给十个大鸡子呢，

这么多年，都变成了松花还舍不得卖呢。

西河大鼓钟喜荣，

大美女，在法国演出一登台。

小腰一扭这么一摆，

一嗓子（唱，玲珑塔来——），

嚯，埃菲尔铁塔全都歪了。

眼下的男士京韵不多见了，

种玉杰，一花独放迎风飘摆。

嗓音洪亮人又帅，

难得的一位啊曲艺人才。

单弦名家张蕴华，

往台上一站，嗬，不亚于凤凰落尘埃。

犹如仙女下凡界，

漂亮得让人，目瞪口呆。

要不就嫁给李金斗了，

死活不跟我张长来。

名家出自曲艺团，

为繁荣文化育英才。

什么王谦祥、李增瑞，

刘洪沂、刘颖、刘廷凯，

还有陈涌泉、史文惠，

笑林国盛也不赖。

一对新人，伟建，武宾，

登上了春晚展露奇才。

老中青，三结合，

切磋技艺传帮带。

看今朝，中华曲苑人兴旺，

展宏图，莺歌燕舞春满台。

爱国创新超前迈，

包容厚德敞胸怀。

曲艺辉煌数十载，

代表着北京的精神，奔向未来。

在场的各位莫要怪，

我不能一一来表白。

后边的节目更精彩，

我给您鞠躬快下台。

有缘将会再相拜，

欢迎大家一定来。

第三十八段 说点老人话

沧海桑田风光美景难画描，

数风流人物还看今朝。

今朝的精英可不少，

各类的专家，铺天盖地，数不胜数，成千上万

你吹我捧，鸡鸣犬吠，咿咿呀呀地闹吵吵。

这宣传，那广告，

那名牌儿，这金标。

这床垫，睡眠好。

您健身，吃肾宝，

吃了肾宝不得了，

夫妻甜蜜，那叫个他好我也好。

其不知，天下万事皆有度，

没节制，甭管什么这宝跟那宝，

再宝它也保不了，阎王爷有请还不好跑。

哎，有一首，优美的歌曲都知道，

叫《明天会更好》。

这首歌，是给人信心与鼓励，

为您的梦想树立目标。

可是当今现实生活中，

明天还是未知数，谁也不知晓。

甭管明天好不好，

明天定会老，这个错不了。

岁月走过，方知他自己已变老，

怎么哪？总觉这个走道不利落。

浑身全都不舒适，

样样器官不协调。

耳聋眼花，精神不好，

哆了哆嗦，四邻不靠。

真所谓万般皆下垂，

唯有血压高。

中老年后，身体变化可不小，

自然造就，随着时光越来越糟。

这儿不好，那儿不好，

又咳嗽又喘又捶腰。

坐着打瞌睡，

躺下睡不着。

瞪眼大天亮，

满脑子乱七八糟。

该想的想也想不起来，

该忘的总也是忘不掉。

想哭的时候无眼泪，

笑的时候把眼泪掉。

长出点儿白发拔不尽，

若想染，一染脑袋就起包。

今儿拔明儿拔毫无用，

那真是，春风吹又生，换发在秃瓢。

现如今，男士们的发型，两边都往中间靠，

为美观，不让那亮处放光毫。

喷发胶，固定牢，

不怕那暴雨打芭蕉。

八级大风吹不倒，

还跟您说，人刮跑它那还立着。

记忆力是越来越差，

怕忘事儿嘴里头总念叨。

从这屋，到那屋，

哎，要干什么还不知道。

自己都觉得很可笑，

面对着镜子跑眉毛。

大笑了半天，戛然止住，

却不知为何而在笑。

俗话说，少年夫妻老来伴，

可现如今，老年夫妻也吵吵。

食之无味弃之可惜，

坏习惯谁也改不掉。

谁也不妥协，

谁也不告饶。

谁也不包容，

谁也不弯腰。

剑拔弩张眼瞪眼，

锅碗瓢盆儿抡铁勺。

想婚前，谁说什么全都好，

看今天，一说就嚷赛驴嚎。

实难过，好难熬，

一时半会儿死不了，您说该怎么着。

忆往昔，咱也是意气风发的小帅哥儿，

现如今眨巴眼的工夫老白毛了。

不过人活着活的是个心态，

常言说人老心不老。

打个比方，出门购物去超市，

我是东张西望不闲着。

走街上看见一美女，

我这心里头就像小猫挠。

咳嗽一声走过去，

别让人家看着了。

假装青年装小伙儿，

两眼一个劲儿地使劲瞧。

看得人家美女一瞪眼，

"哼——这个没出息的老白毛。"

回想起，年轻时拿健康去换钱，

现如今，却用金钱来把健康保。

您深思，失去了健康，你赢得世界又如何？

其实什么也得不着。

莫把钱财看得比命重，

说白了都是瞎胡闹。

猴拿虱子都是瞎掰，

甭把欲望想得太高。

努力打拼虽是好，

富贵贫穷，健康才是头一条。

吃美味佳肴你得有好牙，

腰缠万贯，您得有命去花销。

赏一路风光，您得走得动，

捡一箱美金，扛起来您得有个好腰。

土里头刨食是好汉，

病床上数钱，那是傻帽儿。

我引用佛家一句话，

万般皆空虚缥缈。

哎，说一千，道一万，

身体健康最重要。

说什么全都没有用，

大家千万要记牢。

活一天，乐一天，

一天准比一天好。

在党的光辉照耀下，

照得您，阳光灿烂不显老。

您该说您就说，

该笑您就笑。

该谈您就谈，

该聊您就聊。

该玩的玩，该闹的闹。

该吃的吃，该倒的倒。

该舞的舞，该跳的跳。

该蹦的蹦，该叫的叫。

该拍的拍，该照的照。

咱们不打针，不吃药，

不看铡药碾，也不用铡药刀。

甭请孙思邈，也不找华佗膏。

人参鹿茸都不要，

花钱保健犯不着。

活他个人老心不老，

活他个愉悦喜眉梢。

活他个美丽花枝俏，

活他个青春赶新潮。

我唱到这里祝各位，

万事通达，幸福安康乐逍遥。

第三十九段　聊健康

非常高兴，大家欢聚在一堂。

跟您开门见山聊健康。

说健康，谈健康。

哎，有道是，健健康康，日久天长。

人生在世，唯有健康最重要。

有了健康，方能享受美好的时光。

如今的生活节奏快，

时代发展，更需要大家有健康。

有健康，奔小康，

奔向小康喜洋洋。

在当下，健康的家庭最幸福，

若有一人不健康，

这个家八成就得遭殃。

生活水平准下降，

大病小病的钱帮忙。

社会上，富豪终归是少数，

打工的是一帮接一帮。

年轻人四下去打拼。

为挣钱，忽略了自己本身的健康。

我有个好友的儿子不寻常，

人特聪明，在一家公司很吃香。

他赚了好多好多好多的钱，

什么也不买存在银行。

后来他总觉不得劲，

一检查，哎哟，癌症晚期奔了膀胱。

他做了两次大手术，

人就跟骷髅一个样。

最终他也没治好，

终年不幸一命亡。

为挣钱，哪有时间去医院。

第三十九段　聊健康

为挣钱，顾不上健康不健康。

为挣钱，让癌细胞无情地掏空了自己的腰包，

所有的积蓄全花光。

临走时一分钱也没拿，

他都没有回头望一望。

我说朋友们，钱，钱真是万能的吗？

NO！请您告诉我，多少钱才能够买健康。

黄泉路上无老少，

只有健康是第一桩。

要知道地位是临时的，

荣誉是已过的时光。

钱财身外物，

都是锁麟囊，

健康才是您的保障。

才是您理直气壮，腰包里的这个响当当。

我们每个人来到这个世上，

全都是奇迹，各有貌相。

您就是独一无二的您自己，

您跟谁长得也不一样。

前无古人，后无来者，

哪位跟哪位都不像。

您若说哪位长得像您，

回头他外边不学好，

警察找到您的门上。

您还得说："他，我，你……"

我们每个人，我们每个人来到这个世上，

"哇啦"一声，也不知将来奔何方。

哪位也没有上岗证，

就都匆匆忙忙全上岗了。

天人合一小宇宙，

咱们人体，就是极其复杂的一个机床。

比起波音七四七还科学，

比那外来的飞碟还难装。

您每一个细胞每一个器官，

都是您，最宝贵的财富，独有的钱庄。

是金钱所不能够买到的，

多少钱它能买五脏啊？

人本身，具有强大的免疫系统，

第三十九段　聊健康

这个组织，这些个细胞这个网，

都能把病毒一扫光。

是老天恩赐您的装备，

把您从头到脚全副武装。

胜过病毒的万倍以上，

自然而愈，天有妙方。

病毒想跟它打仗，

嘿，那真是，鸡蛋把石头撞，

小鸡遇上了黄鼠狼。

可为什么还有人生病，

那就是日常不营养。

不营养的后果很严重，

会给您的家庭带来影响。

我们每个人来到这个世上，

人人都是父母养。

上孝老人，美德高尚，

东奔西跑，照顾双方。

下有儿女要呵护，

您不挣钱不健康……他们怎么能够来成长。

您对他们有责任，

您对他们有担当。

您对社会要奉献，

您要为国家出力量。

如果您自己不健康，

如果您自己不营养。

如果您自己这个样，

您就尽不了这孝心可要悲伤。

对不起二老先不讲，

累赘了儿女不应当。

他们的压力也很大，

他们的日子也紧张。

到了那时，受罪的可是您自己，

甭指望别人把您帮。

所以说呀，您要有一个好身体，

硬硬朗朗比什么都强。

千万可别想发财，

把自己的老本都搭上。

为挣钱，别拿咳嗽不当事，

为挣钱，有点发烧也无妨。

为挣钱，这疼那疼何所谓，

为挣钱，闪腰岔气也要扛。

为挣钱，有点儿小病无大碍，

为挣钱，挣来挣去，挣去挣来，最后全都给了病房。

一贫如洗呀出了院，

您说冤枉不冤枉。

再又说了，现在的医药费多昂贵，

交个万八千的算平常。

您看脚气也得化验，

这个验血验尿，核磁共振，CT，楼上楼下，

拐弯抹角，查来查去，够一通忙。

最后还是痒痒……

您甭着急，也甭着忙，

待会我给您个小秘方。

我这秘方可是家传，

一般的情况我还不讲。

今天我就告诉您，

我把它光大来发扬。

是我爷爷传给了我奶奶，

我奶奶又传给了我的娘。

我妈悄悄地告诉了我，

我把它偷偷来收藏。

这个秘方上边有俩字，叫挠挠，

这个一挠您就不痒痒了。

我这是跟您开个玩笑，

您一乐呀，浑身气血都通畅。

送您个健康与吉祥。

不过这话咱又说回来了，

您思一思，想一想。

有了健康，您不等于拥有一切，

可失去健康，那可就一切全泡汤。

到头来，收入不高血压高，

站着不慌，心里慌。

没有钱花，眼睛花，

四肢不长肚子长。

哪都不硬血管硬，

没有脂肪高脂肪。

都不突出，这儿突出（指腰），

人不茅房，我茅房。

大便是，七天八天去一趟，

小便是，七次八次地老起床。

您说这都哪跟哪啊？

我比那快递都忙。

细想来呀，这都怪当初不营养，

以往从不想健康。

亡羊补牢为时晚，

大家可千万记心房。

要谨记，防火大于救火，

治疗不如早预防。

食疗胜药疗，

营养要日常。

也就是说，身体靠营养，

营养才健康。

要对自己的健康负责任，

是非常严肃的一个课堂。

是我们每个人的必修课，

把钱花在身体上。

不能让白发送黑发，

不能让父母永悲伤。

不能让儿女无人管，

不能让亲人痛断肠。

不能让祖国白培养，

不能让大家泪汪汪。

要成为，当今时代的追梦者，

彩旗下，欢蹦乱跳奔小康。

哎，说一千，道一万，

要珍爱自己把病防。

要健康，要营养，

要高兴，要舒畅。

要愉悦，要寿长，

要善良，要慈祥。

第三十九段　聊健康

要正义，要梦想，

要奋进，要阳光。

要高歌，要奔放，

要让那时代放光芒。

咱们欢呼万岁共产党，

中华大地永安康。

第四十段　传奇同仁堂

有道是，说书唱戏劝人方，

寓教于乐启迪人的思想。

老字号历来有典故，

咱们大家都知道同仁堂。

您知道可能是一方面，

这仁字，它的来历可是不寻常。

民间传说多色彩，

其实它有个真实的故事里边藏。

同仁堂，早年间是座小药铺，

药铺的名字济民堂。

门脸儿不大小栏柜，

掌柜的四十来岁挺健壮。

他是个郎中会看病，

没事坐堂开药方。

这一天，天色已晚独自坐，

借着微弱的灯光看文章。

看到妙处把头晃，

门口都听到读书朗朗。

他高兴念得正带劲儿呢，

忽听得啪啪扣门响。

他赶紧开门这么一看，

见一位中年男子站门旁。

只见他，头戴着一顶六合帽，

有这么大的一块红宝石就在它的上边儿镶。

浅灰色的长衫套马褂儿，

腰间的玉坠儿滴溜当啷。

内衬黑缎子灯笼裤，

脚下的布鞋是实纳帮。

手中一把洒金扇，

衣着得体，大大方方。

四十开外中等个儿，

眉清目秀笑脸儿扬。

您是？

嗯，来人说："深夜敲门，多有冒昧，望请原谅。

因我得了一怪病，

红点斑斑，浑身奇痒。

请名医吃名药，

这个名医名药瞎白忙。

适才路过听得堂内读书朗朗，

想必是还没歇着没上床。

故此敲门来打扰，

想求得郎中一妙方。"

掌柜的闻听往里让，

那快请进，脱衣裳让我看其详。

来人忙说是是是，

赶紧脱去上边的衣裳。

掌柜的是一个好郎中，

拿眼一看开了腔。

阁下不必心害怕，

不是什么大病甭发慌。

只是您山珍海味吃得太多，

平日里长期总喝人参汤。

故此身上起红斑，

火气太旺故发痒。

我这就给您去取药，

稍做片刻便妥当。

来人说我这怪病能治好？

放心吧，此病包在我身上。

治不好分文不取，

治好咱们再商量。

说着话，从架子上抱过一个药匣子，

包袱皮一铺柜台上。

哗啦啦一点都不剩，

足有七八斤重够分量。

来人一看吓了一跳，

您这是开的什么药方？

郎中听罢这么一笑，

这不是别的，是大黄。

不是让您吃，

煮水让您烫。

用这八斤的大黄百斤水，

热了之后倒进大缸。

入缸洗浴三五次，

用不了一周就不痒痒了。

皮肤痊愈精神爽，

里里外外保健康。

来人闻听直打愣，

一个劲儿地犯疑看对方。

掌柜的说，我绝对不会蒙您的钱，

望您请把宽心放。

这药您先拿去用，

钱的事情好商量。

治不好分文不取，

来人说，好，治好了朕有重赏。

啊？来人一乐秃噜嘴了，

急忙转身出了药房。

郎中"扑哧"这么一笑，

嗬，真是热病胡说还装皇上。

怪不得身上起红点儿，

想当皇上还不痒痒？

嘿，您还别说，真让这郎中说着了，

来人还真的是皇上。

康熙大帝康熙爷，

他心烦意乱微服私访。

他得了这个怪病心烦闷，

老听说民间有妙方。

宫中的御医看了不少，

各类的药材吃得直翻肠。

可就是无济于事不管用，

故此出宫独自闲游逛。

谁想到路过这个小药铺，

才引出刚才事一桩。

这位康熙爷，回宫之后按医嘱，

御医们煮药熬汤倒浴缸稀里哗啦地一顿忙。

俗话说，小药治大病，

您还别说，万岁爷没白泡浴缸。

第四天头上全都好了，

浑身轻松不痒痒。

到了傍晚，微风徐来精神爽，

康熙又来到小药房。

啪啪上前一打门，

掌柜的一看心明亮。

就知道这病全好了，

赶紧带笑往里让。

阁下快往里边请，

贵体恢复得怎么样？

康熙当胸一抱拳，

感谢郎中您的妙方。

治好了我说有重谢，

今晚特来送银两。

郎中说，当初我讲，治不好分文不取，

治好了咱们商量。

当初我见您半信半疑，

才说分文不取，故而一讲。

今已治好，我还是分文不取，

小事一桩不收您的银两。

啊？康熙说，哪有看病不要钱的，

郎中说，我就不要您解囊。

我见您衣着得体，不同凡响，

一表人才相貌堂堂。

很想跟您交个朋友，

我可不是攀高上。

就觉得跟您有缘说得来，

不知道阁下如何想。

康熙言道，顺其自然顺天意吧，

只要有缘，来日方长。

掌柜的说，请问阁下尊姓大名，

万岁说，一介书生，字天星，学生姓黄。

掌柜一听可高兴了，

哎哟嗬，我可跟您比不上。

我是一介穷书生，

我姓赵名叫赵桂堂。

父亲立志让我上金榜，

光宗耀祖荣家乡。

天不遂愿，名落孙山，

只好在京城，开了这么一座小药房。

希望有朝一日，鱼跃龙门，

康熙说，鱼跃龙门我能帮啊。

赵兄的年龄比我长，

弟帮兄来理应当啊。

常言道，榜上无名，脚下有路，

柳暗花明又一村嘛。

依你的医术这么高，

我可以，力荐你进宫把御医当。

岂不鱼跃龙门了吗？

不妨你好好想一想。

赵桂堂听罢把头晃，

谢谢贤弟好心肠。

进皇宫尽管荣华富贵，

可我以为，行医者应为天下的百姓着想。

为他们排忧解难去治病，

当御医非我所望。

万岁爷一听哈哈笑，

哈哈哈，赵兄的德才令我敬仰。

既然如此，何不医道之上，大展鹏程，

是啊，当然我也是这么想。

可行医不是个容易事，

没有本钱不是瞎想。

空有凌云志，

前程暗无光。

尊贤弟，你若是往后发了大财，

帮我建一座大药房。

就算我没白给你看回病，

你看妥当不妥当。

康熙说，行，就这么定了，

那起名该叫个什么堂呢，

对，干脆就叫，同仁堂，响亮不响亮？

哟，掌柜的一看他动了真，

不知所措忙搭腔。

别别别，刚才是句玩笑话，

千万别往心里装。

这可不是闹着玩儿的，

没有雄厚的资金您甭想。

那得需要多少钱呢？

除非您往后开钱庄。

康熙哈哈这么一乐，

哼，我比钱庄还钱庄。

说着话，顺手拿起了笔和纸，

写完之后盖上了印章。

你明天去趟内务府，

拿着它，自己去衙门走一趟。

那有我一位好朋友，

说不定能帮上你的忙。

康熙爷说罢起身走。

到了第二天，内务府走进了赵桂堂。

一进大门，晕头转向，

赶紧把纸条给递上。

见一位太监走过来，

可是赵先生？

啊……正是。

请接旨。

啊？他"咕咚"一声跪地上，

这才知道他这个贤弟是皇上。

万岁有旨，你医术高超，德才兼备，

送你一座同仁堂。

嗬，白花花的银子他拉走，

建起了百年同仁堂。

开业大典康熙到，

仁大字匾额放金光。

这就是，不带传奇的真实事，

永在民间响四方。

它告诉我们人在做事天在看，

做人要有好心肠。

人正心正行为正，

善心善报要善良。

同仁堂来历您别忘，

祝您安康福寿长。

第四十一段　大实话

耳怕聋，眼怕花，

说相声的怕掉大门牙。

唱戏的就怕嗓子哑，

跳舞的就怕胳膊抽筋腿发麻。

伪劣产品怕打假，

小贩就怕城管罚。

洗浴中心怕没水，

歌厅的小姐怕夜查。

我说的都是大实话，

当今社会别犯傻。

现在有的人，身体有病不去查，

加班加点不觉乏。

默默地奉献等提拔，

没有关系还想高爬。

什么破事都想管，

能退不退的苦挣扎。

在领导面前特肉麻，

感情靠酒来表达。

名牌的手表腕上挎，

在摄像机前抽中华。

您说这样的傻不傻，

咱们大伙儿千万别学他。

我说的是不是大实话？

咱们给他点掌声鼓励。

现如今，伟大的首都飞彩霞，

北京的精神传天下，

要实现咱们的中国梦，

召开了党的十八大。

习主席说话暖人心，

他说的也都是实在话。

打铁还需自身硬，

这话一点儿都不假。

为百姓生活更美好，

把贪官污吏，堕落腐败，不正之风，弄虚作假，

彻底清除连根拔。

部级省级市级局级不在话下，

党纪国法不容他，

为民除害人欢笑，

伸张正义，严明执法。

我们饮水思源莫忘本，

要沿着先辈的足迹往前踏。

忆往昔，有多少好党员，

至今令人怀念他。

想当年，什么时传祥、倪志福、

张秉贵、张百发。

李瑞环、林巧稚，

个顶个地顶呱呱。

焦裕禄、王国福，

勤俭持家，一分钱掰成两半花。

第四十一段 大实话

417

郭凤莲、陈永贵，

大寨的山上把红旗插。

大庆油田王进喜，

铁人的精神人人夸。

如今的孔繁森、任长霞，

真是数不胜数难表达。

要争做党的好儿女，

别老给爹妈缠乱麻。

不做孔繁森，非当王宝森，那还不犯法？！

远看焦裕禄，近瞧雷政富，是不是眼神花。

不见任长霞，倒见赵红霞，帮人搞敲诈。

不思老红军，非做刘志军，胆子得多大。

不看黄河水，

不望延安塔。

专爱去歌厅、

宾馆与大厦。

真假李逵很难辨，

脱了这身制服不是他。

奢侈纵横随他意，

放浪形骸目无法，

铺张浪费随可见，

垃圾里都是这么大的虾。

嘴喊着粒粒皆辛苦，

满桌的残羹，眼珠一点儿都不眨。

一顿饭就是好几万，

还说什么领导需要不算啥。

不过没关系，羊毛出在羊身上，

到了年底，大伙儿的奖金就甭发。

吃饱喝足一抹嘴，

睡醒开会把言发。

党政建设要加强，

改革还需再深化。

正说着，打台下上来一个小伙子，

"乡长，嫂夫人刚才来电话。

问您今晚回家不回家。"

"回去啥？没看我这正忙着。

开完了会还得下乡去，

有几个村子要视察。

晚上还有个扶贫宴，

王寡妇家里头正等着。"

"啊，是是是——"

说着话，马上招手散了会，

这个上奔驰，那个开宝马。

嘻嘻嘻，哈哈哈，

嘻嘻哈哈便出发。

您若问视察怎么样，

当然是，果实累累收获大。

吃山鸡，尝野鸭，

飞的蹦的大对虾。

大牛蛙，大蛤蟆，

大孔雀，大蚂蚱。

大菜蛇，大蝎子，

大猴脑，大蛤蜊。

大野鹿，大狍子，

大海龟，大松花。

大鲍鱼，大鳎目，

猫了狗了大兔子。

一边吃，一边拿，

每个人，再提着几个活王八。

过两天各位看简报，

标题是，大好的形势，形势大好大大的大哥大。

您瞧瞧，这样的腐败多可怕，

坑害人民害国家。

这残渣余孽不废除，

改革怎么能够再深化。

当今的社会讲和谐，

和谐不能差距大。

贪官能有百套房，

百姓们，一套都没办法。

谁家能有几百万，

这可不是一句玩笑话。

望着房，默默无语两眼泪，

望着房，心潮翻滚起浪花。

望着房，库尔班大叔难入住，

望着房，引无数英雄全倒下。

一代天骄，清华北大，

望长城内外，高楼大厦。

茫茫人海一房难求，

何时把妻娶回家。

有人算过一笔账，

这几百万，甭吃甭喝，等您熬到了白头发，

还差银行八十四块八毛八。

甭这贷款那抵押，

动不动就把卡刷。

当时一刷真痛快，

最后的账头归爹妈。

不替他还就犯法，

判个十年八年不算啥。

要赶上这样的好儿女，

这辈子您算有造化。

万语千言汇一句，

美好的生活靠大家。

幸福不会从天降，

天上不会掉比萨。

要全国人民齐奋斗，

靠在场的朋友，努力攀登喜马拉雅。

咱们这个民族讲诚信，

传统的美德要光大。

要让祖国更强盛，

立世界之林树榜样。

人人守法，咱们国家才能更发达。

大海航行靠舵手，

坚决要听党的话。

一切听从党召唤，

党叫干吗就干吗。

坚定不移跟党走，

奔向小康笑哈哈。

要圆好咱们的中国梦，

光辉我们的大中华。

第四十二段　跟您聊冬奥

话说冬奥会，花落北京城，

我们这次申办，获得了成功。

全国人民多么高兴，

伟大的中华露笑容。

七年后，世界与我们同欢庆，

七年后，蓬勃的东方更光明。

从即日起，未来的每一天，

都要充分准备不放松。

咱们等待着，盼望着，

万里长城，雪白旗红。

2022，恰逢虎年，

宾朋赴约，虎踞龙腾。

是历史上，第一座举办冬夏双奥的大城市，

载入奥林史册传美名。

到了那时，正好是农历过大年，

老百姓更是喜盈盈。

锣鼓喧天齐欢庆，

流光溢彩花炮鸣。

前往助阵看赛事，

五环旗下放歌声。

圣火熊熊人振奋，

观望那，冰雪健儿展豪情。

雪花伴舞，居庸叠翠，

纯洁的冰雪，与世界朋友相互交融。

我们那时，人人争当志愿者，

为北京加油北京必赢。

七年后，咱们大伙儿说好了一块去，

谁要是不去也是不行。

咱们拉钩上吊长城见，

不见不散还得点名。

一切费用我来付，

若不够咱们去找姚明。

我这是高兴玩笑话，

不过说真的，咱们那时最好一同行。

相互之间还有个照应，

这不打今儿开始就有了感情。

咱们二十四届冬奥会，

就要办出个"中国行"。

中国行包含俩概念，

一个是中国有能力，

一个是中国走一程。

让他们小巫见大巫，

飞机上边挂暖壶，

看看什么是高水平。

冬奥会能进咱中国，

是我们的自豪骄傲与光荣。

如今的中国不得了，

冬奥成功就是证明。

回首望，冬奥第一届，

是在一九二四年的一个严冬。

那年的大雪就甭说了，

铺天盖地山川都被碎玉蒙。

冻得汽车打不着火，

冻得老太太直哼哼。

就这样观众还不少，

都裹着被子往里冲。

地点在法国夏蒙尼，

至今已有百年历程。

近百年，先后有十一个国家来举办，

二十二届了亮点不同。

那位先生问了，你怎对冬奥有了解？

那是，我祖上认识李莲英。

跟李鸿章一八六七年就参加过奥运会，

那回还拿了个第一名。

他参赛的项目是扔铁饼，

我祖上外号混江龙。

是拿着铁矛叉鱼的，

那胳膊，扔那玩意儿还不一门灵。

所以我知道个大概其，

太详细的我也说不清。

一九二八年，就是第二届了，

在圣莫里茨举办成功。

比上届多了九个代表团，

赛项也增添了新内容。

什么冰壶冰球冰雪橇，

短道速滑越凌空。

有舵跳台过障碍，

越野射击乒乒乓。

男女花样多姿彩，

双双起舞展娇容。

这一届，有十四个小项六大项，

最终选出前五名。

是挪威美国瑞典芬兰和法国，

颁奖时，高唱国歌人沸腾。

辣妹子辣，辣妹子辣，辣妹子……

那会还没有宋祖英。

到了一九三二年，便是第三届了，

在普莱西德湖的一个小城。

第四届就是一九三六年，

德国的一个小镇，叫加米施－帕滕基兴。

当时就有二十八个代表团了，

参赛的人数也大增。

上升到六百四十六位运动员，

这六四六没有一个尿包，都是精英。

一上场个个块头大，

不过有一位小顽童。

说顽童岁数也不小，

虽说不高到了年龄。

那时候比赛没那么严，

也没有什么规定与章程。

拍拍脑袋算一个，

只要玩命那就行。

他参赛的项目是冰壶，

又称作石壶很流行。

是两个石壶四个人，

把对方的击走，把自己的石壶留圈中。

一场比赛共十局，

哪方分高哪方赢。

您别看这位"小侏儒"，

那天比赛立了大功。

双方平局难胜负，

眼看着结束要响铃。

霎时，也不知他怎么那么一来，

把对方的石壶给击崩了。

瞎猫碰了个死耗子，

逮出了三丈还挂零。

观众们可激动了，

一片掌声似雷鸣。

裁判当时还纳闷呢，

心说这个小人可真行。

没看清刚才怎么回事，

就见他猫腰腿一蹬。

是蛤蟆蹿还是骆驼纵，

猪拱槽子羊撅腚。

猫蹿狗闪蝈蝈蹦，

还是兔滚鹰翻学刀楞。

刚才他是怎么这么一来这么一拧，

稀里糊涂他就赢了。

甭管怎么说人击中了，

再小也是头一名。

要不说人走时气马走膘呢，

这一下他可紫了个红。

第二天就娶了个大美女，

金发碧眼，一米八〇。

一出门媳妇抱着他，

一接吻鸡吃碎米噔噔噔。

那天还有好多项呢，

把奥运的精神来传承。

往后便一届连一届，

一届比一届受欢迎。

一届比一届更隆重，

一届比一届增内容。

一届比一届更团结，

一届比一届更友情。

第四十二段　跟您聊冬奥

一届比一届，

这不一比就比到我们北京城。

看今朝，体育风靡全世界，

各国都在竞争中。

这正是，强中自有强中手，

百花园中，北京最红。

展望二十二届好远景，

美好的未来超越天宫。

喜看张北多绚丽，

冬奥圣火照京城。

交相辉映双喜临门虎年到，

正好是春节喜气浓。

又娶媳妇又过年，

举国上下齐沸腾。

锦上添花花更艳，

东方升起东方红。

到那时大家齐赴会，

咱们长城脚下再相逢。

第四十三段　莫把缺德当习惯

一个人生活在社会中间，

我们要懂得什么是伟大，什么是平凡。

平凡并不等于庸庸碌碌，

伟大也不见得动地惊天。

就看您站在什么样的观察点，

是为了和谐时代，还是为了个人打算盘。

要是您有了正确的思想观念，

您便会知道，平凡和伟大，血肉相连一线牵。

平凡的行动中闪烁着伟大，

伟大之中又见平凡。

我感觉，今天在场的朋友们都伟大，

男女老少都不凡。

我这话说得对不对？

朋友们，您的掌声给我来个证见。

有您的支持我欣慰，

有您的鼓励，我就敞开心扉谈一谈。

反正今天没外人，

说得对不对的您包涵。

您别小看，普通的百姓不普通，

轰轰烈烈的，屡见不鲜。

见义勇为不计其数，

可也有无动于衷的，袖手旁观。

下岗的不一定就不好，

当官的难说就是好官。

大风刮倒了梧桐树，

自有旁人论一番。

奥运会能在中国办，

这说明，伟大的中国人民不平凡。

咱们的民族有现在，

得感谢老祖宗的文化几千年。

源远流长、博大精深，

传统的美德，一直流传到今天。

尊老爱幼自古有，

人之初来性本善。

何人不为父母养，

这八荣八耻还用谈？

做人都不知荣与耻，

活在世上也枉然。

打爹骂娘家常饭，

刀光剑影为拆迁。

不讲道德没伦理，

罪魁祸首就是钱。

兄弟姐妹靠边儿站，

大哥说了，我看谁敢不给我分钱。

我待在家里没得干，

气坏了我你们都麻烦。

气急了我得糖尿病，

要不就得尿道炎。

世态炎凉酸甜苦辣咸，

第四十三段　莫把缺德当习惯

人生在世压力重重谁不难。

要明白他人冷与暖，

要懂得雪中送炭佳话传。

人到了难处拉一把，

万不能，落井下石把坑填。

关爱他人为时尚，

与人方便自己更方便。

不能拿耻辱当光荣，

别拿秽语当美言。

天生来的不会笑，

还美其名曰，这是美容失败成了面瘫。

拿着不是当好说，

明明是酸愣说甜。

不走光明路，

专奔下三烂。

戴个红箍就管事，

扣上一个壳帽，他就飘飘然。

让您说这都哪儿的事，

尽招您恶心让您烦。

要做实实在在的老百姓，

做健康文明的好典范。

为首都北京增色彩，

别拿着缺德当习惯。

不知您注意没注意，

不知您看见没看见。

嗖，有一根儿香蕉从天降，

吧唧落在您的面前。

当时把您吓了一跳，

您还想呢，不会是拉登在上边。

您算幸运，没赶上一个酒瓶子，

一拐弯，"咔嚓"一声响耳边。

怎么那么巧，这回可真是应了典，

酒瓶子的哥哥酒坛子，您说您脑袋得多悬。

再往前走，挺好的垃圾桶他不用，

愣把垃圾扔到了路中间。

臭气熏天何景象，

他倒说，这是哪位缺德那么讨厌。

您抬头望，路灯路牌和电线，

被拆被砸乱了一片。

低头瞧，刚换的井盖儿又不见了，

是谁没事儿这么闲练？

孩子们放学回家转，

扑通掉进井里边。

祖国的未来被摔坏，

可爱的花朵被摔残。

挺好的宣传栏上贴广告，

什么治性病送伟哥外赠大力丸。

小区里的花草树木被折断，

楼道的墙壁乱画一团。

美丽的环境遭污染，

毫无顾忌乱吐痰。

您见没见，公交车上无人让座，

包括少年青年和壮年。

见到了老人不礼让，

听着MP3摇晃着脑袋耸着肩，理所当然。

不知道您有什么感想，

不知您看见没看见。

您没看见，那我站在这恭喜您了，

您的生活准在世外桃源。

不是老板就是大款，

要不开着大奔特有钱。

有钱也好，没钱也罢，

有钱没钱要有尊严。

不管有钱没钱要有爱，

要让爱的火花，伴随着春夏秋冬绽放盎然。

不能让首都北京丢脸面，

不容忍，灵魂上的虚伪和假言。

俗话说，吃饭穿衣量家当，

把自己啊，四两半斤地掂一掂。

女有女人味，

男有阳刚健。

儿童归儿童，

老年是老年。

别男女老少都不分，

一上街，辨不出个黄绿与青蓝。

我们那边儿，立交桥下有个老年迪斯科，

有一群老人舞翩翩。

我们街坊大妈经常去，

那天我跟她聊闲篇。

"大妈，您今儿怎没跳舞去啊？"

"不跳啦，跳不了啦，解散了。"

"为什么啊？"

"还为什么，俩老头儿为一个老太太动了刀了。"

啊！您听这事新鲜不新鲜？

"这么大的岁数可不该啊？"

"谁说不是呢，一位八十四一位七十三。"

好嘛，俩坎的人，真是夕阳不怕黄昏恋，

人老心红比蜜甜。

老二位咱先放一放，

我接着跟您聊校园。

小学生教育志向远大，

中学生要教纪律严。

到大学还教便后冲厕所呢，

文明工程写在上边。

上写道：举手之劳，何乐不为，

愣有学生给篡改了。

改成了举手之劳何乐，逗号不为，

点点点点点点。

您说这学生多聪明，

那将来肯定不一般。

准赛过牛顿达尔文，

要不就是爱因斯坦。

高高在上说教论，

怎么能够不让您深思令人感叹。

女士们，先生们，

Ladies and gentlemen,

改革开放四十年，

硕果累累不平凡。

把不良的风气改掉，

锦上添花，成为世界明珠闪光环。

要让明珠更璀璨，

让中华民族高精尖。

大家都从我做起，

相互关爱礼当先。

第四十三段　莫把缺德当习惯

真诚善良讲慈善，

中华美德代代传。

和谐北京更美好，

美好的明天更灿烂。

我唱到这里算一段，

朋友们，有机会再聊，咱们再见。

第四十四段　愁

说北京城，古老文明历史多么悠久，

咱们华夏首都震全球。

内九外七皇城四，

九门八典一口钟。

南中北海碧水透，

五坛八庙客人游。

燕京的八景披锦绣，

万里长城，蜿蜒起伏不到头。

什么颐和园，昆明湖，

那个十七孔桥扬五洲。

往北不远是香山，

观红叶，到香山，您爬鬼见愁。

哎，要说愁，尽说愁，

我唱段新编的绕口令，名字就叫《愁》。

说起了愁，提起了愁，

我跟在座的朋友聊聊愁。

说天也愁，地也愁，

山也愁，水也愁。

这个珍禽异兽动物愁，

老的愁，少的愁。

男的愁，女的愁，

大爷大妈也犯愁。

姑娘愁，媳妇愁，

想打扮打扮都犯愁。

化妆愁，美容愁，

美容化妆反生愁。

咱们傻老爷们就更甭提了，

要是有比愁大赛，在座的各个儿都能拿头筹。

咱们再说老师愁，学生愁，

爸爸妈妈家长愁。

儿童愁，小孩愁，

托儿所的阿姨也有愁。

工人愁，农民愁，

咱们武警战士也在愁。

那个流氓小偷就更发愁了，

小贩们愁，个体的愁。

摆摊的愁，算卦的愁，

这个工商税务也忧愁。

司机愁，板爷愁，

这个警察愁得也皱眉头。

咱们再说老板愁，经理愁，

宾馆愁，饭店愁，

学院愁，科研愁。

铁路愁，机场愁，

出国的愁，不出国的愁。

各个行业更有愁，

那个三角债务愁更愁。

那歌厅舞厅愁，

卡拉 OK 愁。

剧场影院愁，

繁华闹市愁。

交响乐团愁，

京剧国粹愁。

我们唱快板的也生愁。

行贿的愁，受贿的愁，

咱们普通的百姓就更发愁了。

噢，这个愁，那个愁，

那个愁，这个愁。

您愁我愁不一样，

听我慢慢地解释说从头。

说天也愁，天愁不能把蓝色的彩衣透，

地愁，这个愁的可不自由。

它的身上处处建高楼，

山愁有人不遵法，

目无法纪，是来到他的家园伐木头。

水愁这个天然也不宝贵了，

是谁们家的污水掺和着流。

清凉碧绿再没有了，

倒换了个美名龙须沟。

珍禽异兽愁，愁的个别朋友不保护，

他们拿枪打，用网兜，

总觉这个小命就要丢。

我们一类动物多宝贵呀，

老拿明珠当成了玻璃球。

这老的愁，怕首都的将来看不见，

心中暗叹，活不到这个九十九。

可这么大岁数刚要享福，就要未回头，

您说让人怎么不愁。

这少的愁，光阴似箭，日月染，

不干番大业难罢休。

这个男的愁，家无贤妻难照管；

这个女的愁，丈夫外遇挎小妞。

大爷愁，茶余饭后，三缺一麻将不够手；

大妈愁，看见别人在街上扭秧歌，

这个自己的腿脚不利落。

姑娘愁，工作学习时间紧，

哪有闲暇会朋友。

第四十四段　愁

447

媳妇儿愁，自己的丈夫没能耐，

技术革新都不敢张嘴要报酬。

嫁给了这么一个窝囊废，

哪辈子才算熬到头？

咱们再说化妆愁，美容愁，

这个美容化妆反生愁。

化妆愁，眉笔好像那黑炭条儿，

一擦粉，哟，倒长了些那美丽的青春痘。

美容愁，挺好的眼睛刺得好像肚脐眼，

皱皱巴巴看得那么难受。

哎，要说您还得知足啊，

没有什么麻烦在后头。

还跟您说，幸亏没遇上采药的，

要是碰上，您可千万留神躲着走。

若不然，他就从这就把那麝香抠，

男士们愁，咱们傻老爷们愁没钱，

小金库没有可不自由。

咱们再说老师愁，

老师愁，学生的成绩不优秀。

这个学生愁，达不到学校的高要求，

回家爸爸打屁股。

妈妈愁，这孩子思想成问题，

怎么门门儿都得五十九呀。

这个爸爸愁，兔崽子就是不争气，

傻不愣登还挺轴。

说什么他都不往心里去，

这浑蛋孩子，就欠揍！

儿童愁，儿童愁去幼儿园，

天还没亮呢，从热被窝里就往外揪，

十冬腊月北风吼，

坐在妈妈的车后头，

毛毛愣愣的还没醒呢。

冻嘚嘚地像个小猴，

小孩愁，托儿所的阿姨老瞪眼，

阿姨愁，他吃饱了就拉没准头。

工人愁，单位的生产不景气，

这个奖金是越来越抽抽儿。

农民愁，金风送爽，大丰收的时节人不够，

就这么大的果子，他着急运不出穷山沟。

武警战士愁，身上的功夫不到家，

法网恢恢，要抓尽水里的坏泥鳅。

那个小偷愁，怎么越来越难下手了，

一点儿机会都没有了，

这个有点动静就被拘留。

小贩们愁，影响了市容不能卖，

个体的愁，经营的小屋何时才能再扩修。

摆摊的愁，堵塞了交通惹麻烦，

动不动就得溜。

罚款没收都不算，

这个外带还把秤砣丢。

是跑得越快越难受啊，

低头看，嘿，有一只破鞋忘在街头。

算卦的愁，在当今，电脑时代先进了，

您说出了大天他不掏兜。

工商税务愁，依法纳税，

利国利民，可就是有人不遵守。

购物的愁，您买的东西怕假冒，

售货的愁，那顾客总是找回头。

司机愁，汽车的质量上不去，

多冷多热，他钻到了底下也得修。

板爷愁，如今的三轮不好干了，

车辆竞争，眼瞅着面的抢了窝头。

警察愁，交通法规就是有人记不住，

把人民的生命财产丢脑后。

总认为开车赶时髦呀，

一个眼的也敢进车楼。

这要在街上跑了偏呀，

"噌"的一下他就见了孙猴。

咱们再说老板愁，公司的买卖不好做了，

经理愁，那些吃回扣的总转轴。

大款愁，钱多了精神空虚不好过，

小姐愁，她傍不上那有钱的好老头。

宾馆愁，旅游观光客人多，

饭店愁，这个不够星级难应酬。

学院愁，当今的学生装不下了，

铁路愁，火车超载人员重，

机场愁，漫天的大雾卷气流。

出国的愁，回想起还是咱们的家乡好，

不出国的愁，不能这个说嘴去吹牛。

那歌厅舞厅愁，遍地开花到处是，

卡拉 OK 愁，无人来此放歌喉。

剧场影院愁，上座率总是达不到，

繁华闹市愁，这个汽车一堵就三个钟头。

交响乐团愁，队伍庞大没人请，

京剧国粹愁，跟不上时代慢悠悠。

我这唱快板的也发愁，

咱没名没腕，技艺不高，对不起在座的好朋友。

行贿的愁，这礼物太轻不笑纳，

受贿的愁，来人要是不长眼，这乌纱难保。

可就现如今，最发愁的是老百姓，

咱们愁的是，贪官污吏敞开地搂。

能收他就收，能搂他就搂，

这个哪年算个完，何时有个够。

他们建别墅，盖洋楼，

您说咱们百姓能不愁吗？

嘿，能不愁啊就不愁，

愁多了可就要犯牛轴。

也甭愁，也甭轴。

这个也甭轴，可也别愁。

您不愁，我不愁，

咱们大伙儿全都不发愁。

这个说来说去是不能愁，

愁来愁去愁白了头。

有个可靠的消息，我透露，

据说是，这个上边已然是着了手。

有个领导班子走下来，

专门为您解决愁。

您放心啊，不正之风纠正啊，

这个腐败堕落连根揪。

忧愁不会太长久，

烦恼一去不回头。

欢乐将把愁代替，

展望未来乐悠悠。

到了那时，家家户户民安泰，

党旗飘扬荡神州。

第四十五段　猴的传说

欢欢喜喜乐悠悠，

今天咱们专说猴。

说说猴，聊聊猴，

说猴，聊猴，唱唱猴。

您可别误会啊，我说的可不是平常的猴，

也不是齐天大圣那个猴。

那究竟说的是哪个猴哇？

我告诉您吧，我说的是呀，十二生肖的那个猴。

这位朋友说了，我本人属相属猴，

我得好好地从头听。

生肖之猴故事多，

我给您慢慢地说根由。

朝三暮四这成语，

这句话就是来自猴。

它天性灵巧惹人爱，

欢蹦乱跳地无忧愁。

猴的祖先哪里来？

神话传说有缘由。

儿童们常喊，"猴屁股着火"这句话，

就有个故事在里头。

这句话，是形容猴子的屁股红，

这强项，任何动物也比不了猴。

猴子屁股为什么红？

您听我跟您说从头。

很久以前，有个善良的姑娘叫阿巧，

芳龄不过十五六。

自幼家境贫寒苦，

缺衣少粮多忧愁。

父母万般无计施，

把她送到富贵人家的家里头。

阿巧聪明又乖巧，

眼睛里有活忙不够。

说这一天，她到房后菜园去浇菜，

突然间，在她身旁站着一个老头儿。

一看着老人就是个乞丐，

哆哩哆嗦得直晃悠。

只见他，肮脏的衣服没有袖，

草绳子一裹系着扣。

穿着条烂裤不合体，

破鞋露着脚指头。

脏了吧唧的一张脸，

未曾说话特别的臭。

手捧着半拉破瓦罐，

冲着阿巧直央求。

"好心的姑娘，行行好吧，

你救救我这个孤老头。

我已然几天没吃饭啦，

哪怕赏我一口破烂粥……"

阿巧听完了这番话，

眼泪几乎往外流。

"老伯伯，您先在这等一会儿，

我到厨房去瞅瞅。"

说着话，阿巧放下手中的活儿，

不大会儿，给老人拿来个热窝头。

"老伯伯，您快吃吧，

再饿了您就更难受了。

往后路过这个门口，

有好的我尽量给您留……"

老乞丐连连把头点，

颤颤巍巍眼泪流。

就在第二天，阿巧正在洗衣物，

老乞丐过来又伸手。

阿巧一看不怠慢，

进厨房，拿来了干粮递到老人的手里头。

老人接过来刚要吃，

忽听见主人一声吼。

"臭要饭的滚出去，

没吃的给你这臭老头儿，滚！

好哇！阿巧你敢偷东西，

你这吃里扒外的臭丫头！"

嗬！这女主人可真厉害，

就好像一头疯母牛。

阿巧说："是我自己的中午饭，

剩下一半给老头儿……"

"嘿！你还敢犟嘴……"

说着话，女主人抄起一根大扫帚。

阿巧赶紧朝外跑，

一拐弯，老乞丐冲她直招手。

"姑娘啊，好心自然有好报，

好报就要到时候。

你要救人救到底吧，

再帮帮我这个脏老头儿。

你看我脚上起个脓包，

痛得我实在太难受了。

帮我把脓挤出来吧，

我给姑娘你磕头了……"

阿巧忙说:"使不得,我给您挤。"

一用力,脓血四溅往外流。

唷,弄得阿巧身上脸上全都是,

就仿佛洒上了一锅粥。

阿巧赶紧回院儿洗,

洗完了进屋要梳头。

女主人一见忙叫喊,

"你谁呀?穿着阿巧的衣服何理由?"

阿巧忙说:"我是阿巧哇。"

却原来,她变成了如花似玉的美人,一展风头。

女主人忙问怎么回事儿?

阿巧一一说缘由。

女主人撒腿朝外跑,

找到了乞丐就磕头。

说阿巧那容貌我羡慕,

您也把我变成个大美妞。

忙请乞丐去吃饭,

好话说了一大溜。

嚯！又敬酒来又敬肉，

嘴里还一个劲儿地叫老舅……

（白）也不知打哪论的。

抱起了两脚她就挤呀，

恨不能当时啃两口。

挤出了脓血她就抹呀，

没鼻子没脸的乱胡搂。

哟，不大会长出了好多毛，

模样比原来还要丑。

女主人吓得不得了，

冲着老头儿直央求。

老乞丐拿起了一块瓦，

说："你想拔掉身上的毛，

就坐在这瓦上仨钟头。"

女主人赶紧往上坐，

啊的一声，烫红了屁股一块肉。

不但没有拔掉毛，

倒火烧火燎地实难受。

没脸在镇上住下去啦，

一头钻进了山里头。

据传说，猴的祖先就是她，

十二生肖她属猴——

第四十六段　雄鸡是闹钟

子丑寅卯论生辰，

十二生肖有家禽。

家禽最好的得数鸡，

鸡的故事是最动人。

首先说，鸡对人类益处多，

人和鸡之间也很亲。

大自然的闹钟人称赞，

它还为您天天记考勤。

叫您醒来时间准，

请您下床出家门。

一唱雄鸡天下白，

大千世界万象新。

成语寓言都有来历，

万般的精彩，一直流传到了如今。

鸡的故事实在多，

我挑一个好的唱给您。

咱们人人皆知"鸡鸣狗盗"这成语，

就来自齐国的孟尝君。

战国时代刀兵乱，

孟尝君，在四大公子之中为头尊。

交友数他头一份，

肝胆相照最掏心。

他养了食客三千多，

众豪杰，个顶个的不是一般人。

一旦尝君有危难，

众食客，全力相助把手伸。

这一天，秦襄王请去做客，

歌舞酒宴论风云。

孟尝君要送个见面礼呀，

送一件纯白狐裘献给君。

他们一见如故开怀畅饮，

秦王和他亲又亲。

敬佩尝君他的才华，

封他为当朝的宰相当了大臣。

谁料想，引起了文武的嫉妒和不满，

纷纷地谗言孟尝君。

起初秦王不相信，

可架不住天天磨耳根。

你一言来我一语，

时间一长假成真。

孟尝君不幸遭软禁，

他在大牢之中动脑筋。

他知道，秦王的燕妃最得宠，

便派人，求她来救孟尝君。

谁想到被燕妃给拒绝了，

还说什么……要送我一件白狐裘我就管救人。

啊？白狐裘只有这么一件，

这下可急坏了孟尝君。

食客中站起了一个人，

说："这事儿交给我去寻。

天亮之前，我就把它取回来，

请大人多多放宽心。"

说完话，这食客转身朝外走，

趁天黑，他悄悄溜进了王宫门。

他"汪汪汪"地学狗叫，

引开了卫士一伙人。

盗回了那件白狐裘，

送给了燕妃，这个宠妾当时动了心。

极力给尝君说好话，

百般地妩媚献殷勤，

哄得秦王喜形于色，

下令赦免孟尝君。

嘿，孟尝君当时一被释放，

便赶紧，乔装改扮奔了城门。

他知道，万一秦王一反悔，

大家伙儿就得命归阴。

趁着夜色赶快跑，

殊不知，这时候还没开城门。

鸡不叫城门不能开，

鸡叫才能开城门。

万一秦王追上来……

这下可急坏了孟尝君。

左思右想无计施，

噌！站出个食客把话云。

"大人请放宽心……看我的！"

说着话，他一扬脖子亮清音。

"咕喂喂儿……"嚯！他这一叫可不要紧，

满城的鸡鸣紧紧跟。

看门的将士全都醒了，

还以为天亮开了城门。

孟尝君顺利出了秦国，

这故事流传到如今。

"鸡鸣狗盗"十二属相它占俩，

各施绝技立功勋。

第四十六段　雄鸡是闹钟

第四十七段　灵犬送信

自从盘古开天地，

十二生肖有来历。

狗这个动物惹人喜，

子丑寅卯它属戌。

看家护院尽职责，

忠心耿耿数第一。

世间宠物人人爱，

现如今更是了不的。

给狗上户口，

给狗把名起。

给狗买衣物，

给狗买吃的。

带狗去游玩，

带狗照相做游戏。

我不说它如何地宠爱，

也不提用它把年记。

地支中为何能有狗？

据研究，有一个传说很稀奇。

都知狗尽忠又尽力，

我唱段《灵犬送信记》。

那是在，魏晋时代的一个冬季，

大雪飘飘洒满了地。

田野里跑着一条狗，

黄毛大耳喘吁吁。

只见它，一身的黄毛光又亮，

俩耳朵威武朝前立。

四爪蹬开飞又快，

风驰电掣跑得急。

却原来，这狗的主人是个名将，

家住京师叫陆机。

这条狗就是他饲养的，

陆机爱它爱得出奇。

给他起名叫"黄耳"，

这只灵犬，忠诚勇猛善解人意。

这天陆机遇急事，

想通知家人，但又找不着一个信任的。

急得陆机直搓手，

一抬头，看见了黄耳有了主意。

他冲着灵犬一招手，

手摸着爱狗把话提：

"黄耳呀，这封信你给我送家去，

丢失了我可不饶你。

再把回信带回来，

这件事情可全靠你啦……"

嗬，黄耳听完了这番话，

噌的双脚打前立。

冲着主人点点头，

神态严肃，明白了主人的心意。

它知道这次任务的重要性，

摇了摇尾巴转身去了……

嗬！这一路黄耳不敢停留，

玩命地狂奔不休息。

渴了喝点溪边的水，

饿了捡点吃剩的。

顶风冒雪朝前赶，

他比主人还着急呢。

最后终于到了家，

它一鼓作气没休息。

带好了回信往回返，

那速度，不亚于咱们坐飞机呀！

自打这灵犬出发后，

陆机他天天门前立。

一站就是十几天，

惦念着黄耳心着急。

这一天，陆机又在门外站，

看看东来望望西。

突然间，猛听的一声灵犬叫，

见黄耳，晃晃悠悠眼前立。

第四十七段　灵犬送信

面容憔悴望着主人，

耷拉着耳朵身无力。

陆机赶紧把信取下来，

激动的心情了不的。

他一边看信一边说：

"我的好狗儿，我得好好地给你记功绩。"

正说着，就听见咕咚一声响，

见黄耳一歪倒在了地。

它把所有的力气全用尽，

完成了嘱托合上了眼皮。

嗬！陆机看着心爱的犬，

止不住地泪水往下滴。

他抱起了忠犬不撒手，

深情地把它搂在怀里。

黄耳送信，一路上的经历眼前过，

怎不让人千头万绪。

"多么忠心的好爱犬呢，

我一定好好地埋葬不能忘你……"

到后来，他精心挑选了一块地，

建了一个墓冢立碑记。

这个地方人称"黄耳冢"，

纪念灵犬送信记！

第四十八段 猪兄弟逃亡记

十二生肖配天干，

天干地支看罗盘。

日月星辰天地转，

咱们祖先用它来记时间。

十二生肖猪最后，

对应的时间是亥时。

这个时间可有来历，

就是晚上的九点至十一点。

这个时候为什么称亥时？

只皆因呢，有个猪的传奇在里边。

亥猪，亥猪就打这来的，

您听我对您慢慢地谈。

很久前，有这么一位陕西人，

外出经商带游玩。

这一日，太阳落山天色晚，

见一家客栈在路边。

他迈步就把客栈进，

吃罢了晚饭要入眠。

他刚刚躺下要合眼，

就听见隔壁有人在交谈。

这个声音似听见又听不见，

想听一时也听不全。

商人辗转难入睡，

他索性赏月坐窗前。

阵阵的凉风吹不断，

送过来声音到耳边。

原来是隔壁有人住，

好像是兄弟二人在密谈。

哥哥说："兄弟呀，眼看着三十快要到啦，

过不了几天就过年了。

我估计明个儿主人就得下手，

这件事我已有预感。

依我看，趁主人熟睡快逃命吧，

到了明天咱全玩完了……"

弟弟说："对，事不宜迟赶快走，

哎，大哥，咱们逃往哪里呢？"

"哎，兄弟呀，咱妹妹不住河对岸么？

就在王老头的家里边。

渡过河去投靠她，

也不会被主人找到咱。

过了年之后再商计，

躲过一天是一天。"

"对！就这么办！"

"走！"说着话，就听见"哗啷儿"一声响，

见两个黑影往外蹿。

风也停了月也暗，

然后就什么也听不见了。

商人便躺下入了睡，

鼾声如雷香又甜。

正睡着，忽听见有人在砸门，

他睁眼一看亮了天。

"开门！开门！快开门！

搜查一下你的房间！"

这商人打开了门两扇，

见客栈的主人眼瞪圆。

"好哇，你小子敢偷我的猪，

我看你活得不耐烦了。

说你把猪给我藏哪儿啦？

来，搜查一下他的房间！"

"慢！"商人闻听就是一愣，

"什么把猪藏到了哪儿啊？

我根本不知是怎么回事啊？"

"怎么回事？你要装傻充愣咱们没完！

我这店，除了你以外没人住，

我两头肥猪不见啦！"

"不见……就不见吧，

这事与我有什么相干？"

"有什么相干？我刚才早晨去了猪圈，

477

本想着杀它们过年。

没想到这俩猪没了影了，

那不是你干的还能是谁干？！"

这个商人越听越纳闷儿，

猛然间，他想起了昨晚，隔壁的密谈。

"哎呀，掌柜的千万别误会，

这件事肯定不是我干的。

我请问，我的隔壁有人住吗？"

"废话！你的隔壁是猪圈！"

啊！这商人一听脸色变，

他哆哩哆嗦开了言。

把昨晚奇怪的事情一字不漏地讲了一遍，

掌柜吓得眼瞪圆。

似信不信地犯惊讶，

"走！咱们到对岸找找看。"

嗬！掌柜的和商人前边走，

呼啦啦，大家伙儿紧紧跟后边。

一打听找到了王老头，

进了院直接奔猪圈。

哟！掌柜的一看傻了眼，

大家伙儿相互面面观。

他那俩猪果然在猪圈，

正哼哧哼哧吃得欢。

这就是，猪兄弟二人逃亡记，

神话传到了今天。

第四十八段　猪兄弟逃亡记

第四十九段　北京的路

竹板打、迈大步，

我给大家表演个小节目。

市政的朋友功劳大，

改革开放铺锦路。

我先向大家鞠个躬。

问声师傅你们辛苦！

师傅们，你们辛苦啦！

常言道：要想富，先修路嘛，

这话还真是不含糊。

要说路，咱们尽说路，

我是今天专门唱唱路。

北京有二环路、三环路、

四环路、五环六环也在建……

东西南北织成了网，

环绕着京城路通路。

这些路都不唱，

给大家说点"新公路"。

这新的公路要畅通，

现代化高速来服务。

这些路可是不寻常，

象征着美好的未来更幸福。

条条的大路通北京，

谁要是探亲访友去旅游，

您这回就能够走公路啦！

公路比铁路还舒适呢，

是又平、又稳、又速度。

穿山涧、越峡谷，

一路上的风光与景物。

大江南北任来往，

我说几条路线您记住：

第四十九段　北京的路

要去沈阳，有101的京承路，

途经承德车停住；

避暑山庄多么凉爽，

走这条路您还能够避暑呢！

去哈尔滨，有102的京山路，

102北京乘车，"噌"地一下到了塘沽，

您要到特区做买卖，

就走这条快速路。

这条路一直到深圳呢，

大大的发财不耽误！

还有什么京济路、京开路、

京石路、京原路、

京张路、京兰路、

到加格达奇京通路。

什么昆明、福州、南昌、珠海到成都，

还是银川、拉萨至甘肃；

您就是出国奔曼谷，

它是怎么走，全都有公路哇！

看今天，这些公路国家都已编成号啦，

是 101 至 111，一共有十一个数，

十一个数就是十一条路哇。

一条路就是一个数，

一个数就是一条路；

路是数、数就是路，

路是数、数是路、

路接路、数连数、

数连数、路靠路、

路靠路、数挨数、

路路绕数数路数，

它是纵横交错难数数！

别看我知道得这么清楚，

却很可能把别人给说糊涂……

那天就在德胜门，

有位司机打听路：

"哎，同志，我到机场去接人，

您看我该走哪条路哇？"

嘿，您算跟我打听着啦，

这路我知道得最清楚。

从这儿往北到马甸桥，

往右拐，上三环路，

到了三元大桥奔东走，

一踩油门儿就是机场路！

哎，这条路您还不知道吧？

现在叫作"国门第一路"。

知道为什么叫这名儿吗？

它是咱首都北京的大门户哇！

不论谁下了飞机都要经过这儿，

所以才称"国门第一路"！

甭管哪国朋友来北京，

还是港澳台同胞回大陆，

什么红指甲盖儿、绿脚豆儿、

黄头发、蓝眼珠、

说话嘟噜不嘟噜，

即便是总统来了这儿，

他也得要走这条路。

哎，您说这条路棒不棒？

要不怎么叫"国门第一路"呢！

这条路可是有特色：

它是直通机场的高速公路。

上下左右六条线呢，

各行其道有防护。

走这条路，心里甭提有多豁亮了，

视线开阔那么清楚。

一切都是现代化，

高档的设施来服务。

时速可达 120 迈呢，

唰——

哎，这个您甭犯嘀咕，

路面平、沥青铺，

车子稳、道不堵，

既安全、又高速，

如腾云、似驾雾，

还保证不会颠屁股，

您说舒服不舒服！

嘿，谁要是上了这条路，

那可算是饱了眼福！

第四十九段　北京的路

您抬头望，高速公路架彩虹，

四元大桥好威武，

钢梁造，水泥筑，

四层罗列通八处。

公路两旁景致美，

赛花园，如苗圃，

空气新鲜沁人肺腑。

假山石，榛叶儿树，

林荫的小道能散步……

万花开，百蝶舞，

争芳斗艳织锦簇，

一派生机似彩图。

您再看，楼台殿宇新建筑，

旖旎的景色，烘托着古都。

金碧辉煌光灿灿，

瓦窑土砾古香古色独一处。

它接纳天下八方客，

一流的服务高雅不俗。

哎，您正好顺路歇一会儿，

到那儿可以停停步……

这司机说："谢谢您啦，快打住吧，

我还得接人去赶路呢，

工夫大了就全耽误啦！"

"哎，师傅，先别忙……

我刚才说得还不全哪，

我这儿还有好多路呢……"

那司机再不听我瞎白话了，

"嗖"的一声就上了路！

嘿，这条路、那条路，

国家规划万条路。

看今朝，彩路条条连天下，

望未来，世界铺满幸福路！

第四十九段　北京的路

第五十段　民警赞

社区民警模范多，

我给大家说一说。

我挨着个的报报名儿，

他们是社区的贴心人儿。

我先说民警刘亚银，

扎根社区，悉心为民。

多次光荣受嘉奖，

百姓们都把拇指伸。

咱再说，厂桥街道米粮库，

民警王川不含糊。

他工作能力很突出，

和百姓亲得如手足。

把社区当成自己的家，

孩子们，都亲切地叫他王叔叔。

嘿！咱们民警啊，爱群众，

有个警官说"人心就是一杆秤"。

一杆秤，情意真，

这话是来自朱文君。

他是马池口的好民警，

把各村的重任担在身。

农村的事情很棘手，

七姑八姨地亲套亲。

可天大的事情他来办，

困难再大，也挡不住民警朱文君。

光解决就业 500 多，

群众和他心连心。

说他是"主心骨"，

说他是"守护神"。

各村上下齐赞云，

他是群众满意的贴心人。

第五十段　民警赞

还有东风派出所孙宝东，

在社区处处打冲锋。

一片真心为群众，

危难之中立大功。

哎，立大功，不说嘴，

有个模范民警叫方伟。

大伙都叫他"方为民"，

嚯！您听这称呼就知道我们的好方伟了。

"诚苑社区"老大难，

谁到这谁都会后悔。

他明知山有虎，

大胆何所畏。

和社区的百姓打成片，

心心相通，硕果累累。

他不怕苦，不怕累，

不怕人说活受罪。

不怕难，不气馁，

不怕为群众办事跑断了腿。

不怕贼，不怕匪，

浩然正气，令人钦佩。

搞卫生，请来了部队，

几天几夜都不睡。

原来的脏乱差，

现在的环境美。

假山金鱼池，

四季长流水。

老人多欢笑，

儿童咧开嘴。

眼下无案件，

平安放花蕊。

口碑皆夸赞，

人称"方为民"。

嘿！新社区，换新貌，

我再唱一唱，有个民警叫班灏。

他把兄弟民族来尊重，

在牛街一带为群众。

牛街少数民族多，

走到哪儿，一支烟不抽，一杯水不喝。

大伙儿不拿他当外人儿，

他在牛街大有名儿。

好民警啊，数不胜数，

还有个杰出青年杨秀武。

杨秀武，他那个社区最难管，

城八区拆迁往这转。

大部分户口都没办呢，

要做到心中有数，可不是好办的事一件。

他负责 131 栋居民楼，

可以说，栋栋都在他的心里边。

从清晨一直忙到晚，

上楼下楼两腿酸。

东家走，西家串，

围着这个社区来回转。

一步一步的就是没算，

若统计，从北京都到山海关啦！

嘿！先进的事迹暖人心，

姹紫嫣红，灿烂的警花胡竹筠。

她是一位女同志，

为社区的百姓办实事。

开始都对她有怀疑，

女警察能够管社区？

天津人讲话瞎胡闹么，

她能管我们这一套？

嘿！可是谁想到哇，她性情豪放又泼辣，

天大的困难踩脚下。

风风火火闯天下，

文武双全，群众佩服的了不的（的念哒）。

她又细腻，又宽大，

把群众的温暖心头挂。

帮助下岗职工找工作，

解决了一家又一家。

大伙儿说，这个亲，那个亲，

都不如警官胡竹筠。

嘿！你听听，这话是多么感人心呢，

开放的警花在当今。

在当今，模范多，

我不能一一详细说。

第五十段　民警赞

还有业务精通的胡永江，

李松巡逻六郎庄。

燕山脚下郭文革，

门头沟区的史福河。

还有周东伟、夏永顺、佟宁、刘建成、

王长吉、董严、李玉宏。

嚄！一个个，一名名，

三天三夜说不清。

一名名，一个个，

他们今天都在现场坐。

又风采，又光荣，

咱们大家鼓掌来欢迎！

第五十一段　夸儿媳

京郊大地光灿烂，

春暖花开多好看。

好看的说是农家院，

好吃要论农家饭。

农家的饭菜味道香，

农家的美食吃不厌。

五谷杂粮多么丰盛，

鸡鸭鱼肉六畜全。

俗话说，鱼上火，肉生痰，

白菜豆腐保平安。

现如今的农家菜，

鲜灵打挺纯天然。

绿色食品保康健，

让您一看心喜欢。

菠菜嫩，黄瓜鲜，

柳芽子、野菜和马莲。

老倭瓜开花房上见，

青葫芦长满架上边。

赤橙黄绿青蓝紫，

绚丽夺目，生机盎然。

现吃现摘现打捞，

最大的特点就是鲜。

再搭上巧嫂厨艺精，

这桌菜，让谁听了谁不馋。

我说这话您不信，

你们快瞧，那边三个婆婆笑开言。

正夸儿媳做饭好呢，

各说各的一招鲜。

这个说："哎，老嫂子，俺家那个儿媳妇儿，

那饭菜做得可不简单。

最拿手的是炖土鸡，

没牙口全都嚼得烂。

再加上咱这的野蘑菇，

再放几个栗子在里边。

熏鸡烤鸡都比不了，

肯德基也得靠边站。

营养价值还特别高，

她说啦，含什么钙啦，锌啦，铁啦，铜啦，什么的酸。

头两天，二柱子的媳妇坐月子，

我还给他端去一大碗呢。"

"哎，大妹子，这可不是我说你，

别头发长见识短。

今天我也不夸口，

我们儿媳妇，煎炒烹炸手艺全。

炒个鸡蛋都不算，

炸丸子改刀不费难。

有一手绝活儿炒窝头，

谁吃完了谁夸赞呢。"

"说了半天是炒窝头，

我还当是燕窝蛋呢。"

"炒窝头，怎么啦？

不把你撑着不算完。

还炝胡萝卜柿子椒呢，

有红有绿金灿灿。

窝头跟窝头能一样吗，

你们家的窝头什么面？"

"我们家的窝头是玉米面儿。"

我们家的窝头是棒子面。

那玩意做的可地道了，

不信待会擂台看。"

"看一看，就看一看，

看谁家媳妇会做饭。"

"哎，二位老姐先打住，

这回该轮我谈一谈啦。

我天生不会说大话，

但我家媳妇也不软。

满汉全席都能做，

有一个美称赛天仙。

宾馆里请她她不去，

饭店里请她她阻拦。

别看她没你们本事大，

可外宾经常来参观呢。

点着名吃她做的饭，

还跟她学了老半天。

吃她的虹鳟鱼、炒葫芦，

还 OK OK 喊得欢。"

仨婆婆一同哈哈笑，

齐说道，当今的媳妇不一般，

乡土气息农家饭，

返璞归真大自然。

一位一位大家看，

八仙过海身手不凡。

穆桂英上阵风采现，

把银枪换作炒勺翻。

第五十一段 夸儿媳

第五十二段 "法"的漫谈

慢打我的竹板响呱呱，

我上来叫声王大妈：

"王大妈……王大妈！"

哎，她没上这儿看节目来，

王大妈刚才没在家呀。

唉……对啦，

王大妈搞了个老头子，

八成他们去聊婚姻法啦……

哎，要说法，尽说法，

咱们大家一块儿聊聊法。

您说法，我讲法，

说法讲法宣传法！

要知法、要懂法，

知法懂法遵守法！

不知不懂就要犯法，

再当一个法盲就可太傻啦……

犯了法谁也没办法。

我这节目欢迎您参与啊！

咱们共同探讨说说法！

甭管是先生女士与阁下，

父老乡亲二大妈。

叔叔阿姨小朋友，

爷爷奶奶十七八。

哎，有一位算一位，

谈谈法，咱们一块儿说说家常话！

潜移默化都受益，

聊聊法，就能够受启发……

咱们首先说，当一个演员有没有"法"。

我们讲的是，手、眼、步、身、法。

这个"法"的含义特别深，

它是法则的法，也是办法的法。

用什么样的办法吸引您？

表演时，采用的哪种艺术手法？

这个节目您爱看不爱看，

也就是说，演员有没有好办法？

《戏说乾隆》用了不少荒诞的手法，

《三国演义》用了好多真实的手法。

《宰相刘罗锅》是以古论今的诙谐法，

《郑板桥》展现了许多的好书法。

《杨家将》佘太君立的是家法，

《林则徐》虎门销烟禁烟法。

咱们大家都看过《济公传》，

济公活佛会用"神法"！

《霸王别姬》虞姬舞的是什么法？（问观众）

对！虞姬舞的是剑法！

《聊斋》里，鬼怪狐仙是什么法？（问观众）

对！它们施展的是妖法！

尽迷糊那些小伙子……

哎，这个法，那个法，

咱们刚才说的是方法的"法"。

下面我接着还说法，

这个法可是法制的"法"！

您上街骑辆自行车，

不是也得遵守交通法吗？

四块多钱您得缴税，

领一个小牌儿车上挂……

这个上路才不怕检查！

纳税，是我们的光荣和义务，

要自觉遵守地税法！

要做好首都的好市民，

咱们就得人人维护法！

维护法、保护法，

偷税、漏税不是办法。

这不前两天，我们到这儿来演出，

咱们顺义的朋友就懂法。

咱当地有一个地税局，

他们执法严明人人夸！

为了丰富我这节目，

我特意登门请教他。

有几位现场接待了我，

人家说得透彻顶呱呱！

嚯，头头都是道儿，

项项都有法。

那天我还没拿笔记本儿，

可我记的一点儿都没落！

还跟您说，我们唱快板的都脑子好，

若不然，这么长的段子这么多的词句，

我怎么能够一下子全背下呀？

我这人天生就聪明，

我到医院做过检查。

大夫说我长了俩脑子，

我当时一听害了怕。

吓得我可不得了，

上前就把大夫抓。

要不是他紧着提醒我，

我差点犯了人权法呀！

这是跟您说句玩笑话，

反正是脑子够发达呀！

还跟您说，这趟地税局我可没白去，

学到了不少的地税法。

这税法，那税法，

咱就详细说说税法。

这税法包括好多种，

细分析，种种都是为大家！

常言说，家中有家规，国家有国法！

您听我慢慢地做解答……

你若营业，就有营业法，

营业的范畴还挺大。

不管是国营与集体，

还是乡办企业纺棉花。

个体户，搞批发，

综合销售糖、果、茶。

旅游业，搞赛马，

打枪射击啪啪啪！

卡拉 OK 歌舞厅，

美容按摩办桑拿。

只要是营业，您就得缴纳营业税，

如实地上报给国家……

税款是：取之于民，用之于民，

让咱们的生活锦上添花！

还有城市维护建设税，

您也千万别落下。

要缴纳：增值税、消费税，

用这个资金搞开发！

改变城乡的旧面貌，

把居住的环境来美化。

铺草坪，种鲜花，

发展道路四通八达！

生活小区现代化，

让您舒适更幽雅。

老年人，有俱乐部，

黄昏恋，那个感觉可是了不得！

男女青年谈恋爱，

两个人漫步林荫下。

他拉着我，我挎着她，

甜甜蜜蜜多么潇洒!

花丛中,假山下,

四周没人,要是来个"狂吻"……

我看问题也不大!

这就是,大家上缴的建设税,

还不是造福给大家?

企业所得税,也有税法,

要按规定来缴纳。

还要注意,您的个人所得税,

它能把觉悟来表达!

缴税多,说明您那挣得多,

一看就知您能耐大!

挣九百才交百分之二十,

就等于,您少抽了两盒"红山茶"!

少喝了三两"二锅头",

少吃了一盘小鱼虾。

女士们少用了一盒"玉兰油",

少穿了一双高筒袜!

小朋友,少吃了几盒冰激凌,

少买了几袋儿"小锅巴"。

让您说，这二十块钱不算多吧？

可汇在一起就了不得！

您缴我缴由小变大，

咱们国家就越来越发达！

滴水能够汇成大海，

一砖一瓦，起了大厦！

不瞒您说，我本人的税单这么一打，

几年来一张都没落！

依法纳税咱光荣，

这也说明，咱们哥们儿本事大！

我就凭它，找上了一个好对象，

这姑娘名叫玉米花！

她说我人老实，又守法，

若不然，咱手里头怎么能够有这个 (用手势示意税单)。

那位朋友说了，人家小姐看你能挣钱，

哎，您这话算是说错啦。

人家姑娘比我可有钱，

她妈还镶着个大金牙呢！

要不说缴税有好处呢，

要是没税单，我怎么能够娶上玉米花？

咱们要知道，还有房产税、资源税，

土地增值把税纳！

印花税、屠宰税，

几大牲畜可别胡杀！

投资方向，有个调节税，

教育费另外有附加。

这一项一项地您别忘，

一条一款地记准了它。

咱们国家有宪法，

人民要遵法。

国有企业法，

海关检察法。

军事法律有军法，

高级法院有民法。

森林树木森林法，

野生动物保护法。

植树造林要遵守法，

乱砍滥伐可犯法。

国家教委教育法，

地方还有地税法。

有大法，有小法，

大法小法和中法。

为己为民为国家，

咱们建设那——美丽可爱的新中华！

第五十三段　彩车抒怀

打起竹板心激动，

满怀豪情唱国庆。

五十年盛典多壮举，

伟大的中华民族虎跃龙腾。

全国人民多么高兴，

那天的盛况，永远留在我们记忆中。

直到今天，激动的心情都难平静，

大江南北，依然还在国庆的热潮中。

街头巷尾谈论，

激发着人民阔步行。

回想起十一那天礼炮响，

天安门城楼放光明。

咱们党和国家领导人，

江主席频频地招手露笑容。

您看那十里长街放异彩，

花团锦簇映日红。

咱们的三军仪仗队，

豪气冲天贯西东。

礼炮响军乐鸣，

天安门前大阅兵。

那场面太激动，

放眼望，有说不出来的那种心情。

您快看第一队方阵走过来，

排山倒海，震耳欲聋。

那雄壮，那威风，

那气势，那军容，

那叫个齐，那叫个整。

咵咵的正步行，

咵咵的荡回声。

他们正步走过了天安门，

向党和人民表忠诚。

您再看，随后的方阵跟上来了，

方方正正地展军容。

横成排，竖成列，

横竖全都那么齐整。

左看一条线，

右看一根绳。

斜看如一人，

正看一排行。

您要是举着望远镜，

还以为空中降神兵呢。

他们个头一边高，

肩膀一边平，

抬手一条线，

脚伸一般同，

胳膊一边粗，

分量一边重，

鞋是一个号，

全都穿四零，

第五十三段　彩车抒怀

同是一个团，

都是一个兵，

长得全一样，

大家都姓中。

姓中名叫中国人民解放军，

子弟兵，他们就是这样的强大这么无穷。

让世界人民看一看，

展现我们现代化的国防海陆空。

这其中有卫戍区、特种兵、

武警、战士、空降兵。

特种部队陆战队，

首都的民兵更威风。

飒爽英姿女方阵，

女民兵光彩夺目风貌不同。

她们头上红，身上红，

肩上红来帽上红。

浑身上下红彤彤，

万般的美丽火焰红。

远看方阵红一边，

近照方阵一边红。

您仔细看，望分明，

原来她们是个个红。

粉红女，女粉红，

你也红，她也红。

前边红，后边红，

左边红，右边红。

个个脸蛋红又红，

就连嘴唇都那么红。

她们爱红装也爱武装，

尽显风流爱和平。

等一会儿，是什么响？竖耳听，

什么动静轰隆隆。

原来是主战坦克开过来，

那气派，一往无前压平一切势不可挡没有拦兵。

火箭导弹水陆两用，

国防科技雷达卫星。

先进的武器放异彩，

现代化装备一展雄风。

头上响，望空中，

蓝天白云架雄鹰。

各式各样的战斗机，

都达到了世界高水平。

让党和人民来检阅，

让祖国上空飘彩虹，

刹那间，观礼台上掌声起，

当时的心情，用语言都无法来形容。

有说不出来的自豪感，

浑身的热血在沸腾。

中国人民站起来了，

都觉得自己特威风。

那感觉不好来表达，

反正觉得中国特别行。

三军过罢一声令，

群众的队伍大游行。

有机关干部和老师，

大专院校大学生。

温馨家庭同龄人，

新婚夫妇与儿童。

狮子舞耍龙灯，

欢天喜地精彩纷呈。

各民族兄弟大团结，

载歌载舞喜盈盈。

人如潮花如涌，

金水桥前百花丛。

赤橙黄绿青蓝紫，

七彩绚丽赛霓虹。

手持花环广场过，

上下摆动节奏明。

"唰"的一下变颜色，

"噌"的一声换队形。

还挺齐，还挺整。

合练了半年也算成

大家仰望天安门，

簇拥着彩车往前行。

第五十三段 彩车抒怀

今年的彩车真漂亮，

大气美观有象征。

有小区建设生活美，

服装展示追时尚，

奔向小康菜篮子工程。

农村科技现代化，

京郊大地展新荣。

环保事业大发展，

电信网络全球通。

文艺大军开过来，

百花齐放百家争鸣。

多姿多彩多剧种，

出新创新唱北京。

那朋友问，你怎么看得这么清，

我就站在彩车的正当中。

我冲着天安门上正打板呢，

唱一段新的给党听。

您没注意，彩车上打竹板的就是我，

不信那电视能证明。

彩车一过人潮涌，

花儿朵朵来了儿童。

潮水般涌向天安门，

彩球纷飞飘向天空。

伴随着万只和平鸽，

呼啦啦展翅又摇翎。

那壮观，那雄伟，

一派空前举世闻名。

现场直播传天下，

海外的华人热泪涌。

他们看到一队队群众多激动，

一排排人们喊连声。

一面面彩旗迎风摆，

一树树鲜花空中擎。

一堆堆气球蓝天舞，

一片片白鸽唱和平。

多自豪，多骄傲，

519

多幸福，多光荣。

伟大中华顶天立，

东方巨龙在奔腾。

借国庆雄风跨世纪，

咱们拥抱明天奔前程。

第五十四段　勤俭节约是美德

伟大的祖国景色娇，

锦绣江山彩旗飘。

生活越来越美好，

踏上了奔向小康的路一条。

社会发展在前进，

时代腾飞日新月异多么自豪。

物质越来越富足，

日子越过越是好。

常言道，常将有日思无日，

居安思危，勤俭节约要记牢。

中华民族有传统，

勇敢善良艰苦朴素又勤劳。

民以食为天，人人都知道，

粒粒皆辛苦，从古至今朝。

珍惜粮食最重要，

党和国家早号召。

现如今，婚丧嫁娶大操办，

不信您跟我走一遭。

您看一看，瞧一瞧，

让人心疼得不得了。

在座的比我有体会，

您的见识肯定不少。

一说一摆多少桌，

山珍海鲜美味佳肴。

杯盘匙箸叮当响，

连吃带喝乐逍遥。

等散席之后您再看，

山东人讲话俺的娘唉，

糟践了不老少哟。

杯盘罗列一大片，

雪白的米饭，剩在了桌上乱七八糟。

那都是种在地上的好粮食，

农民兄弟，洒满了汗水的苦辛劳。

他们自己都可能舍不得吃，

咱们倒好，呱唧呱唧地全都倒了。

后边肥猪可都乐了，

一顿狂吃跳舞蹈。

有的根本跳不动，

肥得简直动不了。

三天两头开宴会，

你说它能不长膘吗？

懒得墙角这么一靠，

哼哧哼哧地唱歌谣。

甜蜜的生活，甜蜜的生活无限好哇，

好嘛，您再瞧，

那泔水桶早摆好，

泔水车还真环保。

拉到作坊这么一倒，

地沟油的老板乐坏了。

第五十四段　勤俭节约是美德

黑了心，坏了脑，

恶性循环，又摆回桌上了。

甭管炸知了，炸家雀，

有关部门，还是加强法制管管好。

不过话又说回来了，

大家全都不浪费，注重节俭，

地沟油也不会到处跑。

今天的生活来之不易，

要珍惜多思考。

柴米油盐都丰盛，

衣食住行大提高。

火烧竹竿节节爆，

罗锅子看病直了腰。

直了腰，步步高，

节节爆，日日好，

男女老少乐陶陶，

再陶陶，再提高，

勤俭的美德也别抛。

现如今，农村还没完全实现机械化，

有的地方依然耕种锄刨。

丰收点粮食很艰难，

都是土里刨食苦辛劳。

他们白天太阳晒，

汗水雨水浇。

汗水加雨水，

种下丰收苗。

打下粮食后，

大家都吃饱。

我们想一想，瞧一瞧，

馒头米饭换位思考。

党号召，全面小康大改善，

扶贫攻坚，党员干部任重路遥。

要让中华更美好，

引领世界为自豪。

我们就要，常把有时当无时，

厉行节约艰苦奋斗奔目标。

勤生志，俭养德，

百善先为孝，咱们要记牢。

为实现伟大中国梦，

身体健康是第一条。

身板硬朗最重要，

我这话您可要记牢。

好好地活着您欢笑，

出门儿别忘戴口罩。

若问这话出自谁，

有这么一位老白毛。

第五十五段　当今之最

大千世界，奇闻怪事最为多，

环球之最数中国。

不信您就走走看，

俯览望，中国的烟火人最多。

看当下，最要命的病毒最疯魔，

以最快的速度传各国。

甭管是英国法国奥地利，

最多的那得说美国。

全世界防控最好的只一个，

那就是人口最多的咱们中国。

华夏儿女最厉害，

最能防控有特色。

中国人民最胸怀，

最能支援各大国。

最能自治抗疫情，

最不信邪策略多。

看眼下最听话的是老百姓，

最辛苦的是各医院医生各个科。

最可敬的是护士，

身穿防护服最不得吃不得喝。

最可爱的是军人，

他们个个全都最气魄。

最忙碌的是社区，

志愿者把门最严格。

最清净的是店铺，

售货员瞪着两眼干坐着。

最解闷儿的是手机，

想看什么有什么。

最耀眼的是义工，

最温暖的是家。

最痛苦的是情人，

隔离谁也见不着。

最危险的是聚会，

最害怕的是人多。

最难搞的是宴席，

最大胆的是赌博。

最无耻的是隐瞒，

充卡的是最笨最笨的笨家伙。

最可笑的是坑爹，

眼下的企业最难过。

最着急的是工人，

最焦虑的就是老板坐那儿挠脑壳痛，

他是急不得来恼不得。

幸亏他爱唱快板儿，

一个劲儿地直唱《劫刑车》。

最自在的是农民，

就这一亩三分地儿也管不了天下那么许多。

第五十五段　当今之最

最忧郁的是老师，

学生这会儿最快乐。

最关心的是体温，

口罩当今为最火。

最长进的是厨艺，

煎炒烹炸学会了做。

最常穿的是睡衣，

这屋里坐坐那屋里坐。

最常玩儿的是手机，

最常看的是把电视播。

最闲着的是车辆，

最少见的是堵车。

看今天，最关心人民的是党中央，

习主席，最把百姓挂心窝。

最添乱的就是国外那帮坏家伙。

最可恶的是美国。

最团结的是人民，

最伟大的是祖国。

最繁华的是首都，

最好听的是北京的歌。

最幸福的是百姓，

百姓们最爱幸福生活。

第五十六段　一往情深大杂院

前门楼子九丈九，

大栅栏儿正对鲜鱼口。

里九外七皇城四，

五坛八庙钟鼓楼。

北海景山后门桥，

东单西单任你游。

四合院哪儿都有，

烟袋斜街在鼓楼。

小胡同一溜挨一溜，

曲里拐弯不到头。

在想当年，老北京的大杂院，

人烟稠密要普查户口都犯愁。

眼下的北京变化大，

日新月异楼上楼。

喜迎奥运发展快，

伟大的首都更风流。

外宾到这喊OK，

China北京真是牛。

咱们北京是向世界展示的一个窗口，

世贸组织要没有中国都不敢叫WTO。

现如今人民的生活水平大提高，

片片的社区楼挨楼，

楼挨楼，楼靠楼，

楼连楼，楼傍楼，

楼通楼，楼搭楼，

楼中有楼楼套楼，

楼楼不断楼抱楼。

说起了楼，您听根由，

咱们饮水思源论从头。

看当今旧房改善人欢笑，

第五十六段　一往情深大杂院

乔迁之喜搬新楼。

搬新楼住新楼，

要住新楼就得装修。

要装修得讲究，

首先说，防盗门结实得气死六头牛。

撞不开拉不动，这么粗的铜丝再拽都不脱臼。

这门再要是不防盗，

干脆您就移民上月球。

搬新家乐悠悠，

可也有欠缺在里头。

您琢磨，防盗门是防扒手，

可不是拒绝街坊邻里好朋友。

您体会，关上门一家看电视，

门铃响，先看看这位熟不熟。

要是邻居还好办，

若不认识，干脆就假装没人在屋里头。

也难怪，新街坊新面孔，

相互之间都不太熟。

顶多是在电梯里边见过面，

也不知道姓王还是姓刘。

寒暄几句转身走，

想交几个朋友都犯愁。

可也有相互串门的，

细打听，敢情这两家都养狗。

宠物成了中介，

让这两家成了好朋友。

这真是有缘千里来相会，

无缘对面狗接头。

一段佳话，一段风流，

一段变迁，一段春秋。

新生活新感受，

美好的回忆依然还在心留。

回想起当年大杂院，

邻里之间相互关照，

怎么能够让人不浮现心头热泪流。

虽说是当时环境差，

破屋子烂炕龙须沟。

但是大伙儿那个亲热劲儿，

热乎得像锅腊八粥。

谁家有事儿全都管，

就如同一家度春秋。

该帮忙时准帮忙，

该出手时准出手。

我这话大伙儿都有感受，

对不对您也鼓掌出出手。

鼓掌的全都没外人，

都是原先我院里的好朋友。

什么四哥五叔六老舅，

张姐二妹黑妞妞。

中间的那位是我大哥，

我二婶儿坐在紧后头。

旁边的那个是老七，

那位漂亮的姑娘我看不太清不太熟了。

咱们有缘今天来相会，

故友重逢，待会儿下台我请各位喝啤酒。

聊一聊，叙叙旧，

老街坊难得碰碰头。

忆往昔，家门外胡同口，

打扑克下棋羽毛球。

也不知大伙儿忘没忘，

咱院里有个王老头，

王大爷为人很直爽，

总是客客气气点点头。

老人家有句口头禅，

动不动爱说家里头有。

一下班我爱在院里摆小桌，

有时候喝点儿二锅头。

二愣子端盘儿毛豆，

小胖子拿盘儿酱牛肉。

小哥几个刚要喝，

打外边进来王老头。

我忙说王大爷您也过来凑一凑，

跟我们一块喝两口。

王大爷说不不不，

你们喝你们喝家里头有。

这个说您喝两口啊，

不不不，家里头有。

那个说您喝两口啊，

不不不，家里头有。

您听听王大爷就是这么客气，

那人缘在咱们院里属他为首。

我们家旁边是二愣子，

新娶的媳妇儿叫绣球。

姑娘长得特漂亮，

一双大眼透着温柔。

小两口还在蜜月里呢，

有一天二愣子出差去了杭州。

这一天他高兴赶回家，

一进门扔下了箱子看绣球。

二愣子不愧二愣子，

上前就把他媳妇搂。

也难怪，人家两人还新婚，

人之常情连亲带吻蜜里调油。

小两口亲得正带劲儿，

门一响打外边进来王老头。

王大爷手里端着馅饼，

满面春风乐悠悠。

进门一看这个情景，

赶紧低头把眼揉。

假装什么也没看见，

心里突突直颤悠。

忙把馅饼桌上放，

转过身形就要走。

二愣子当时更干脆，

噌的一下儿撒开手。

一时不知说什么好了，

哆哩哆嗦拉着绣球。

那什么王大爷，

您来两口啊，不不不家里头有。

第五十七段　庸医开诊

唱快板的都不挣钱，

您甭看他上台是个演员。

瞧着穿戴打扮倒是挺帅，

其实他，每月到手才几十元。

不是咱把他看不起，

论挣钱我拔根汗毛比他们挣的都顸。

现如今改革开放大发展，

抓住了时机赶紧地干。

各路的朋友快下手，

谁有能耐谁挣钱。

哎，这话可不是我这么说，

我们街道，有一位庸医他这么谈。

这位大夫姓贾，今年五十多岁，

人送他个外号贾神仙。

这个人的社会经验很丰富，

称得上时髦的有江湖手段。

八面玲珑会说话，

能聊善讲，您就别提他多么能侃。

他曾经工作在县城兽医站，

为了多挣钱，辞掉了职务搞单干。

后来他就改了行，

专门给患者来诊断。

别人瞧不了的他敢瞧，

别人看不了的他敢看。

手术开刀敢下手，

针刺麻醉就更甭谈了。

他自己开了一个门诊所，

起名就叫综合小医院。

嘿！开业的那天才热闹呢，

亲朋好友闹声喧。

第五十七段　庸医开诊

各界的人士都来到，

这下可就乐坏了贾神仙。

您看他，笑哈哈地门前站，

神气十足不一般。

鼻梁上的眼镜法国进口，

18K金的眼镜眯缝着三角眼。

大背头抹得光又亮，

雪白的大褂身上穿。

手托着下巴面带笑，

神态透着那么傲然。

只见他，冲着大伙儿点了点头，

装腔作势把话言。

"诸位先生、女士，

各界的朋友们，

感谢大家的光临，

来庆贺我这综合小医院。"

那位说了："贾神仙说话怎么这味儿呀！"

另一位回声道："啊！他就会这么两句装洋蒜！"

"朋友们，从今天起，

我这个买卖就算开业了，

处处给大家行方便。

今天这个日子不寻常，

它的意义伟大又深远。

为什么非要选今天呢？

据说是，白求恩大夫的本命年。

为了纪念我们老白，

所以我今天这么办。

朋友们，在当前党的经济路线指引下，

人民的生活得到了改善。

发家致富走正路，

人们受穷的日子一去不复返了。

过去呢，谁家最穷谁就最苦命，

谁穿得最破谁勤俭。

破衣烂衫是贫农，

娶不上媳妇的是好汉。

老光棍都叫独生子，

五六十的没家眷。

还不说他没钱娶不起，

愣说他是，控制人口晚婚晚育的好模范。

好啦！今天我就不多讲了，

下面就详细地谈一谈。

为什么叫综合小医院，

综合这二字诸多内涵。

我是一三五瞧牲口，

二四六看病患。

星期天人和牲口一块看，

大家把时间要记好。

若不然，出了乱子就麻烦了。

有病没病大胆来，

我最早就在兽医站。

我专治小猫不拉屎，

能治小狗把眼翻。

骡子来了能挂掌，

劁猪我最有经验。

另外呢，我这里白天是医院，

晚间开旅馆。

凌晨卖早点，

油饼炸糕和花卷。

另外还设了个小卖部，

处处给患者提方便。

经营的范围比较广，

有副食百货日杂和家电。

冰激凌，丝绸缎，

毛绒袜子葱姜蒜。

连衣裙，大铁铲。

白菜皮鞋大案板，

耳挖勺，铡药刀。

啤酒汽水鸡毛掸，

虾米皮，老鸭蛋。

咸菜疙瘩方便面。

牙刷尿盒大饭碗，

娘姑们穿的小三点。"

您听听，狗戴嚼子瞎胡咧咧，

哪不挨哪胡乱侃。

"好啦！今天我就说到这儿啦，

下面请大家随便地看一看。

两边是广告，中间是对联。"

说到这儿，贾神仙用手这么一指，

呼啦啦，大家伙过来忙围观。

见上联写：妙手回春胜华佗，

下联配：药到病除赛灵丹，

横批：笑的晚会，

嘿，您说他这对子多新鲜。

当时有人看不懂，

悄悄地就问贾神仙。

他倒说："看不懂你就看不懂吧，

那说明你的墨水浅。

你想一想，谁家有病人谁不急，

谁遇上瘫子谁不烦。

他到这儿来我把他给治好了，

治好了病人那能不喜欢。

到晚上，又说又笑看彩电，

是不是笑得晚会，还是欢乐的白天。"

嘿，您听他多么会解释吧，

满盘子满碗的挺周全。

您往这边瞧，药材广告写得好，

丸散高丹样样全。

大松丸，小松丸，

胖大海，滴溜圆，

狗皮膏药贴伤寒。

嘿！您往这边瞧，有一块木牌墙上挂，

一行行的大字夺人眼。

上面写着，本人主治范围广，

三代明医祖上传。

各种偏方治大病，

气功疗法赛神仙。

中西结合医术高，

实行三保保安全。

瘸子拐子半身瘫，

小儿麻痹青光眼。

头疼抽风胃痉挛，

脚气感染牛皮癣。

水肿气胀肠道炎，

烧伤烫伤筋骨断。

第五十七段　庸医开诊

感冒喉癌血管癌，男子肾亏近视眼，

妇女不孕子宫寒。

您瞧瞧，他这广告多厉害？

大家千万别受骗。

您要问他后来怎么样，

法院把他判了三年。

第五十八段　北京的桥

伟大的首都景色娇，

风光秀丽彩虹飘。

咱们古都风华展新貌，

千姿百态，北京处处架金桥！

要说桥，尽说桥，

我今天专唱"北京的桥"。

自古来，燕京的八景配彩桥，

古老的传说人知晓。

"琼岛春阴"在北海，

碧水之中有石桥。

中南海，太液池边东西的大桥，

您站在桥上就能把皇家的园林瞧，

颐和园，驰名中外传天下，

那最有名的就是十七孔桥，

汉白玉的栏杆雕刻巧，

它显示了我们中华民族智慧高！

过了桥就是龙王庙，

乘船往西，西堤有座罗锅桥。

这桥罗得可太厉害了，

不知道是不是刘罗锅给出的招儿？

京塘公路有个马驹桥，

京西西南卢沟桥。

卢沟桥，十一个孔，

建筑精美成就高。

马可波罗写游记，

把石桥的壮观来画描。

乾隆皇帝提御笔：

"卢沟晓月"四个大字美名标。

据传说啊，卢沟桥的狮子没有数，

其实这个说法不确凿。

据我所知：一共有四百八十五个，

您要不信，就亲自到那儿数一遭。

在什刹海，有个银锭桥，

正对着鼓楼后门桥。

天安门前金水桥，

把历史的变迁全看着！

前门外，老天桥，

如今连踪影都找不着了。

北京的桥数不清，

城里城外到处是桥。

什么东坝桥，西坝桥，

亮马河畔亮马桥，

六里桥，八里桥，

红桥白桥酒仙桥……

忆往昔，

这样的小桥、旧桥可真不少。

看今朝，

它们穿锦衣，披彩袍，

赛那银河落凡间。

近几年，首都的变化可真不小，

东西南北中，建起了一座一座的立交桥。

提旧桥，赞新桥，

说新桥，唱新桥，

边说边唱边看桥。

咱不妨，走出剧场去"瞧桥"。

站在桥上瞧一瞧，

我跟大伙儿聊一聊。

聊一聊，瞧一瞧，

咱们二环、三环走一遭。

奔德胜门，上立交桥，

嚯！上下穿梭车不少。

在早先，这个地方有条护城河，

护城河上架破桥。

桥体木结构，

如同软皮条。

汽车这么一过，

忽悠直颤悠。

坑洼路不平，

桥面窄又小。

车带风声起。

尘土刮老高。

到了下工时，

那可不得了，

车马难行走，

上桥就堵道。

一堵一大串，

全都紧挨着。

回也回不去，

走也走不了。

且等着交通警察来疏导，

若不然呢，谁到这儿也得干瞧着！

那位说了，"这些你怎么全知道哇？"

回道："啊……我打小就这儿长大的，

我还常到桥下去洗澡呢！

哎，如今的德胜门可是全变了，

门楼儿前面就是立交！"

出德胜门是马甸桥，

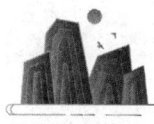

前方安慧桥，紧接立水桥。

往右拐是安华桥，安贞桥，

往左是彩虹飞舞的太平庄大桥！

向那边看，是通往亚运村的过街桥，

嘿，这座桥有气派，

它是咱们亚洲一流的桥。

您要出国奔机场，

必经之道——三元桥，

还要路过四元桥。

三元桥，四元桥，

三元四元紧挨着。

咱再往南走是大北窑，

大北窑平地起大桥。

自行车三轮走桥下，

那汽车才能桥上跑！

您看这儿，是建国桥，

前面就是东便门桥。

广渠门，光明桥，

刘家窑，玉蜓桥，

玉蜓桥，分外娇，

远看近看都窈窕。

不信您可以奔机场，

您坐飞机上往下瞧，

嗬！那感觉肯定特美好！

就好像蜻蜓展翅空中飘，

你是怎么看怎么觉着她建得妙！

还有复兴桥，阜城桥，

西直门外立交桥。

雍和宫，安定桥，

东四十条转盘桥。

哎，您快看！

天宁寺这座大桥多威武，

出类拔萃夺了金标！

建造它，那市政的工人汗水流了有多少？

昼夜奋战达旦通宵。

他们白天太阳晒，

晚上雨水浇，

汗水加雨水，

愣是不动摇！

夜晚睡工棚，

蚊叮带虫咬，

冷暖没个谱，

真是太疲劳了……

可是他们全不怕，

赤诚如火心比天高：

"为民来造福，

有啥受不了？

建设新北京，

俺要立功劳！"

哎，这座桥，上下螺旋来盘绕，

还特别爱跟人开玩笑呢！

我有一个外地的朋友来北京，

当时就上了这座桥。

刚一上桥就转了向了，

急得汗珠子一个劲儿地往下掉，

他上了桥，又下桥，

下了桥，又上桥，

东西南北找不着。

您说我这朋友多笨吧，

他绕了八圈儿愣没绕出这座桥！

哎，最后才绕到了菜户营，

嚯，菜户营上也架桥。

雄伟壮观气势宏大造型好，

蜿蜒起伏似波涛。

桥梁如玉带，

舒展八方飘。

胜瑶池，赛天娇，

犹如那月宫的嫦娥舞笛箫……

玉带飘过南厢道，

接通了东西两厢桥。

出二环，咱往西绕，

再上三环瞧一瞧……

东三环，农展桥，燕莎桥，

西三环，六里桥，紫竹桥，

公主坟，环形岛，

新建的大桥彩旗飘。

第五十八段 北京的桥

再往北，北京电视台门口也有桥，

大桥贯南北，台塔入云霄……

这座桥设计得巧，

精心绘制，不低也不高。

衬托着咱们的"BTV"，

交相辉映得那么协调。

眼下是二环三环汽车跑，

到将来，四环五环六环七环更是不得了！

朋友们，跟我一同回剧场吧，

再听我唱段绕口令，说的还是桥。

这些桥各式各样不一般，

八仙过海棋高一招。

你看那：

桥上桥，桥下桥，

桥下桥，桥上桥，

桥上桥下桥连桥；

桥连桥，桥挨桥，

桥挨桥，桥靠桥，

桥挨桥靠桥搭桥；

桥搭桥，桥通桥，

桥通桥，桥连桥，

桥连桥上桥并桥；

桥上桥，桥上汽车跑得快，

桥下桥，桥下汽车加油跑；

桥上桥，桥上不堵桥下道，

桥下桥，桥下跟桥上挨不着。

四通八达织成了网，

如锦缎，似丝绦，

千年万年牢又牢。

雄伟的桥，壮观的桥，

美丽的桥，新颖的桥，

敦实的桥，辉煌的桥，

长桥、短桥、高桥、矮桥、圆桥、拱桥……

纵横交错立交桥，

万古流芳美名标！

第五十九段　黑姑娘

太阳爬过了东山头，

小两口，上场就把这个黑豆收。

黑妈妈坐月子，养活一个黑丫头。

黑姑娘生来真不丑，

起了个乳名叫黑妞。

二岁三岁扶着墙角把路走，

五岁就会爬墙头，

七岁八岁学外语，

学会了那ＡＢＣＤＥ，

十一岁十二岁玩电脑，

上网打字，噼里啪啦那叫个熟。

您要问她的俩手怎么这么溜，

那是呀！她在微软公司进过修，

管比尔·盖茨还叫老舅。

您别看黑妞是博士后，

她决心不离黑山沟。

要把青春献给党，

让美丽的家乡更上一层楼。

眼下她承包了一个果园，

今天她又要到果园搞研究。

穿这一身黑裤褂儿，

头上边的青丝黑黝黝。

一双大眼黑又亮，

让人一看把魂丢。

走过了三里黑沙道，

路过一条黑水沟。

有一对黑鸭来回浮，

好似小船荡荡悠悠。

您要问黑水哪里来？

是因为在这村旁有座黑山头。

第五十九段　黑姑娘

黑山头下有座黑煤矿，

这矿的历史可太悠久了。

您要问这矿多少年了？

多少年倒是没考究，

反正张飞在这摇过煤球。

眼下这矿可大变样啦，

现代化的企业第一流。

时代的形象披锦绣，

多姿多彩把人勾。

黑姑娘正观路旁景，

怎么那么巧，矿区来了一个黑小黑不溜秋。

这黑小别提有多帅了，

黑中透亮，亮中透黑，

又黑又亮，又亮又黑，

又酷又呆还又风流。

二十来岁气质好，

身体强壮赛犍牛。

胸脯子一蹦疙瘩肉，

一攥拳，健美赛就得拿头筹。

这俩人当时一照面，

那眼睛全都不够瞅。

黑妞不住地看黑小，

黑小子也不住把黑妞瞅。

看得黑妞红了脸，

瞧得黑小转身溜。

从此后，黑妞回家想黑小，

黑小回家也想黑妞。

这一日，他们又见面了，

有心说话又害羞。

黑小拿出黑名片，

递到黑妞的手里头。

黑姑娘接过来这么一看，

嗬！却原来(是××××)的黑大牛。

黑姑娘暗暗把头点，

黑小子美得直晃悠。

他还一个劲地直跳黑非洲，

打这天起，两人的电话就不断了，

电话费 1999（元）！

您要问聊的是什么内容，

我不说，在座的比我有感受。

今天他们两人又通话，

声音清脆带动抖。

"喂——黑牛哥，哥黑牛，

我是你的黑妞妞，

我想你，我爱你，

我喜欢你这个黑不溜秋，

你黑得美，你黑得酷，

你黑得让人想不够，

你人虽黑，心可红，

又善良，又忠厚，

黑了吧唧的那么淳朴，

矿工的风采一展风流，

诗词歌赋我不会，

我也不知如何夸你黑大牛，

我只知道，如果没有你们的身上黑，

那光明又向何处求，

你头上的矿灯那么亮，

照晕了我这个黑妞妞，

我告诉你吧，你矿灯照哪儿我在哪儿，

我永远伴你天长地久，

你的工作虽然很平凡，

平凡中的伟大我能看透，

你伟大，你光荣，

我自豪骄傲涌心头，

你看一看，乌金墨玉赞美了你，

你听一听，我心中的浪花为你奔流，

坑道里洒满了你的汗水，

可你光芒照亮了五大洲，

你用辛苦换来了不夜天，

你是璀璨的明珠照环球，

看眼下，旁人都纷纷找大款，

哪怕比爹还大的一个老头儿，

第五十九段　黑姑娘

追时髦，赶潮流，

装模作样得酸溜溜，

黑妞我就不这么看，

幸福不在这里头，

我就爱你这黑小子，

我就爱你这黑不溜秋，

你比煤还黑我都爱，

矿工的恋人就这么轴！

哎，黑牛哥你听着了吗？

我是你的黑妞妞，

你在井下干活可多注意啊，

安全生产记心头，

咱矿就讲一个严，

你要事事处处起带头，

发现危险就赶快跑……不是……赶快找，

找到了隐患查缘由，

安全第一要记牢，

别忘了吻你的黑妞妞，拜拜——"

这电话打了仨钟头。

大喜的日子终于到了，

全矿的人都知道黑小娶黑妞。

娶亲不用花红与彩轿，

也不见奥迪奔驰和赛欧。

婚事新办，移风易俗徒步走，

一辆大车套黑牛。

黑小子手里拿黑鞭杆，

黑牛戴着黑笼头。

黑小子赶车来得快，

来到了黑妞家里头。

黑妞就把黑车上，

上了黑车转家走。

黑小子赶车那叫个爽，

转眼间来到了自家大门口。

黑妞就把黑车下，

摇摇摆摆走进了矿山小黑洋楼。

黑妞抬头用眼看，

第五十九段　黑姑娘

黑椽子，黑檩，黑木头，

黑窗帘儿，黑花绣，

黑地毯来自阿联酋。

黑沙发，宽又厚，

意大利的真皮黑黝黝。

黑衣柜，黑拉手，

黑彩电本是大背头。

黑桌子，黑椅子，黑板凳，

黑盆，黑碗，黑擀面轴。

转头又往床上看，

黑被窝，黑褥子，黑枕头。

典礼开始放鞭炮，

儿童们纷纷飞彩球。

乐队奏响了结婚曲，

乐队可称高一筹。

请的是，煤矿文工团的小乐队，

吹打弹拉放歌喉。

他们的演出算祝贺，

团长就没要报酬。

因为咱们都是一家人，

说别的全都没理由。

一家人不说两家话，

有事您说不用求。

大家共举甜蜜酒，

祝他们美满到白头。

天下的矿工人人爱，

黑哥们儿永远展风流。

第五十九段　黑姑娘

第六十段　闯王斩堂弟

说的是，崇祯皇帝太腐败，

普天下，黎民百姓遭祸灾。

农民们，揭竿而起占山寨，

他们奋起反抗志不衰。

单说那义军首领李自成，

为了推翻明王朝，立闯旗，为大帅。

闯潼关，破重围，商洛山扎营寨，

赈济百姓明立军法，待等将来！

这一天，闯王骑着他的乌龙驹，

到校军场，观看将士们把兵排。

路途中，边走边想心烦闷，

据说是，在那义军中，竟敢有人把军纪来破坏！

张家湾，良家民女遭污辱，

到现在，这作案之人未曾查出来。

我常说，军为鱼民为水，

有鱼无水鱼难在。

我也曾，三令五申把军纪讲，

为什么，还有歹徒这样坏？

正沉思，忽听见校军场内杀声起，

人喊马嘶震山捱。

但则见，刀枪剑戟似麻林，

斧钺钩叉放光彩。

这边瞧，对对的双刀齐挥舞，

那边看，条条的花枪刺盾牌。

这边有，拐子流星对哨棒，

那边是，张张的弓箭满拉开。

校场中，有一员小将正刺枪，

他的动作敏捷透着那么帅。

上刺青天，插花盖顶，

下刺盘龙入大海。

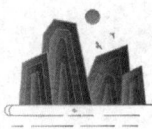

这支枪，只练得风不进来雨不透，

校场内将士们齐喝彩。

您若问，这员小将他是哪一个，

他正是，闯王的堂弟李洪恩，人称十二帅。

闯王从心眼里边喜爱他，

翻身下马，朝着洪恩走过来。

洪恩一见二哥闯王到，

收枪停步，走上前去躬身拜。

闯王说："恩子，你教枪法怎么样啦？

抓紧时间可要快！"

洪恩的神色很紧张，

支支吾吾特别不自在。

"二……二哥，您……您放心吧，

两个月，定叫弟兄们，把杀敌本领练出来。"

正说着，有个亲兵下马禀大帅。

"启禀大帅，总帅刘爷请您去一趟。"

"噢？什么事呀？"

"回大帅，刘爷说，把昨晚张家湾之事跟您说明白。"

"嗯！我知道了，回去告诉你们刘爷，

说我随后就到！"

"是！"

这亲兵上马转身走，

李闯王又把洪恩的肩膀拍。

"恩子，你带着弟兄们好好练吧！"

"哎！明白！明白！我全明白！"

李闯王，认蹬扳鞍上了乌龙驹，

把缰绳轻轻这么一带。

嚯，这匹马，两条前腿腾空起，

打了一个响鼻，四蹄蹬开，翻蹄亮掌，鬃毛乱乍，

直奔那老营荡尘埃。

闯王坐在马上心暗想，

嗯？就觉得刚才洪恩的表情有点怪。

他情绪紧张不对头，

说话也结结巴巴的不自在。

莫非说，张家湾之事就有他吗？

李闯王，唰！一身冷汗透胸怀，

他极力压制自己的感情，

不，不能！他不敢，别胡猜！

573

正思索，就觉得乌龙宝马走得慢，

抬头看，前面已然到了营寨。

李闯王，甩蹬离鞍，下马朝里走，

见大将刘宗敏，由帷帐中走出来。

"宗敏啊，昨晚之事查出来啦？"

宗敏说："对！正为此事请大帅。"

"哦？这件事到底是谁干的？"

刘宗敏吞吞吐吐把口开。

"是……是洪……"

"谁？！"

"是洪恩！"

"啊——！"

闯王闻言就是一愣，

喀啦啦，就如同晴空霹雳震天外。

口内的钢牙嘎支支地响，

紫铜脸当时全气白了。

宗敏说："昨天晚上是这么回事，

有陈魁、洪恩、李路、刘大才。

据审问，陈魁这小子是个主谋，

带领他们三人出了营寨。

到张家湾，村里一个百姓家，

把穷家的姐妹来迫害。"

闯王闻听点了点头，

紧皱双眉怒火填胸怀。

暗说道，洪恩啊，

你怎能做出这样的事？

看起来，你不是我们穷家的好后代。

军纪法规我一讲再讲，

不准把百姓来伤害。

你目无军纪应该斩首，

可要杀了你，我对我的婶娘如何去交代？

如不斩，岂不就是因亲废了军法，

将士们一定会说出闲话来！

想到这儿，说："宗敏啊，洪恩在你的帐下，就由你决定吧，

违犯了军纪一概制裁。"

闯王说罢把身转过去，

刘宗敏心里很明白。

第六十段 闯王斩堂弟

他知道，自打自成一起义，

家族里，大部分亲人已不在。

现如今，只剩下他们爷三个，

洪恩就是其中最小的一个，他是特别受宠爱。

他知道，李自成不忍心把李洪恩斩，

是吗？这一个李字又怎么能分得开。

想到这儿，说："自成啊，我看这事还是由你来决定吧，

依我说，还是把洪恩留下来。"

"什么？留下来？"

"啊！"

"是我的兄弟，就该留下，

今后别人再犯又该怎么对待？"

"这——"

"这！这件事百姓们都知道，

如不斩，咱们在商洛还怎么待？

宗敏啊，你的意思我明白，

十二之事，我能够自己来对待。

你现在马上派人去，

把他们几个全抓来。

明天我亲自升大帐，

审讯明白，斩首示众，

谁要是再犯，我看他们都长几个脑袋！"

闯王说罢一声不响回了后帐，

心如乱麻难解开。

这一夜，他翻来覆去睡不着觉，

历历往事盘旋在脑海。

他回想起，我们李家受的苦，

当牛做马难把头抬。

自从我五叔，被官吏给逼死，

我的五婶娘，只能守着十二这根柴。

那时候，我给举人家里当长工，

吃不饱穿不暖，饥饿难挨。

我还记得，那年冬天一个晚上，

寒风呼啸……大雪皑皑。

我收工回来发现少了一只羊，

当时就把我给吓坏。

我赶紧回山去寻找，

第六十段　闯王斩堂弟

大半宿也没找回来。

我不敢回去怕挨打，

躲进一个山洞里，不敢出来。

到了后半夜，忽听见有人把我叫，

喊着我小名黄来儿啊！黄来黄来！

我赶紧出洞这么一看，

呀！见灯笼火把一排排。

原来是，五婶娘带人把我找，

她浑身上下似雪埋。

破烂的衣服不遮暖，

蓬散着头发脸苍白。

我一看，咽喉哽塞，心如刀绞，

"哇"的一声，我一头往她怀里栽。

五婶娘紧紧地搂着我，

串串的泪珠滚下来。

她浑身打颤说不出话，

好半天才把手松开。

从那时起，十几年后我被逼造了反，

把高闯王的大旗接过来。

我还记得，起义出征的那一天，

五婶娘两鬓已斑白。

她对我说："自成啊！婶娘我从年轻守寡可不易啊！

总算把恩子拉扯成了人才。

现如今，我把这独苗交给你吧，

今后他是好是坏由你来栽排。"

闯王再也想不下去，

珠泪滚滚挂满腮。

就好像千金的重石压在头上，

万把的钢刀刺胸怀。

这一夜，他此起彼伏心情乱，

直到东方破晓出现鱼肚白。

闯王急忙升了大帐，

呼啦啦，满营的将官走进来。

个个双眼含热泪，

给洪恩求情拜大帅。

李闯王，吩咐一声："众将忙请起！

把十二给我押上来。"

小校闻言不怠慢，

啪嚓嚓！把十二就往地下摔。

十二说："二哥！千不对，万不对，是兄弟我不对，

千不该，万不该，是兄弟我不该。

我不该给咱们李家现了眼，

我不该砸了闯字牌。

我是被人拉拢受了害，

望二哥宽容把手抬。

小弟从此再不敢了，

再犯此罪，千刀万剐也应该。"

闯王闻说面沉如水，

啪嚓嚓就把桌案拍。

说："你住口！说什么受害不受害，

说什么应该不应该。

说什么现眼不现眼，

说什么砸牌不砸牌。

你也知现了李家眼，

你也知砸了闯字牌。

你让我当堂把你赦，

你让我当众把手抬。

如果别人犯了此罪，

今天我可以不制裁。

皆因为，你是我的堂兄弟，

不斩你，这几万义军我怎么带。

今后这军纪法规还存在不存在。"

吩咐声："刀斧手！把十二给我推出去，

营门以外把头摘。"

众将闻言忙跪倒，

给洪恩求情拜大帅。

见秀说："啊，李哥！不不，大帅！

你就饶他这一回吧，

让十二戴罪立功，

杀场之上把错改。

能不斩，就不斩，

何况你们又是亲叔伯。

再者说，据刘爷审问这事不能怪洪恩，

都赖那陈魁小子坏。

依我说，把陈魁给杀了吧，

剩下的每人，打他二百皮鞭严制裁。"

第六十段　闯王斩堂弟

581

老神仙尚炯忙插话，

"呃，这个见秀说得很实在。

俗话说，千军容易得，一将最难求，

十二他是一个好将才。

要念他，自幼丧父多寒苦，

要念他，寡母孤儿把饿挨。

要念他，十五岁就随军起了义，

要念他，撇母从军跟你来。

他曾经，战场杀敌多英勇，

他曾经，孤胆闯阵枪挑连营寨。

他曾经，斩将擎旗身挂彩，

他曾经，追奔敌人血染尘埃。

重阳城，敌箭如雨他飞身入，

西番地，刀枪如林杀进来。

为义军，渴饮刀头名将血，

为义军，睡卧马鞍不解带。

为义军，甲挂冰凌不觉冷，

为义军，何惧酷暑热难挨。

我几次死里得生把他救，

我舍不得，咱们义军失此栋梁才。

闯王啊，念他的功劳大于过，

请念我，年迈求情体力衰。

自成啊，看在我们大家的面上，

就饶他这一回吧，

以后他再犯，甭说求情，我连来都不来了！"

众将纷纷齐请求，

李洪恩泣不成声朝上拜，

"二哥呀，还记得起义出征的那一天吗？

我娘跟你有交代，

老人家把我交给你，

是好是坏你安排！

今天我做错了这件事，

你怎么能够一点儿情面没有，推出营门就把刀开？"

闯王闻说："你，你，你住口！

今天我要是不杀你，

今后我怎么执掌这个将台？

如果我要是杀了你，

嗜，对不起，白发苍苍的老太太。"

想罢多时，斩！

小校把十二架起来，

推推搡搡朝外走。

李闯王，又吩咐一声：

"把十二给我召……召……召回来！"

十二上前忙跪倒，

"多谢二哥把手抬。"

"不……不是为兄不斩你，

我把今后的事情跟你说明白。

老娘之事你放心，

我自己全都有安排。

她活着我奉养，死了我送终，

顶丧架灵我亲手把她埋！"

说到这儿，大喝一声：推出去！

李闯王，唰！泪如雨下把胸襟盖。

这就是，闯王挥泪斩堂弟，

大义灭亲把军纪法规树起来。

从此后，全军上下军纪更严明，

深受百姓拥护和爱戴。

到后来，直至推翻明王朝，

李自成，浩气长存传万代！

第六十一段　道与德

天地间，美丽的东方有个中国，

立世界之林了不得。

五千年的文化多悠久，

代代的美德在传播。

这个德字对人可太重要啦，

没有它，咱们大家谁也甭想活。

没有德就没有一切，

没有德，人类的繁衍不好说，

没有德就没有现在，

没有德，哪来的 China 叫中国。

伟大的中华了不起，

就因为世代有美德，咱们这个民族更可歌。

我跟在座的朋友们都不错，

皆因是各位有美德。

这话为什么这么讲啊，

我一说大家便明白。

有德之人看得出来，

脸上全都放光泽。

不信您互相看一看，

容光焕发把眼夺。

亮亮堂堂的都四射，

欻欻欻地紧晃我，

这不证明全都有美德。

其实快板的素材多得很，

干吗非把德字来选择。

实不相瞒，因我感觉当前眼下不那么妙，

社会上，好多的现象没道德。

没道德，没公德，

何谈做人有人格。

不是为钱，就是为我，

还管道德不道德。

道德它能换饭吃，

道德它能娶老婆？

这德那德我管不着，

有钱能使鬼推磨。

您听听，视法律而不顾，

还讲什么道德不道德。

古人云：人之初，性本善，

善可行，恶莫作。

百善孝当先，淫能引万恶咱们当记着。

古圣贤，是楷模，

弟子规，必修课。

中庸之道是根本，

大自然的规律永不错。

传统的教育不能忘，

四书五经，它的中心思想都是讲道德。

何为德，哪为道，

哪为道，何为德。

有德才上道，上道必有德。

第六十一段　道与德

587

道德道德，您把它倒过来才称您有道德。

人有道德精神爽，

人有道德更快活。

自古以来，中国人爱德有独钟，

连起个名字都带德。

三国里，有个曹操名叫曹孟德，

三结义，姓张名飞字翼德。

大刀关羽关云长，

他的大哥刘备刘玄德。

水浒里，宋江的管家叫宋德，

杨家将，七郎八虎杨延德。

陶三春，拦驾的本是高怀德，

红楼梦，刘姥姥走进了大观园，她当时美得可了不得。

现如今，外国人对德都喜爱，

给孩子起名格尔德。

这个德字无处不展现，

有德无德看生活。

在当下，今天的社会不是缺钱，

也不缺宝马奔驰依维柯。

大厦富豪都不缺，缺的是，

百姓们常说的那个缺德。

缺的是做人没信仰，

缺的是道义上的好楷模。

您去瞧，贪官污吏皆可见，

党纪国法一旁搁。

以次充好冒牌货，

伪劣造假遍全国。

保健品都是土豆做，

地沟油也能上餐桌。

保不保健的先不饿，

比吃俩窝头强得多。

做人办事无诚信，

承诺当成笑话说。

签了合同也没用，

公章本是萝卜刻。

人去楼空时常见，

坑蒙拐骗起风波。

敲诈勒索无人性，

溜门撬锁不闲着。

拦路抢劫砸明火，

顺手牵羊把包夺。

醉酒驾车忙逃逸，

管警察叔叔叫大哥，

见义勇为先害怕，

搀扶老人又怕讹。

网上聊天被骗色，

王二姐思忖不敢说。

还有失恋的小伙子，

哭着喊着的"她不爱我，我不活"。

瞅你那份儿傻德行，

为个女人值得不值得。

更有甚者，兄弟姐妹分财产，

啃老族打爹骂娘要存折。

你老这个，老那个，

老不死的老活着。

老东西你听着，

快给我买房买汽车。

你要是胆敢说不字，

我不叫你爹叫八格。

这位学日语准不错，

良心的，大大的，坏了坏了。

父母的恩情何所在，

是谁把我们养育活。

有道是，人做事，天在看，

造什么因就结什么果。

俗话说，老猫房梁上睡一辈传一辈，

您可别忘了，我们儿女都在模仿着。

您听我刚才那些话，

道德该向谁去说。

难道该扪心不自问，

人生的价值，值不值我们大家细揣摩。

这样下去还了得，

我们对不起我们这个民族叫中国。

咱们思一思，考一考，

我们肩负的重担与职责。

圣人曰：子不教，父之过，

第六十一段　道与德

教不严，师之惰。

应以身示范做表率，

让别人为你唱赞歌。

你巍巍昆仑山，

你滔滔黄河水。

你既是龙传人，

你就该讲道德。

你甭管哪国跟哪国，

全世界你是大拇哥。

知恩感恩要报恩，

报答父母爱祖国。

滴水之恩涌泉报，

方才是华夏儿女的优秀美德。

讲孝道，重情义，

重情讲义，光明磊落，大气磅礴。

现如今，咱们国家兴旺正腾飞，

日新月异奏凯歌。

为圆好咱们的中国梦，

我们今天更要讲道德。

让我们的德行促发展，

让我们的文明显人格。

让我们的爱国化敬业，

让我们的诚信无二说。

让我们的法制更健全，

让我们的友善暖心窝。

让我们的自由都平等，

让我们的雷锋多又多。

让我们的自私全消灭，

让我们的爱心全盘托。

让我们的信念更坚定，

让我们的今天闪光泽。

让祖国更富强，

让社会更协和。

让家庭多欢乐，

让繁荣舞婆娑。

让北京更出色，

让万民唱欢歌。

让生活更多彩，

让我们的美德永传播。

第六十一段　道与德

第六十二段　名车谱

慢打竹板乐呵呵，

汽车的历史了不得。

源远流长多悠久，

简简单单说几个。

世界上第一辆汽车谁制作？

它的产地据说在德国。

车名用人名来命名，

都唤它奔驰戴姆勒。

英国女皇曾经坐过奥斯汀，

乐的她是一宿没能够把眼合。

英国的劳斯莱斯连续驰骋几万里，

那质量，连一个螺丝都没坏过。

世界上数它最昂贵，

因为是手工来制作。

在清朝，李鸿章为讨慈禧的好，

从德国给她买回来一辆车。

这辆车就是，我刚才说的奔驰戴姆勒，

当时又唤它，梅赛德斯本茨房车。

就这辆车，慈禧太后还不爱坐，

他说这个设计不合格。

"小李子！"啊？"

"司机不能在我的前边坐，

坐在前面的应该是我。

再说他也不能坐着开，

在我面前必须得跪着。"

您想想外国的司机跪着开，

太后什么都不懂得。

再说，那跪着也没法踩油门，

还得腾出手来按离合，您说缺德不缺德。

就这辆车，还是蝎子拉屎独一份儿，

现如今，世界上仅存的，最早最老的一辆老的奔驰车。

汽车是一代接一代，

普及了世界各大国。

英国，法国，意大利，

美国，德国，俄罗斯。

日本，瑞典，比利时，

澳大利亚，新加坡。

西班牙，摩洛哥，

挪威，丹麦与韩国。

汽车是越来越先进，

名牌车争奇斗艳是风格。

各国的汽车有特点，

都与本国的交通风情相结合。

美国人大部分喜欢雪佛莱，

他对中档阶层很适合。

法国人爱坐雪铁龙，

车的底座一吨多。

日本人有山必有路，

有路必有丰田车。

英国的青年爱莲花，

男女恋爱的小轿车。

意大利的小伙儿愿比赛，

法拉利是跑车把冠军夺。

美国的军人爱吉普，

部队的战士爱坦克。

德国的军官坐敞篷，

风度讲究有气魄。

撇着大嘴瞪着眼，

大壳帽一旁歪歪着。

派头简直了不得，

有一回，我大爷往这车上坐了坐，

一伸手，还讽刺了一回希特勒。

看今朝，世界的汽车发展快，

咱们中国也努力在拼搏。

生活是越来越美好，

越好就越想有汽车。

现如今，小轿车逐步进入了家庭里，

给您的生活带来了温馨与欢乐。

第六十二段　名车谱

您想想一家大小车上坐，

又方便来又乐呵。

丈夫前边开，

夫人旁边坐，

孩子后边瞎玩着。

您再打开录音机，

想听什么听什么，

不怕风不怕雨，

不怕冷不怕热。

瞧公公，看婆婆，

送个人，拉个货。

你想怎么着就怎么着。

咱们首都二环三环多宽阔，

立交桥上下几层跑汽车。

您站在大桥扶栏望，

各种车都打眼过。

您快瞧，莫斯科人伏尔加，

这几辆可都是俄罗斯的车。

吉尔吉姆外观好，

扎斯嘎斯也了不得。

胜利吉斯也不慢，

拉达红旗后跟着。

想当初苏联的斯大林送给了毛主席一辆吉斯，

现在它还展览在军博。

看，奔驰奥迪开过来了，

嗖嗖嗖地快如梭。

后边是一辆公爵王，

是个美丽的小姐驾驶着。

常言说的可不假，

瘸驴配破磨，

美人开好车。

后边是大众捷达高尔夫，

德国的宝马银灰色。

您抬头看桥上边儿有辆泰拖拉，

伊卡路斯紧跟着。

什么斯柯达柯罗沙，

这几辆可都是捷克的车。

还有布捷齐，美洲豹，

奥斯汀"嗖"地一下超车过。

打正面又来了美国的林肯帆船普林帽，

捷密西的前边是万国。

威利斯吉普斯托拜克，

切诺基福特正爬坡。

凯迪拉克显神威，

大灯一闪要超车。

就听喇叭一声响，

嘀嘀，它"噌"的一下看不着。

有一辆华沙20跟上来，

车型美观闪光泽。

波罗乃茨也不慢，

嗞嗞嗞地往前挪。

您再看韩国的现代和大宇，

一旁瑞典的沃尔沃。

法国的标志多漂亮，

合资的富康鲜红色。

雪铁龙车身擦地快又稳，

白茹飞腾似白鸽。

旁边小车也不软，

是126P的菲亚特。

意大利的进口来到中国，

这小土豆子太方便了，

有块地方就能搁。

玛莎拉蒂，依维柯，

时速可达二百八十多。

日本的汽车在加速，

一辆一辆穿桥过。

大发皇冠五十铃，

尼桑蓝鸟查利特。

三菱的轿车中小型，

对现代家庭很适合。

吉利尼达塔桑，

铃木富士和卡诺。

中国的车队赶上来了，

国产车现在了不得。

咱们中华民族最有志，

中国发展中国的车。

什么红旗东风大解放，

万山红枫叶与昌河。

一三〇，一二一，

北方金龙三口乐。

中外合资有奥迪，

小巧玲珑是奥拓。

三星和夏利，

面包车人人都爱坐。

说着说着面包车到了，

这辆小面包车，见缝就钻快如梭。

开车的是一个棒小伙，

浓眉大眼粗胳膊。

他左边闪，右边躲，

左躲右闪，透着灵活。

冷不丁突然来了火，

赶紧就往路边挪。

您要问这是怎么回事？

我琢磨可能是厂家活儿太糙，

它有的零件不合格。

汽车是一辆接一辆，

就如同盛开的鲜花千万朵。

名车云集北京城，

千车万车汇银河。

进口车，合资车，

国产车，出租车。

吉普车，敞篷车，

旅游车，大巴车。

长途车，运输车，

冷冻车，餐饮车。

传递车，面包车，

大客车，小货车。

大解放，大黄河，

大车小车越野车。

这个车，那个车，

如潮似涌车连车。

祝愿朋友多欢乐，

家家户户有汽车。

第六十三段　忏悔的心灵

咱们大家相聚就是个缘，

有缘才能够把心谈。

既然有缘就不是外人，

我把我的身世经历，不幸灾难，坎坷不平，

不隐不瞒，满盘子满碗往外端。

我干吗跟您这么介绍，

皆因是，我忏悔的心灵不平安。

再不跟各位聊一聊，

我得抑郁症，弄不好八成得去医院，

不见得看好咱。

也不知该从哪说起，

十八岁那年我进了牢监。

因打架斗殴，持刀伤人，

法庭宣判了我六年。

六年的狱中不好过，

真乃是度日如度年。

六年中，没有一个亲人来看我，

也没有一个电话把我传。

干脆说吧，连一只小鸟未曾见，

又有何许人也来探监。

也难怪，这世间我没什么亲人，

只有我和母亲相依为命度光年。

我小时候父亲死得早，

我妈守寡，含辛茹苦把我养大为我受熬煎。

其实我母亲挺好看的，

就为我，她把青春守护，忍耐寂寞，

耽误了她那一生美好的时间。

您说我怎么这么不争气，

高中毕了业，没上大学上了牢监。

妈妈不定多伤心呢，

不曾看我，理所当然。

是我让她寒了心，

让她满腹的希望化了灰烟。

记得刚入狱的第一年，

有一件毛线衣寄到了我的身边。

我一看，这是我母亲亲手织的，

一针一线那么熟悉入眼帘。

这一针针，一线线，

针针线线把我牵连。

这是母亲的泪水和血汗，

这毛线衣，为儿子获温暖，

她怎么能够不让我心酸如同刀割似刀剜。

您再瞧，前衣角上还绣着一朵梅花，

是那么醒目那么盎然。

记得小时候妈妈曾经讲，

一个人要像蜡梅那么抗寒。

再困再苦再艰难，

也要屹立挺拔在山岩。

梅花上还别着一张小纸条，

第六十三段　忏悔的心灵

607

上面写道：好好改造争取从宽。

妈老了还要指望你呢，

指望你把养老记心间。

看罢后，看得我这浑身直打颤，

看得我这泪水挂腮边。

往后的几年都如此，

每年一件，梅花依旧同样般。

我下定决心脱胎换骨，

努力改造，减刑释放提前整一年。

出狱的那天，我全部财产一个包裹，

五件毛线衣全都在里边。

那天的心情就甭说了，

风驰电掣箭离弦。

心急如焚往家赶，

我就恨不能噌的一下到家里，站在妈妈的面前。

可是谁想到，到了家一看傻了眼，

有一把大锁挂门前。

大锁已然生满了锈，

房顶上的草老高，歪倒在屋檐。

我透过门缝儿往里看，

满院的蓬蒿破烂不堪。

我赶紧跟街坊一打听，

才知道，我母亲走了大半年了。

好心的婶子对我讲，

还有一件毛线衣在她家里边。

是母亲临走托付她的，

让她帮忙冬天寄牢监。

天下的母爱太伟大了，

临走的人了，还把我这不孝之子挂心间。

大婶说，自打我那年一入狱，

妈妈就离开了家里边。

到爆竹厂内去打工，

替我偿还扎伤人的钱。

爆竹厂后来爆炸了，

祸不单行，那天我母亲正加班。

往后的后事就甭说了，

都是街坊四邻操办全。

带着我坟上看了看，

我脑子一片空白，默默无言望着苍天。

我再一想，是我害死了我母亲，

是我这坐牢的儿子，让她含悲撒手人寰。

她才四十多岁就不在了，

这四十多年，是多么的困苦多么的艰难。

越思越想越难过，

我一咬牙，一跺脚，离开这个家园。

全卖掉进城去打工，

俗话说眼不见，心不烦。

若不然，旧景重现，我怎么能够跳出这阴影方得安然。

进了城我便拼命干，

没几年开了个小餐馆。

生意兴隆真不错，

我娶妻生子日子甜。

要说这挣钱可不易，

我们夫妻，起早贪黑不拾闲。

天一亮蹬车去买菜，

把一天的货物采购全。

那天我们两人正洗碗，

咣当当，有一辆三轮倒在门前。

从车上摔下一个老太太，

看上去不够六十四也得七十三。

我们夫妻赶紧跑过去，

忙把这老人往馆里搀。

只见她，满头的白发风吹乱，

两眼无神，满面的疤痕木刻般。

背有点儿驼，腰有点儿弯，

透着尴尬还有点儿腼腆。

老人家自己挺好强，

挣扎着摆脱自己站。

一瘸一拐进了餐馆，

就这样腿脚还有残。

您说这老人多不易，

活在这世上真够难。

我赶紧给老人端碗面，

老太太看罢露笑颜。

边吃边笑边比划，

还是个哑巴，那意思问我多少钱。

我忙说一分都不要，

若不嫌弃，您天天到这儿来吃面，我保证不要钱。

老太太摇头忙示意，

我明白了，不白吃，

想给我们当一个采购员。

清晨买菜她负责，

还保证物美价又廉。

我们两口子高兴得不得了，

这老太太可给我们解了大难。

最起码不用再早起了，

蔬菜又好又新鲜。

您别看老人身有残，

可干什么全都抢在前。

日月如梭光阴快，

眨眼的工夫过两年。

两年相处特别好，

都说我们和睦家庭是模范。

其乐融融幸福美，

旁人羡慕共称赞。

其实哪儿的事啊，我们根本不是一家人，

也可能前世结的缘。

也不知最近怎么回事，

老太太突然不露面了。

任何联系方式都没有，

也不知她家住哪边儿。

那天我们两口子包饺子，

提起老人来还挺心酸。

我一瞧，我爱人偷偷掉眼泪，

我赶紧给她解心宽。

"那什么，要不，我给老人送碗饺子去？

她肯定住这儿离不远。

也就是附近几个胡同，

顶多不过两三站。

一打听准找着，

我就不信，她蹬着三轮能出六环。"

说着话煮好了饺子拎着走，

一询问老太太果真住前边。

过了两个胡同进了跨院，

绕过一堆破烂，眼前有一个西房间。

"大妈，大妈——"我边走边叫推门进，

这个小屋潮湿挺昏暗。

"大妈，我给您送点儿饺子来，

您尝尝，特别好吃是三鲜。"

老人家就在床上躺，

"您干吗这么长的时间没露面呢。"

说着话，我无意四下看了看，

有一堆毛线衣撂在柜上边。

上绣着梅花那么显眼，

不由我的心潮波浪翻。

我赶紧过去掀开看，

朵朵绽放我心田。

看得我这脑子有点儿乱，

千愁万绪摸不着边。

看得出，有我的，有我爱人的，

孩子的，大大小小一件件。

转脸一看，又一个惊奇猛出现，

有这么大的三个镜框墙上边。

一个我七岁的，一个我十岁的，

还有一个十八岁生日那一天。

我不敢相信我的双眼，

似梦非梦来得突然。

难道说，这老人就是我母亲，

不会吧，她们之间的悬殊太悬念了。

可眼前这些怎么解释？

这其中必定有根源。

别猜了，肯定是啊，

妈，我一头扑到她的怀里边。

我母亲紧紧地搂着我，

"儿啊，妈早就盼着这一天呢。"

母亲说，自打我那年入狱后，

替我偿还了好几万。

爆竹厂爆炸毁了容，

腿脚也都落下了残。

怕将来给我添麻烦，

影响了我的前程心不安。

有这样的丑婆婆，怕我面子不好看，

想娶个媳妇难上难。

故为此，跟街坊大婶做假象，

隐姓埋名装聋作哑悄悄跟在我的身边。

我听罢泪水往下咽，

"妈，咱们回家吧，

我背着您老把家还。"

二话没说，我背起了母亲朝外走，

也不知哪儿来的力量身上添。

到了家把妈床上放，

有一张白纸飘在了地上面。

我赶紧捡起这么一看，

诊断书写的在眼前。

上边写的是骨癌，

啊！如同炸雷震心弦。

天旋地转腿发软，

我咕咚晕倒地上边。

醒来后妈妈对我讲，

她这病得了整十年了。

为了我从不去医院，

我明白，她舍不得，这一毛一毛攒下的钱。

我母亲性格我知道，

犹如梅花，坚强忍耐风雪盎然。

三天后母亲便去世了，

三天啊，三天的时间妈说不冤。

三天已然够知足了，

即便是一天，你叫了声妈，妈就心安。

可我不知足，我心不安，

我才仅仅孝敬她三天。

父母爱我们一辈子，

我们儿女报答，也该是一辈子报不完。

我打小就爱我母亲，

那年入狱，就因同学骂她下流的语言。

骂我什么都没关系，

侮辱我母亲，我才动刀入了牢监。

三天的深情太短暂，

三天的孝母，我再如何，我也是一生愧对苍天。

有道是，人生都是父母养，

父母的恩情重如山。

第六十三段　忏悔的心灵

我们爱老人，讲和善，

天下百善孝当先。

中华美德永不忘，

尊老爱幼记心间。

我的故事就到这儿，

望大家听完替我传。

我得抓紧时间往回赶，

再给我母亲跪三天。

第六十四段　拆迁记

有个老汉名叫麦当劳，

他的老伴美称汉堡包。

老两口膝下有对双胞胎，

一个叫健力宝，

一个叫高乐高。

健力宝是哥哥，

比高乐高出生得早。

高乐高是弟弟，

比健力宝晚了这么几十秒。

这哥俩同时成了家，

小日子过得还都挺好。

都是网上恋爱交的朋友，

他们是闪婚闪恋赶新潮。

俩儿媳的名字也不错，

一个叫痒痒挠，

一个叫耳挖勺。

痒痒挠嫁给了健力宝，

高乐高娶了耳挖勺。

您说这一家凑得多好！

比一般的超市都全乎（念嚎）。

全家人经常聚一块儿，

亲亲热热地乐陶陶。

这一天，大门之外贴告示，

要拆迁，可乐坏了老头麦当劳。

汉堡包赶紧打电话，

通知健力宝，

告诉了高乐高。

第二天哥俩全来到，

俩儿媳后面紧跟着，

痒痒挠挽着健力宝，

高乐高拽着耳挖勺。

老妈汉堡包紧张罗，

一桌子酒席准备好。

酒过三巡，菜过五味。

健力宝喝得有点高。

"叫一声老爸您听好，

拆迁的房款您准备怎么着？

您可别心里没有数，

当初盖这房我可没少掏！"

高乐高一听不乐意了。

"叫一声哥哥你听着，

当初是你拿点儿钱。

可谁让我比你挣得少呢！

可是这话咱又说回来啦，

挣得少我也没闲着啊，

我还比你多出力呢！

论起来，这房我比你有功劳。

让爸说，我从单位拉了多少料！

沙子洋灰，光砖头，就让卡车放了三回炮。

第六十四段　拆迁记

你想多分不可能，

别忘了我叫高乐高，

谁也甭想着比我高！"

痒痒挠过来忙插话，

"哟，叫一声兄弟莫急躁，

你们哥俩有话好好说嘛，

为俩钱，伤了手足可犯不着。

再说了，咱爸咱妈可不容易，

让他们看这出多不好！

从小把你们拉扯大，

为这个家，风里雨里的紧操劳。

咱老爸工作多少年，

麦当劳天天麦当劳。

老妈也一天不拾闲，

辛辛苦苦，在耳朵眼公司卖炸糕。

那烫的手都起了泡，

哥俩看着没看着？

又咳嗽又喘，都舍不得吃点儿药。

省吃俭用的，为了咱们的幸福累弯了腰。

不说为老家担担忧，

反急的想要分多少。

刚说拆迁你们就闹，

让老人心焦不心焦？

想分钱？也亏得你们能说出口，

呸！我替你们两个都害臊，

再说分，爸，那我们俩得分得多，

妈，我这话着调不着调？"

"嗯，着调着调，太着调了！"

耳挖勺一旁可不干了，

俩眼睛一瞪一叉腰。

"哼，嫂子，说得比唱得还好听呢，

甭在我面前来这套。

你们多拿一分也不成，

若不信，咱们骑驴看账本——走着瞧！"

嗬，她这一嗓子可不要紧，

蹦起来丈夫高乐高。

他要给夫人来拔疮，

健力宝一看气冲云霄，

“你，你，你还敢跟哥瞪眼？

没大没小的没礼貌。

你嫂子说得哪儿不对啊？

她不是为了全家好？

甭瞪你那俩肚脐眼儿，

干吗呀，关公面前耍大刀？

在你媳妇面前抖机灵，

怕她说你是个尿包？

打小我就让着你，

再来劲，我就要威虎山杨子荣大战野狼壕！”

高乐高闻听一跺脚，

“你说谁是野狼壕？”

话未落往前一探身，

他比划了一个当头炮。

耳挖勺一见不怠慢，

要撺掇丈夫高乐高。

要不说夫人很重要，

要懂得大事化小，小事化了。

一句话能把火浇灭，

一句话能把火点着。

要知道压事莫生事,

要知道包容厚德,才能为家庭幸福筑鸟巢。

耳挖勺哪管这一套,

在钱的面前展风骚。

当时好像打了鸡血,

又好像吃了耗子药。

她闭着两眼这么一抓,

呦,可了不得了。

这一下儿,人民战争爆发了。

这健力宝脸上几个大血道,

急坏了媳妇痒痒挠。

痒痒挠练过几天跆拳道,

隔山掏虎,一把薅住了耳挖勺,

紧跟着又要大背挎。

高乐高一看忙接着,

健力宝装傻一伸脚,

咕咚绊倒了高乐高。

高乐高,爬起来要还手,

蹭到了嫂子痒痒挠。

她蜻蜓点水舒玉袖，

怎么那么巧，她把自己的丈夫给捅着。

健力宝疼得嗷嗷叫，

哎呀呀，瞎眉合眼得往哪儿挠！

耳挖勺一见拍手笑，

"哦，好好好，好好好，Yeah！"

大水冲了龙王庙。

孙悟空大战猪八戒，

接着PK我看着！

健力宝一听更来气了，

抹了把脸，用这口气踹了高乐高。

就听得，叽里咣啷，稀里哗啦一阵响，

比鬼子进村都热闹。

您看吧，桌子翻，椅子倒，

猫也叫，狗也跑。

闪了腰，崴了脚，

爹呀妈呀叫姥姥。

昏天黑地乱了套，

也看不清马汉与王朝。

张飞李逵难分晓，

稀里糊涂乱糟糟。

也不知，高乐高揍了健力宝，

还是健力宝打了高乐高。

也不知痒痒挠挠了耳挖勺，

还是耳挖勺挖了痒痒挠。

耳挖勺，痒痒挠，

健力宝，高乐高。

你出拳，我伸脚，

你一勺，我一挠。

一勺一挠，一挠一勺，

一上一下，一左一右。

一前一后，一来一往，

一拳一脚，龙飞凤舞难画描。

谁跟谁打不知道，

一细看，阴错阳差更好瞧。

第六十四段 拆迁记

健力宝，为保爱妻痒痒挠，

却错搂了弟妹耳挖勺。

高乐高，为护媳妇耳挖勺，

他抱住了嫂子痒痒挠。

痒痒挠，耳挖勺，

全然不知抱得牢。

俩人的感觉还都挺好，

错把鸭梨当蟠桃。

打完之后，停下了手，

再一看，老爸老妈找不着了。

老两口躲在了旮旯处，

浑身哆嗦汗水浇。

麦当劳靠着汉堡包，

汉堡包抱着麦当劳。

汉堡包犯了心脏病，

麦当劳犯了高血压。

汉堡包，麦当劳，

健力宝，高乐高。

痒痒挠，耳挖勺，

天翻地覆闹钱潮。

一段拆迁绕口令，

献给朋友们去思考。

第六十四段　拆迁记

第六十五段　窝头话当年

自从盘古开天辟地，

炎黄子孙就创奇迹。

龙的传人无与伦比，

千古流芳，繁衍不息。

咱们华夏儿女多豪迈，

蹉跎岁月，铮铮傲骨，不挠不屈。

我们这个民族不寻常，

是世界上最富有团结和凝聚力的。

在党的英明领导下，

五十六个民族紧紧地围绕着习主席。

看今朝，改革开放结硕果，

大江南北人欢喜。

人民的生活大改善，

眼望着当下忆往昔。

今天的幸福来之不易，

是烈士的鲜血换来的。

是当年的窝头做奠基，

才有了今天的天安门广场升国旗。

谁不知，中国人民不好惹，

吃窝头的人从来就不惧大肚皮。

您别看窝头就着西北风，

吃出了亮节与豪气。

吃出了世界刮目相看，

吃出了前赴后继奋勇杀敌。

窝头最硬最坚强，

就是这个民族了不起，光芒四射照寰宇。

想当年，八国联军犯中华，

虎门销烟林则徐。

将士们奋起保家园，

怀揣着窝头，把洋毛子全部赶出中国去。

岁月如歌乾坤变，

春雷一声惊天地。

天降救星共产党，

来了伟大领袖毛主席。

毛主席呀毛主席，

把劳苦大众，吃窝头的百姓来聚集。

在党的正确领导下，

奏响了革命交响曲。

抗日战争反围剿，

哪儿有这个窝头来充饥。

半个窝头就能撂倒几个小日本，

这要是来个整个的，

弄死他一堆没问题。

遵义会议指方向，

红军两万五千里。

爬雪山，过草地，

上哪儿去找窝头去。

吃草根，啃树皮，

那个时节，若看见一个窝头得多欢喜。

朋友们，想什么呐，哪儿找去，

黄澄澄，似金橘。

上边儿有尖儿，

下边儿有眼儿，

哎哟，哎哟，

都想得一个劲儿地犯迷离。

这可不是迷离是昏迷，

红军饿得昏过去了。

长征是个宣传队，

长征是驾播种机。

把革命的火种洒满地，

来年的窝头有了生机。

窝头让鬼子投了降，

窝头让蒋匪命归西。

窝头盼来了东方红，

窝头的精神，坚忍不拔开辟了新天地。

20后、30后，赶走了日本侵略者，

山呼海啸庆胜利。

接着解放了全中国，

普天同庆，翻身的人看见了窝头上了笼屉，

他们个顶个地全都那么欢喜。

50后、60后，新中国成立初期，

国民党留下个烂摊子，

是共产党一点儿一点儿地来治理。

国家刚起步，

困难暂时的。

就自然灾害那几年，

有窝头那都算好的。

姐姐望着妹妹吃，

哥哥不吃给弟弟。

没几年日子便好过了，

生活依然那么欢喜。

大杂院里边儿闹声喧，

香喷喷的炸酱面就把窝头来代替。

哎哟，您还没看呢，大爷大妈抿嘴儿笑，

吃的小孩儿，哼，那个小嘴儿就像猪拱地。

70后、80后，赶上了好时机，

改革的春风遍大地。

一派的盎然万千气象，

那么的靓丽披彩衣。

火烧竹竿儿节节爆，

生活越来越甜蜜。

90后、00后，

那就更甭提。

若跟过去比，

简直就没法比。

飞机上边儿挂暖壶，

水平全都是高的。

甭说吃窝头，

馒头都不珍惜。

千万别这样，

农民不容易。

第六十五段　窝头话当年

粒粒皆辛苦，

颗颗有汗滴。

做人莫忘本，

时常忆往昔。

现在多美好，

样样都高级。

硕士研究生，

出国留学去。

闲暇去旅游，

欧美意大利。

身穿是名牌，

肩靠亲爱的。

住宿有饭店，

出门有手机。

网上便购物，

省时又省力。

同学常相聚，

舞会来PARTY。

红的灯，酒的绿，

我老板你经理。

你拉我，我牵你，

你帅哥，我闺蜜。

嘀嘀嗒，嗒嘀嘀，

一二三四五六七。

蹦嚓蹦嚓蹦嚓嚓，

美得都到天上去了。

我们大家看着真高兴，

得感恩党，用阳光温暖来哺育。

常言道，大海航行靠舵手，

雨露滋润，让我们这些花朵更美丽。

更美丽，要珍惜，

要为咱的梦想出把力。

要懂得，人间正道是沧桑，

跟谁我们也不攀比。

咱比奉献，比功绩，

比文明，比礼仪。

第六十五段　窝头话当年

比爱心，比孝悌。

比谁是父母的好儿女。

不争房，不争地，

也不争多少人民币。

甭大哥分了六万五，

二姐拿走了八万七。

老太太当家做不了主，

老头儿不分宅基地。

小舅子掺和不算数，

大姐夫说话驴放屁。

咱们不蒸窝头争口气，

争家庭和睦谁第一。

各位您说是不是，

大家的掌声来点儿鼓励。

谁要是遇上这种事儿，

您就跟他说，你听人家快板儿是怎么唱的。

解决不了问题您找我，

我也管不了这三七二十一。

时至今日的朋友们，

列宁曾经说过一句。

忘记过去，就意味着背叛，

这话可说得深了去了。

我们望未来，展今昔，

时常把过去来回忆。

要把窝头做动力，

将来肯定有出息。

有朝一日，飞黄腾达，

您高官任做骏马得骑。

到了那时，您可千万千万千万千万别腐败，

莫让那吃窝头的百姓伤心至极。

当官要为民做主，

做不了主，您就干脆跟我卖鸭儿梨。

要一切听从党召唤，

党指向哪里奔哪里。

十三五规划是灯塔，

奔向小康志不移。

为祖国繁荣齐努力，

为时代高歌鸣汽笛。

窝头精神牢牢记，

让中华伟大飘彩旗。

第二章

群口快板

第六十六段　法与情

甲：文明社区遍京城，

千家万户喜盈盈。

美满的生活多欢庆，

咱们要感谢社区民警的奉献与真诚。

若没有他们的爱与恨，

咱百姓怎么能够得安宁。

单说那……

乙：(上场拦) 哎哎哎，这位大哥给俺帮个忙，

居委会现在在啥地方？

甲：拐过弯儿……不是……你找居委会有啥事儿？

乙：去找警察说会子话儿。

甲：哎，找警察你打 110 啊，

你们家出了什么险情？

乙：什么险情都没发生，

一时……跟你我也说不清。

甲：什么事千万别着急，

着急可解决不了问题。

乙：我着嘛急呀……我是说……

甲：哦，是不是你们家着了火，

乙：你们家才着火了呢。

甲：要不就是跑了煤气，

找警察给你帮忙去。

忘了关好煤气阀，

熏得你妈满地爬。

乙：怎么说话呢这是……

甲：八成屋里进去了贼，

让警察跟你走一回。

乙：你说的这些都不是。

甲：那你找警察什么事？

我可跟你说啊，咱社区民警热心肠，

无人不知大老王。

谁家有事都找他，

大事小事他帮忙。

哎，头阵子，1号楼的那个老太太，

深更半夜地喊街坊。

惊动了老王去探望，

送进了医院守病房。

出院后忙着去做饭，

没白没夜地把她帮。

您说人警察招谁惹谁啦？

人老王就没有爹和娘？

社区又不是他们家，

别把人功夫全占上。

兄弟，你说对不对？

乙：对对对，总麻烦人家理不当。

甲：听说这老太太有个儿子，

在监狱里边受教养。

您说这儿子多浑蛋吧，

在里边也不把她妈想。

这么大的年纪谁照顾？

有个好歹谁帮忙？

多亏了遇上个好民警，

若不然，老太太早就活不长了。

我看他这儿子该枪毙，

送到伊拉克挨两枪……

乙：快别说了，这位大哥，

　　你说的这浑蛋就是我。

甲：啊？说了半天就是你呀，

　　还真有点儿对不起。

乙：这有什么对不起，

　　这不是，我正要把老王请到家里。

　　我要好好地谢谢他，

　　脑袋碰地我磕仨。

甲：(白) 那倒不至于。

乙：哎，为了表达我的心情，

　　我请您，帮我演演这段法与情。

甲：没问题，好警官，人人夸，

　　我把这真情告诉大家。

他现在就是那个浑小子，

就一个法盲不懂法。

溜门撬锁好打架，

坑蒙拐骗得数他。

游手好闲没正事，

吃喝嫖赌洗桑拿。

歌厅舞厅任意踏，

足底按摩一天仨。

乙：（白）我这就快进去了。

甲：你屡教不改犯下罪，

别忘了国家有国法。

乙：（白）非把我送进去不可呀？

甲：哎，去年你那个案子啊，

乙：是你亲手把俺抓。

甲：我送你进去是执法，

可是谁能想到哇，你这孩子还有一个老妈。

体弱多病娘娘架，

上楼下楼难出家。

往日里，相依为命就娘俩，

全靠着孩子照顾她。

我送他一走可不要紧，

其后果，我给自己捅了个大娄子。

自打这个浑人一入狱，

后边的麻烦可就大啦。

老人家不能没人管呢，

谁能袖手旁观老大妈？

街坊邻居都照应，

我更是每日必看老人家。

料理家务平常事，

时不时还做点好吃的。

尽力把老人照看好，

还尽把这工资往里搭。

我说句不该说的话啊，

这小子再不出来呀，他妈都快成我妈了。

这两天老太太不得劲儿，

我买点东西看大妈。

"大妈，您今天感觉怎么样？

咳嗽得心里还慌吗？"

乙：闲言碎语不用讲，

　　夸一夸警官大老王。

甲：大妈，您这是……

乙：大妈我今天精神爽，

　　历历的往事涌心房。

　　老王啊，这么忙你就别看我了，

　　甭老把我挂心上。

　　要不是昨天你带我去医院，

　　我今天还是下不了床。

　　大妈怕你累坏喽，

　　俺这心里头疼得慌。

甲：哪儿的话呀！

乙：小区里头一摊子事儿，

　　我知道，啥事离不开你老王。

　　下岗的求你找工作，

　　小伙子让你帮着搞对象。

　　丢了东西去请你，

　　忘了带钥匙你跳窗。

　　下水道堵了让你修，

暖气不暖也嘟囔。

两口子干仗都找你，

这不吃饱了撑的闲得慌。

我还听说，手机掉进了马桶内，

也请你去把办法想。

老王啊，铁打的汉子也顶不住，

谁能受得了这一桩桩。

甲：大妈呀，这是我们警察该做的事儿，

要为社区保安康嘛。

有困难找警察，

大伙找我理应当啊。

乙：咳！你让我说你什么好，

你这人就是这么倔强。

甲：当警察就该为百姓嘛，

要不就别把警察当。

哎，大妈呀，我告诉您个好消息，

您断了的那几年退休费呀，我给您联系上啦。

到时候一块给您补，

您可得请我喝二两啊。

乙：真的？！太好啦！喝二两，就喝二两，

喝二两感谢你老王。

闲言碎语咱不讲啦，

大妈这心里翻了江。

甲：大妈呀，我再给您一个惊喜，

您那宝贝儿子，下个星期要释放啦。

乙：还"宝贝"呢？宝贝大发咧，

今后让他好好把人当。

甲：听说他表现得还不错，

戴罪立功，提前出狱见阳光。

下星期，咱们欢迎他，

送他接他都是我老王。

乙：嘿！大妈听完这番话，

一股的暖流涌心房。

激动得不知说啥好，

一把拉住了大老王。

老王啊，你真是人民的好警官，

我感谢警察感谢党。

甲：人民警察为人民，

要把百姓心中装。

乙：嘿！警民团结心连心，

　　警民一家亲又亲。

合：亲又亲，心连心，

　　打造社区喜盈门。

　　法与情，分得真，

　　情与法，铸警魂。

　　头上的国徽光闪闪，

　　照耀着人间满园春。

第六十七段　莫把欢乐变愁歌

合：金风送爽捷报传，

　　喜迎国庆七十年。

　　改革开放结硕果，

　　信息时代铸非凡。

　　世界一隅任您览，

　　无限风光在眼前。

　　若问景色哪里好？

　　齐说道，最美的美景是房山。

　　最美的美景是房山。

甲：七十年辉煌传喜讯，

　　房山人民在奋进。

乙：提房山，我爱来，

经常演出上舞台。

甲：对，唱快板儿说相声，

咱们父老乡亲都爱听。

乙：每次来，都不知说点儿什么好，

就怕您说节目老。

总想换换新内容，

给大家带来好心情。

甲：新内容，那好办，

咱们唱唱房山网信办。

网信办就是新内容，

大家准有好心情。

好心情，心情好，

咱们两个唱段儿数来宝。

乙：数来宝，你不会，

我可不跟你受累。

甲：哎，数来宝我精通，

我说过广告香丹清。

我年龄小，脑瓜儿灵，

唱快板都知我张程。

张程张程什么都成，

出题我就能说内容。

别看您岁数比我大，

论新鲜事物您比我差。

高科技，新时代，

网络信息发展得快。

您痴呆，您年迈，

眼看着您就被淘汰。

乙：你这话我不爱听，

紧跟形势我也行。

迈步走向新时代，

你看咱老头儿帅不帅？

大伙儿都说我不赖，

一出门儿，后跟着一堆老太太。

甲：好吗，干吗呀？

乙：都拿着手机把我问，

微信转账不会用。

这个就说帮帮我，

那个就喊，急死我了，

电话里要钱，还没处躲。

甲：哎！老几位先别急，

我今天就说说这问题。

改革开放四十年，

辉煌的成就说不完。

网络给人们谋幸福，

生活便利都知足。

要小心，要警惕，

短信电话要注意。

别盲目要分析，

三思而行多思虑。

网络各类诈骗犯，

利用网络来行骗。

骗老太太骗老头，

听着声音还挺熟。

为大家安全不受骗，

咱房山成立了网信办。

乙：哎哎哎，什么叫作网信办呢？

第六十七段　莫把欢乐变愁歌

甲：网信办您都不知道，

我说您这老头儿不能要嘛。

网信办，是房山区委网络安全

和信息化委员会办公室，简称网信办。

乙：好嘛！说绕口令呢。

甲：为千家万户都安全，

为大家人人都平安。

网信办为民做贡献，

让咱们大家多防范。

提高意识防诈骗，

遇事儿脑子多转转。

别上了当再报案，

给警察叔叔添麻烦。

乙：对，你这话讲得棒，

我就上过一回当。

都知我聪明不常寻，

说出来我都怕丢人。

我儿子出差去宁波，

不小心被撞胳膊折。

医院让我汇钱去，

儿子还跟我把话说。

我一听声音没有错，

爸呀爸的还挺亲热。

谁想到上当受了骗，

一下蒙了我八千多。

后来才知道，有什么软件会模仿，

学谁像谁，也不知在手机哪儿搁着。

你说这个缺德玩意儿多缺德，

弄个软件儿蒙了我。

甲：您这个脑子不灵活，

这教训，咱们大家都要记心窝。

眼下是信息时代大网络，

咱们网民高达八亿多。

所以说网络防范很重要，

我要跟大伙儿说一说。

是真是假莫要错，

虚假广告害人多。

这牛皮，那真皮，

第六十七段　莫把欢乐变愁歌

要假的您扒我的皮。

这保健那保健，

吃完老人笑得多灿烂。

老太太泡脚用我的药，

泡完了明儿个上花轿。

您听这都哪儿跟哪儿呀，

时刻提防记心坎儿。

提高警惕多防范，

不懂请教网信办。

乙：哎，你这话说得对，

扎上了我的心肝肺。

我自以为是成了习惯，

弄得骚扰电话总不断。

说我中大奖，快兑现，

有积分，能代办。

帮我贷款多少万，

什么二维码，钓鱼网站，

送赠票，品酒宴。

我的信息他们都知道，

比我自己了解得都全面。

啥时候泄露的我在想，

哎，为买保健我上过网。

人说送我不要钱，

身体状况个人信息得说全。

后来什么保健也没见，

泄露了信息受了骗。

开奖购物短信骚扰总不断，

您说麻烦不麻烦。

各位什么也别信啊，

省得血压增高上医院。

甲：还要注意网络发言要谨慎，

聊天儿恋爱别猛进。

个人信息莫透露，

不然后悔把罪受。

别被爱情冲昏了头，

到头来竹篮打水空发愁。

我有个表哥人不错，

网上谈情中了疯魔。

第六十七段　莫把欢乐变愁歌

山南海北的好火热，

让女方坑得个了不得。

乙：您给说说。

甲：您给帮忙做个示范，

来个网上聊天儿情景再现。

我演我表哥这帅男，

你来演那个女青年。

乙：我……我……我演女的我犯愁，

我只能演个小老头儿。

我演姑娘我不像，

甲：像不像的三分样。

乙：那我叫你什么好？

甲：我表哥名字叫大宝。

乙：嘿大宝好，好大宝，

咱们两个网上把对象搞。

甲：这就来啦。

你怎么才来？我都等你老半天。

乙：对不起，我临时有事耽误了时间。

你今天有没有上班，

首都的天空蓝不蓝？

甲：特别蓝，特别蓝，

想你想得我眼睛蓝。

乙：你讨厌，讨厌，真讨厌，

嘴上没遮拦。

大宝啊，我想跟你说件事儿，

我报了个课外培训班。

培训需要三个月呢，

学费可能很可观。

甲：这点儿小事儿我来办，

我先给你汇一万块。

乙：你说呢，仨月呢，若加上房租学费和水电，

我吃饭还没算，还没算吃饭。

甲：那你现在吃饭没吃饭？

乙：吃饭也是很简单点儿。

甲：你现在是不是需要钱。

乙：需要也不用你的钱，

你的钱我不能要，

你的情意不好还。

三个月可能不太够，

我自己解决过难关。

甲：那我一块儿给你汇五万块。

乙：若真要给，那你就快点儿抓紧时间，

你的情我不能欠，

回到北京我就还。

甲：还什么还。

乙：那不行，我必须还，我肯定还，

你不让我还我也还。

婚后让还我也不还，

我一定还我保证还。

甲：她这跟我绕三环呢。

你现在让我亲一下，

你马上就能见到钱。

乙：大宝啊，回北京让你亲个够，

到时候我准给你脸。

甲：好嘛，五万块他还给我脸，

乙：那是呀，不给你脸你亲哪儿呀。

甲：哽，甭说亲，后来连面都没见，

五万块钱打水漂了,

我这表哥,比那窦娥还冤。

乙:这样的案例可不少,

咱们大家一定要记牢。

网络防范很重要,

增强意识防为妙。

甲:网络进入新生活,

莫把欢乐变愁歌。

乙:为实现咱们的中国梦,

提高网络的警惕性。

甲:习主席,很关心,

要让网络传佳音。

网络安全为人民,

网络安全靠人民。

乙:为人民,靠人民,

信息时代满园春。

甲:满园春,百花香,

建国七十年闪金光。

乙:举国上下齐欢唱,

大江南北凯歌扬。

合：初心使命永不忘，

网信办再谱新篇章。

网络防范记心上，

安全意识要增强。

为大家生活更美好，

我们传递真情幸福长。

传递真情幸福长。

第六十八段　百姓话警情

合：北京精神展新颜，

　　海淀分局捷报传。

　　警民情深割不断，

　　携手共建好家园。

　　人民警察为人民，

　　咱们唱一唱，

　　公安模范高宝来他的感人事迹佳话传。

　　唱一唱，感人事迹佳话传。

甲：哎，高宝来，我知道，

　　我看过电视看过报。

　　他爱岗敬业……

乙：哎，叫同志，先别急，

　　有话跟大伙儿慢慢提。

　　高宝来，都知道，

　　还是我先做介绍……

丙：你们谁先说都不成，

　　我跟宝来是亲朋。

　　他多次探访我们家，

　　去医院看病送过我妈。

　　还帮着挂号又拿……

丁：哎，你们谁先说都不可，

　　你们全都不如我，

　　今天我最有资格……

合：（白）为什么？

丁：哎，我们俩一个派出所。

合：嘿，你也在那穿警服？

丁：我在他们那儿烧锅炉！

合：嘿！

丁：哎，你们可别小看人，

　　烧锅炉也知大新闻。

高宝来，是咱们学习的道德模范，

那会儿我们俩经常见。

他谦虚和蔼总带笑，

所以我先做介绍……

合：(白) 那不成，我先说……

丁：(白) 行啦，乱不乱啊，

都甭争，都甭抢，

一个讲完了一个讲。

请大家给咱们做评判，

看谁介绍得最全面。

甲：好，我第一，我打头，

我要先说有理由。

高宝来，是我们学习的好榜样，

新时代前进有方向。

虽说他今天人不在，

可他崇高精神依然在。

合：崇高精神依旧在。

甲：人不在，事迹在，

人不在，形象在。

人不在，榜样在，

人不在，英灵在。

深受怀念和爱戴，

犹如鲜花开不败。

合：犹如鲜花开不败。

甲：尊敬的各位领导，

女士们，先生们。

至爱亲朋好友们，

还有在场的小朋友们。

我今天心情很沉重，

不是把宝来来歌颂。

是他道德让我受感动，

我内心现在还在蹦。

他那么可亲露笑颜，

老早就站在校门前。

拉着孩子们过马路，

往返来回无其数。

手拉手送到校门前，

返回身又把他人顾。

家长们无不受感动，

有这样的人民好警察，

祖国的花朵多幸福。

被誉为"孩子们的保护神"，

齐说道"高爷爷警察是好人"。

合：高爷爷警察是好人。

乙：是好人，做好事儿，

他爱岗敬业有干劲儿。

他没有节假休息日，

热爱发挥到极致。

扎根社区为百姓，

开机二十四小时。

忠诚践行"人民警察为人民"，

开启了"白＋黑""5+2"的工作模式。

全天接待服务群众，

形形色色还挺有趣儿。

大事儿小事儿都来找，

邻里纠纷哭天抹泪儿。

什么他们家楼上动静大，

音乐放得吵死了人儿。

对门的大狗没人管，

没事老挠我们家门儿。

也不知楼上是谁那么缺德，

垃圾扔下了一大堆儿。

什么大姑爷，儿媳妇儿，

他们炒股发财赔了本儿。

都到我这儿来闹腾，

老高啊，我求你了，

把他们逮捕拘留些日子。

嗬，您听听，这些都叫什么事儿，

真不拿老高当外人儿，

更有甚者，那天老高接个电话，

千娇百嫩女声音：

"喂，是高警官吗，您好哇，

我住在一楼五号门儿。

我想麻烦您件事儿，

十万火急急死了人儿。

我那手机掉在马桶里了，

你快来吧，帮我解决这个问题儿。"

嘿，您听一听，您能感觉到，

都拿宝来当亲人。

这说明，他在社区打成一片，

心系群众心连心。

合：心系群众心连心。

丙：对！心连心，不寻常，

他的精神永远放光芒。

想当年，高宝来同志穿军装，

也是出类拔萃响当当。

如今转业驻社区，

硬干出一番大名堂。

他提道：

宣传到位物技防，

警民联动筑天网。

"警民联系卡"社区来发放，

"爱民联系卡"家家有一张。

只要手机这么一响，

他第一时间准到场。

严格落实五必访，

犯罪分子无处藏。

一心为民坦荡荡，

化解纠纷热心肠。

尊敬的好人就是他，

传递着人民警察的正能量。

合：人民警察的正能量。

丁：正能量，顶呱呱，

社区人人把他夸。

奖状多得数不清，

那荣誉都在墙上挂。

什么人民满意的好警察，

国家公务员，嘉奖闪光华。

区县局级优秀党员，等等等等，

老北京讲话海了去啦。

他曾经，见义勇为显身手，

临危不惧为大家。

爱岗敬业日复日，

学雷锋，照顾老人望孤寡。

校门前，护送孩子过马路，

社区内，调解纠纷邻里架。

夜巡视，亲自察，

消防器，车上挂。

救过火，楼上爬，

个人的安危全不怕，

还一直那么乐观那么豁达。

还跟您说，大年三十都没回家，

送老大妈去医院。

一心一意为人民，

连药费他都帮着拿。

这样的好人上哪儿找，

他就是，高宝来，北京人民的好警察。

合：北京人民的好警察。

甲：我们向你来学习，

我们向你来看齐。

乙：道德规范高宝来，

我们紧跟不徘徊。

丙：学习你，好榜样，

人民群众心中放。

丁：心中放，打硬仗，

发挥我们的正能量。

合：五中全会指方向，

"十三五"规划记心上。

全面建设奔小康，

全国人民志气昂。

各个领域各个岗，

携手并肩向前方。

学习宝来好榜样，

灿烂的明天更辉煌。

灿烂的明天更辉煌。

第六十九段　安全安监话平安

合：改革开放展新颜，

　　硕果累累捷报传。

　　日新月异大发展，

　　男女老少万民欢。

　　建设北京同心干，

　　行行业业讲安全。

　　行行业业讲安全——

甲：哎，说安全，道安全，

　　今天咱们就论安全。

　　甭管您在什么岗位，

　　甭管工作哪一线。

甭管您是什么职业，

甭管您把什么活干。

是工厂，是机关，

是军营，是校园。

出租公交司机班，

运输远洋航空员。

安全第一最重要，

安全俩字最关键。

没有安全全都散，

只有安全，才有平安。

平安安全一回事，

安全平安紧相连。

安全是根本，幸福之源泉。

大家人人讲安全，

千家万户笑开颜。

合：千家万户笑开颜——

乙：对，你的话，很重要，

我也跟大伙唠一唠。

在从前，我安全意识很淡薄，

不讲安全过生活。

可不讲安全还真不行，

缺个井盖都不成。

小区内，出门都得讲安全，

脑袋上，掉下个花盆准玩儿完。

事事要把安全讲，

这样才能保平安。

丙：哎，所以说呀，安全二字不能忘，

时时刻刻想安全。

生活之中想安全，

咱们工作更要想安全。

出门远行想安全，

回家路上想安全。

驾驶汽车想安全，

穿行马路想安全。

如果不把安全想，

出危险还得罚你钱。

丁：哎，你的话，真可取，

不过咱得说具体。

说具体，谈工厂，

工厂更把安全讲。

各种机器如老虎，

谁违章拿谁当白鼠。

安全帽，工作服，

操作技术更要熟。

安全就是咱师傅，

安全帮咱能致富。

车间内，有制度，

人身保证不含糊。

什么大长发，小短裤，

穿着个拖鞋像散步。

违章违法出事故，

后悔不已恨当初。

一切章程牢记住，

若不然，铁屑飞来扎屁股。

戊：哎，你的话，又直白又痛快，

说出来不讲安全的要害。

注重安全是第一关，

生产才能够大翻番。

人人都做安全员，

保质保量来宣传。

遵纪守规不蛮干，

严格要求记心间。

现场发现有隐患，

赶快上报不隐瞒。

操作设备有程序，

这样才能更安全。

合：这样才能更安全——

乙：哎，安全的事，大家办，

粗心大意出麻烦。

有人违章把活干，

咱就让他靠边站。

坚决制止不迁就，

若不然，违章操作惹祸端。

设备操作须规范，

专用设备专人管。

消防器材有人管，

技术考核要过关。

绿色通道要畅通，

小心谨慎保安全。

麻痹大意出大事，

人亡财空后悔难。

大家都把安全讲，

工作顺利保平安。

合：工作顺利保平安——

庚：保平安，保生命，

安监责任更是重。

防患未然很重要，

有了问题就报告。

安监人，要敢说，

针对隐患下手割。

安监人，素质高，

解决问题及时销。

进工厂，到工地，

哪里需要哪里去。

哪有毛病哪里停，

严按规程监督行。

查出隐患堵漏洞，

安全法则是准绳。

辛：对，你的话，说得好，

各项规定不能少。

八项齐全预案定，

人人肩上责任重。

到事故现场细查看，

分析原因不放松。

为国家财产为安全，

人民的嘱托记心中。

合：人民的嘱托记心中——

壬：天下万事讲安全，

安全的前提是要严。

讲安全，就得严，

有严才能有安全。

上面贯彻一个严，

下面落实一个严。

时时处处要求严，

方方面面管理严。

上岗培训严，落实责任严。

操作技术严，行为规范严。

工作作风严，质量标准严。

干部严，工人严，

作风严，纪律严。

大家全都严上严，

您说咱们能够不安全么？

嘿，愿我们——

合：愿我们，安全意识在心间，

爱护生命保平安。

远离危险除隐患，

小心谨慎防未然。

大家安全多欢乐，

幸福美满唱平安。

幸福美满唱平安——

第七十段　说说唱唱《弟子规》

合：中华民族几千年，

优秀的美德代代传。

先辈的思想真灿烂，

忠孝节义孔圣贤。

为人师表树模范，

仁爱和谐礼当前。

教育要从娃娃起，

强国富民是根源。

大家同唱《弟子规》，

欢歌笑语满校园。

欢歌笑语满校园——

甲：教学为先最重要，

先入为主都知道。

"教不严，师之惰"，

作为老师要记牢。

以身作则当表率，

方把学生教育好。

要耐心，要引导，

师生和谐展新貌。

师生和谐展新貌——

乙：展新貌，校生辉，

大家共学《弟子规》。

儿童学生是弟子，

学生的规范便是规。

日常生活有规范，

校内校外要遵规。

做文明礼貌的好孩子，

定要牢记《弟子规》。

《弟子规》在心扉，

美好的未来放光辉。

丙：《弟子规》很重要，

　　我来说说"入则孝"。

　　是学生主修的一门课，

　　孝敬父母走孝道。

　　百善孝当先，

　　孝字要记牢。

　　养育之恩不能忘，

　　参天大树育幼苗。

　　做人之根本，

　　人间光明道。

　　世上人人孝，

　　前景更美妙。

合：前景更美妙——

丁：哎，你说孝，是第一题，

　　"出则悌"，是第二题。

　　将来毕业出了校门，

　　步入社会处关系。

　　不论从事什么工作，

　　与人相处，尊老爱幼就是悌。

五讲四美咱牢记，

利国利他多思虑。

助人为乐也是悌，

做文明礼貌的北京人。

首都一派好风气，

合：首都一派好风气——

戊：哎，《弟子规》是人之本，

还有一课它叫"谨"。

一切行为需谨慎，

不可放逸自己的心。

要求自己严上严，

要对他人负责任。

少年时期要努力，

珍惜此刻好光阴。

言谈举止要恭敬，

事事多思动脑筋。

衣食住行立端正，

当今学子讲人文。

己：您的话呀，道理深，

做人应当讲诚信。

信是成功的第一步，

信是人生事业的根。

言必信，行必果，

言而有信心换心。

眼下社会讲诚信，

就要做个诚实人。

吃穿华丽不重要，

重要的是，道德修养与人品。

合：道德修养与人品。

庚：有道德，"泛爱众"，

蓝天之下多生命。

大家一同来相处，

相互关爱要尊敬。

世间人人皆欢喜，

仁爱之人得尊重。

有博爱就有爱心，

捐款捐物有行动。

说出手时就出手，

第七十段　说说唱唱《弟子规》

学习雷锋爱大众。

辛：哎，你的理解真不错，

给我都上了一堂课。

将来大家出校门，

《弟子规》中讲"亲仁"。

有道德的老师有学问，

就要跟他多亲近。

亲近仁者进步快，

大步流星登青云。

俗话说，近朱者赤，近墨者黑，

与老师亲仁必超群。

梧桐树能招金凤凰，

师生同写新论文。

合：新论文，论今天，

今天又谱新章篇。

天天向上好成绩，

师生人人笑开颜。

校园一派新气象，

方方面面多规范。

尊师爱校树新风，

一派的生机更盎然。

祖国花朵争鲜艳，

万紫千红满校园。

万紫千红满校园——

第七十一段　唱唱老字号

合：伟大首都北京城，

　　改革开放展繁荣。

　　在百年光辉照耀下，

　　古老的北京更兴隆。

　　古老的北京更兴隆——

甲：北京城历史悠久，

　　享誉世界大有名。

乙：都想到中国看一看，

　　观光游览来北京。

丙：来北京，爱北京，

　　了解北京，逛北京。

丁：首都北京，中国象征，

迎来了世界多少的宾朋。

天安门广场多壮丽，

天安门城楼放光明。

戊：放光明，似盏灯，

照亮了今天的新征程。

世界宾朋来这里，

激动的心情难形容。

他们站一站，停一停，

望一望，展喉咙，

都 OK，OK 的喊连声。

合：都 OK，OK 的喊连声——

甲：他们爱中国，爱北京，

要说最爱还是咱们东城。

丁：哎，您说这话欠思虑，

如今哪城不美丽。

自打改革一开放，

四六九城大变样。

人民的生活大提高，

哪儿哪儿都是彩旗飘。

各行各业不得了，

就连百年老字号，

他们家家发展都特别好。

甲：哎，说得好，说得妙，

你们刚才说的很重要。

不是我说话欠思虑，

我也正要说老字号。

我为什么要说老字号，

我一说大伙儿便知道。

我刚才说他们爱中国爱北京，

要说最爱还是咱们东城。

为什么最爱咱们东城，

你们替我做了说明。

刚才你们提老字号，

大部分都在咱们东城。

故此引来八方客，

要不说最爱咱们东城。

丁：哎，爱东城，说详细，

不能说您欠思虑。

您这话有道理，

各行的发展说具体。

甲：没问题，我女儿是一个留学生，

她有一个同学叫威登。

这次跟她来北京，

大开眼界乐不停。

就喜欢京城老字号，

网上搜寻，看到了东城。

老字号，东城多，

吃的喝的全都行。

这个外国学生都爱吃，

让我女儿把他来陪同。

还让我给他们来推荐，

说说哪儿成哪儿不成。

我说东城去哪儿全都好，

老字号全都换了新容。

哎，正好听听你们的高见，

我也好跟我的女儿说明白。

就算你们帮我个忙，

也算是给北京文化立点功。

乙丙丁戊：好嘞，您放心吧！

乙：我们三个人都是老北京，

北京的变化最门清。

丙：老北京的四合院，

衣食住行北京范儿。

丁：老胡同，老字号，

我们记忆犹新都知道。

乙：哎，我住磁器口，

丙：哎，我住交道口，

丁：哎，我住鲜鱼口，

戊：我们家住在菜市口。

丁：您得了吧，菜市口算西城，

咱们现在说的是东城。

甲：对，听你们几位来介绍，

说说东城老字号。

合：说说东城老字号！

乙：提到老字号，我先说，

我可比你们知道得多。

老字号，餐饮文化高一筹，

前门大街正阳楼。

老北京，八大楼之一不得了，

如今美誉满全球。

东来顺，手工切肉，

厨师的刀工，那叫个熟。

便宜坊，香味儿透，

吃那儿的烤鸭满嘴油。

独一处，您吃烧卖，

美味堪称第一流。

隆福寺的小吃店，

从早到晚人密稠。

全聚德，美味珍，

仿膳饭庄馄饨侯。

来今雨轩全素斋，

天兴居，东兴楼。

白魁老号，瑞珍厚，

五芳斋饭庄，萃华楼。

第七十一段　唱唱老字号

美味佳肴传天下，

香飘四海贯五洲。

百年传承老字号，

如今更上一层楼。

丙：看今天，在党的英明领导下，

老字号不断传佳话。

老字号协会互联网，

报道传承常夸奖。

什么爆肚冯，稻香村，

传统必有传承人。

传承人，夺锦旗，

东直门，有一个酒楼红梦迪。

他继承了传统的好工艺，

还展现了一心为民为邻居。

为孤寡老人送饭菜，

为残疾上门解难题。

饮食文化在继续，

老字号，不断地创新谱新曲。

丁：还有景泰蓝，掐丝工艺，

百年传承没忘记。

盛锡福，皮毛制作，

超越名牌奔国际。

都是国家级非物质文化遗产，

史册上全都有史记。

同仁堂，更了不得，

老北京得病的全都受过益。

过去有段数来宝，

不妨各位您回忆。

说同仁堂老药铺，

皇宫大臣都光顾。

同仁堂，百年传，

丸散膏丹药材全。

戊：上百年代代传，

要说同仁堂，我可比你们了解得全。

大家都知道，我的恩师高凤山，

一唱就是几十年。

家喻户晓都知道，

妇孺皆知都喜欢。

一方面宣传了老字号，

一方面药材说了个全。

我给大伙儿学学我的恩师，

您看像不像高凤山。

学得像了您鼓掌，

学得不像您包涵。

铡药刀，亮堂堂，

铡几味草药您老先尝。

先铡这个牛黄与狗宝，

后铡槟榔与麝香。

桃仁陪着杏仁睡，

二人躺在了沉香床。

睡到三更茭白叶，

胆大的木贼跳进墙。

盗走了水银五十两，

金毛的狗儿叫汪汪。

有丁香去送信，

人参这才坐大堂。

佛手抄起甘草棍，

棍棍打在了陈皮上。

打得这个陈皮流鲜血，

鲜血甩在了木瓜上。

大嵩丸，小嵩丸，

胖大海，滴溜圆，

狗皮膏药贴伤寒。

我有心接着药名往下唱，

唱到明儿个也唱不完。

甲：唱不完，换新装，

老字号多的一桩桩。

北京照相馆，东安市场，

协和医院永安堂。

吴裕泰，瑞蚨祥，

王麻子剪刀亮光光。

大明眼镜亨得利，

四联美发更美丽。

嘿，老字号，多了去了，

不云集东城不乐意。

老字号东城多，

来年更是了不得。

冬奥会迎来四海八方客,

据了解都想到东城坐一坐。

冬奥会的运动员,

他们说不吃遍东城的老字号,

怎能比赛把金牌夺。

你们听听,咱们东城的影响赛电波,

美誉传遍各大国。

合:对,首都东城齐欢迎,

老字号,祝愿冬奥更成功。

甲:老字号准备齐,

让五环旗旁飘红旗。

乙:老字号是梧桐树,

世界的凤凰来落户。

丙:来落户,在东城,

喜迎冬奥待宾朋。

丁:待宾朋喜洋洋,

东城老字号放光芒。

合:我们永远跟着共产党,

紧紧围绕党中央。

前进前进再前进，

昂首阔步向前方。

百年传承永不忘，

老字号，焕发青春万年长。

第七十一段　唱唱老字号

后　记

听说张长来先生要出新书，我特别高兴。他是我的亲师叔，并且我们曾在北京曲艺团共过事。他和我恩师石富宽先生是亲师兄弟，共同拜在快板大师高凤山先生门下，因此我们爷儿俩交情甚厚。

长来先生对快板艺术的热爱与痴迷，简直到了走火入魔的地步，他在舞台上的艺术表现力，让我们这些后生晚辈如沐春风，钦佩不已。

我们知道，一门学问，一种技艺，要想出类拔萃，就得沉下心来，深入进去，达到热爱与痴迷的程度。只有精益求精，才能有所突破，有所成就。长来叔就是如此！之前聊天时他回忆：小学时，听见有人唱快板，一下子就被吸引住了，脚下就像生了根，一动都不动，甚至忘了吃饭，忘了天黑。自从迷上快板儿，他满世界寻摸竹子，又是削，又是磨的，终于如愿以偿，有了这副得心应手的自己的板子。他总说："快板是我离不开的朋友。陪我走过了几十个春秋，我的青春，我的追求，我的爱，都融化在这副板子中了。"

都说"台上一分钟，台下十年功"。这话一点儿都不假。在他年轻时，被分配到门头沟当工人。附近就是百花山，他每天清晨都要到山上去遛活儿，并把那里的一草一木，一花一石，都当成忠实听众，天天眉飞色舞地说啊、唱啊，别提多"神经"了。有一次长来叔从城里返回门头沟，竟沿着两条铁轨边走边背段子，完全进入忘我状态。要不是两个铁路工人及时制止，就出大事了。后来我们曾开玩笑地说，您这能耐谁也比不了，您敢让火车停车！

1978 年，长来叔进入专业曲艺团体，后又师承快板表演艺术家高凤山先生。在名师的指点下，长来叔很好地继承了高凤山先生吐字清晰、节奏明快、

后记

703

语言幽默、表演俏皮、气势恢宏、一气呵成等特点，板槽既瓷实又富于变化，被称为曲艺界的奇才。

长来叔是个全能型演员，他演唱的作品大多都是他自创、自导、自演的，他的创作能力之强、速度之快，是一般人比不了的。纵观长来叔的作品，既符合时代要求，又反映人民心声；既有长篇力作，又有精彩小段；既歌颂赞美，又讽刺鞭挞；既尊重传统，又与时俱进。其作品幽默诙谐、通俗易懂、健康向上、脍炙人口，特别接地气儿，因此深受广大群众的喜爱与欢迎。其代表作有：《闯王斩堂弟》《北京三部曲》《愿你生活得开心点》《唱和谐》《北京人》《聊家常》《流行语》等；传统节目有：《杨志卖刀》《双锁山》《鲁达除霸》等。人们都说张长来是当今最活跃、最有实力的快板书演员。

几十年的演艺生涯，长来叔已记不清有多少次上工厂、下农村演出，更说不出有多少回进学校、入军营慰问了，他只记得不论到哪儿演出，他都拿出百分之百的精气神儿，用最好的作品，最大的热情，高质量、高标准地为人民服务，为观众演出。让快板这门具有浓郁民族风格的艺术，绽放出更耀眼的光芒！

在谈到出书的意义时，长来叔对我说："作为一名文艺工作者，咱不能只满足于鲜花和掌声，更不能觉得电视里有影儿，电台里有声儿，报纸上有名儿就齐活儿了。咱必须要有责任心与使命感，要把快板艺术的传承当成一件大事来对待。快板和其他'非物质文化遗产'一样，属于不可再生资源。一旦没了传承，断了文化根脉，那就完啦！"是啊，传承这两个字在咱们中国文化里可是有着极特殊意义的。心口相传，以老带新，既有威严的传授仪式，又有难得的文化传承，不可谓不神圣、不讲究。实践证明，传承、发展、弘扬，是非遗保护的核心要义，它驱动着无数非遗传承人无怨无悔，投入其中，倾注自己全部的热爱与执着，完成着承上启下的历史使命，让各种非物质文化遗产焕发出更鲜活的生

命力。这其中，长来先生是佼佼者！

最后，祝长来先生身体健康，诸事如意，开心工作，快乐生活。永葆艺术青春！用最精湛的艺术讴歌伟大时代，报答咱们的衣食父母。

感　恩

张长来

　　拙作《老板儿，长来》得以出版，甚是欣慰！对来自各界朋友的大力支持感恩不尽，无以用言语所能表达！全都在心里！我17岁拜高凤山先生为师，从艺至今已有53年了！一路走来，我深深体会到快板儿书是最能体现中国语言独特魅力的艺术表现形式，论考究、合辙押韵、字斟句酌，涵盖古今、以竹击节、朗朗上口、雅俗共赏、幽默诙谐！娓娓道来，似小溪流水。慷慨陈词，如大河奔腾！它发源于民间，扎根于民间，它的功用无处不在。

　　上个世纪的艺人用它撂地谋生！

　　红军用它伴随长征！

抗战时用它搞宣传！

支前时用它做动员！

志愿军用它鼓舞士气！

劳动者休息时用它自乐自娱……

感恩国家，让它从地头走上舞台，带给人民群众欢声笑语！

感恩党和政府，让艺人挺直腰杆，扬眉吐气！

在此，感谢东城文化馆的各级领导同志们，对我们曲艺工作者的大力支持和帮助。特别感谢著名相声表演艺术家，李金斗老师创办的相声俱乐部为我们的快板儿艺术搭建了一个展示的平台，在这里我代表所有的快板儿爱好者，向李金斗老师表示感谢。再向宋德全老师及张嘉桐小友道声辛苦，感谢大家付出的汗水。说句私下的话，金斗老师多年来一直对我关爱帮助，指点人生与艺术的道路，今天所取得的点滴成绩，与他的点拨是分不开的，谢谢了。还有多年来的良师益友给我的指点和帮助，我都铭记在心。著名相声表演艺术家赵炎老师、王谦祥大哥、李增瑞老师、刘洪沂兄都给予我很多的关爱和肺腑之言，向你们鞠躬了，你们是我学习的楷模。向天津的快板儿表演艺术家张志宽先生、李少杰先生、王印权先生学习，感谢致敬！

最后，祝愿天下所有的快板儿爱好者，亲爱的板儿友们，让我们携起手来，放声高歌时代主旋律，为中国人民实现中华民族的伟大复兴而努力奋斗，让我们的快板儿艺术代代相传、繁荣发展前进，前进，再前进！

另外，我还要向为出此书的好友邓杰中以及出版社的好朋友们，表示衷心的感谢。

感恩

恩师家三位公子（左高学柱，中高学良，右高学谦）

师弟赵慧明与师妹李国荣主办的陶然亭快板活动站

小时候的张长来

演出《双锁山》

演出《闯王斩堂弟》

张长来与夫人

快板大家庭

高派艺术在传承

高派艺术在传承

高派艺术在传承

张长来和农民快板表演艺术家刘世华

张长来和挚友

群口快板

《老字号》

表演者左起：杨毅兴　伊永利　张长来　张程　桂宝亮

《防疫战线模范多》山东赵明月

莲花池的板友们唱响时代主旋律